La nuit de Ferrare

Pierre-Jean Remy
de l'Académie française

La nuit
de Ferrare

ROMAN

Albin Michel

IL A ÉTÉ TIRÉ DE CET OUVRAGE
TRENTE EXEMPLAIRES
SUR VELIN BOUFFANT DES PAPETERIES SALZER
DONT VINGT EXEMPLAIRES NUMÉROTÉS DE 1 À 20
ET DIX HORS COMMERCE NUMÉROTÉS DE I À X

© Éditions Albin Michel S.A., 1999
22, rue Huyghens, 75014 Paris

ISBN broché 2-226-10856-4
ISBN luxe 2-226-10892-0

Je suis revenu à Ferrare. C'était il y a quelques mois et j'y accompagnais, non pas un tableau, comme le narrateur de ce livre, mais un ensemble de gravures destinées à une exposition organisée au palais des Diamants. J'avais apporté avec moi un livre de Bassani.

Avez-vous lu Bassani ? Connaissez-vous Ferrare ? C'est à Ferrare, entre Bologne et Venise, que se déroule l'action de presque tous les romans, les récits de Giorgio Bassani. La cité des Este, glorieusement indépendante jusqu'en 1597, a été la patrie de l'Arioste et c'est là qu'en 1917 Giorgio De Chirico, Alberto Savinio, Carrà et leurs amis inventèrent, en pleine guerre, la « peinture métaphysique ». Mais pour tous ceux qui ont lu *Le Jardin des Finzi-Contini*, ou vu le film qu'en a tiré Vittorio De Sica, c'est aux personnages du plus célèbre roman de Bassani, ou encore à ceux des nouvelles *Les Lunettes d'or* qu'on associe aujourd'hui les larges rues pavées de galets ronds du quartier Renaissance de la ville ou le dédale des ruelles de son ghetto.

9

Le bruit des balles de tennis qu'échangent dans leur jardin hors du temps les jeunes gens vêtus de blanc de Bassani accompagne désormais celui des pas du promeneur qui, le long du corso Ercole Ier, gagne les murailles blondes qui font le tour de la ville. Du chemin qui court à leur sommet, on plonge sur d'autres jardins encore ou sur ce grand cimetière juif qu'un jeune militaire désœuvré observe dans l'un des récits des *Lunettes d'or*. Pour peu que nous ayons un peu de mémoire, Micòl – et le visage de Dominique Sanda qui en a joué le rôle pour Vittorio De Sica –, Bruno Lattes, Clelia Trotti, Adriana Trentini, Alberto ou Malnate : tous les personnages des livres de Bassani nous reviennent à l'esprit au fil des rues de Ferrare, jusqu'à ceux de cette nuit de 1943 qu'on fusilla devant les douves du château sous les yeux du pharmacien Barilari, qui ne voulut pas s'en souvenir. Récit ou réalité ? Ils ont bien été exécutés de sang-froid, en tout cas, les prisonniers sortis de force de la prison de Piangipane par les brutes fascistes, comme sont partis pour les camps de la mort la centaine d'hommes et femmes que la police mussolinienne arrêta en cette même année parce qu'ils étaient juifs. Micòl et ses amis ont été de ce convoi : on ne peut pas ne pas s'en souvenir, lorsqu'on revient à Ferrare.

Aussi, à peine arrivé à Ferrare, les personnages des livres de Bassani me sont revenus à la mémoire, j'allais dire au cœur, comme des amis de toujours, leurs visages et leurs gestes de tous les jours, avec une force peu

commune. Pendant les quarante-huit heures qu'a duré ce séjour, ils n'ont cessé de m'accompagner. Bientôt, j'avais la certitude de les entendre, de leur parler, de leur répondre. Jusqu'à leurs enfances qui étaient devenues la mienne.

Voilà pourquoi cette *Nuit de Ferrare* n'est peut-être pas un roman. L'errance d'un jour et de deux nuits du voyageur sans nom qui vient se perdre là est d'abord une plongée au cœur d'une mémoire : celle de cette ville-là, de brouillards lumineux et de nuits très noires. Celle donc des personnages de Bassani qui croisent et recroisent les pas du voyageur. Leurs souvenirs deviennent les siens, comme deviennent les siens ceux d'un poète juif qui est son ami comme le mien.

Un roman, cette *Nuit de Ferrare* ? Peut-être. Mais aussi un hommage aux martyrs d'une ville pourtant radieuse en même temps qu'à la mémoire d'un immense romancier aujourd'hui malade et qui s'enfonce peu à peu, à son tour, dans la même nuit que ses héros. Très loin du parisianisme superficiel et blasé du narrateur dont les rêves se confondent peu à peu avec sa déambulation dans une ville mythique, il y a l'atroce réalité – l'histoire, tout simplement... – qui s'impose par-delà toutes les nostalgies, les souvenirs sentimentaux et futiles.

Cette plongée dans la nuit et le brouillard, j'ai voulu l'imaginer en compagnie d'un voyageur dont ma seule vraie terreur serait de trop lui ressembler. Il faudra la petite lumière venue de très loin, de l'œuvre de Bas-

sani, le sourire de Micòl, le regard de Bruno Lattes, son ami, le mien, pour éclairer quand même cette chute dont on pourrait si désespérément vouloir qu'elle soit aussi une rédemption.

Un roman, dès lors, cette *Nuit de Ferrare* ? Plutôt une manière de rêve éveillé, fait de rencontres et d'images en noir et blanc, échappées à nos lectures, nos amitiés, nos angoisses. Comme chez Bassani, Ferrare même devient une ville à l'histoire, à la topographie incertaines. Quant aux personnages, qu'on ne cherche parmi eux ni fable ni clef particulières : les regards s'y croisent, les ombres n'y gagnent un peu de réalité que pour la perdre aussitôt, les personnages n'y ont d'autre épaisseur que celle du rêve. Ils sont des silhouettes qui passent et reviennent, leurs mots sont les échos, leurs visages les doubles de ceux et de celles que nous avons aimés, au fil du temps, des livres et de nos vies. Je ne vois en aucun d'eux un personnage de roman, à plus forte raison un héros : il m'a paru nécessaire de le souligner en ouverture de ce livre qui, décidément non, ne doit pas être tout à fait un roman.

1

Le tableau avait voyagé avec moi. Ce n'avait pas été
une mince affaire puisqu'il était trop grand, trop lourd
pour être admis par Air France comme bagage accompagné. Ma secrétaire avait dû remonter jusqu'à la
direction de la compagnie pour obtenir une déroga-
tion. De même, le dépôt au service du fret aérien de
Roissy de cette caisse plate de deux mètres par trois,
le jour du départ, avait-il représenté pour mon chauffeur une manière de tour de force – et je n'ose imaginer
ce que furent les acrobaties des préposés à ce genre
d'affaire pour acheminer la caisse de bois d'une aérogare à l'autre pendant le court laps de temps qu'aurait
dû durer mon propre enregistrement. Mais c'était là
la condition que j'avais imposée aux organisateurs de
l'exposition, puisque je ne voulais en aucun cas me
séparer de mon tableau. D'ailleurs, la dernière fois que
j'avais rendu visite à Jerzy, dans sa villa de Drago, au
bord du lac de Côme, mon vieil ami me l'avait bien
recommandé, avec l'insistance du vieillard maniaque

13

qu'il était devenu : je ne devais accepter, sous aucun prétexte, de prêter à quiconque ce portrait de Mathilde (la *Mathilde aux bras levés*) à moins d'en assurer moi-même le convoiement. « Tu as connu Mathilde comme moi, tu as acheté cette toile malgré moi, tu peux au moins me promettre de ne jamais galvauder notre Mathilde et de garder toujours un œil sur ce qu'elle a été... », m'avait-il encore répété au moment où j'allais le quitter, dans les fragrances des jasmins qui bordaient la route étroite où ma voiture était déjà engagée. « Cette peinture, tu le sais, petit, c'est un peu de notre vie à tous les deux, l'amour que chacun de nous a porté à Mathilde, les années que j'ai passées à la peindre, l'argent que tu as dépensé, toi, pour l'acheter... » J'avais toujours senti qu'il me méprisait un peu, Jérôme Jerzy, qui signait avec une si belle désinvolture ses toiles du seul nom de Jerzy mais mettait un point d'honneur à se faire donner du « prince Jaeger de Jerzy » par le commun des mortels, c'est-à-dire le monde entier hors la poignée de ses amis. Mais qui osait encore se prévaloir à bon droit de l'estime du grand peintre, maintenant qu'il vivait en reclus avec la troisième de ses épouses légitimes et une demi-douzaine de jeunes femmes, assistantes ou plus ou moins secrétaires, dans la belle maison du lac de Côme, dont les magazines du monde entier publiaient régulièrement les photos, avec celles de ses habitants, des chats, des poneys, des animaux qui y vivaient aussi ? Jerzy était peut-être le plus célèbre peintre

14

vivant d'aujourd'hui et je n'étais, après tout, qu'un collectionneur pas vraiment fortuné qui, au prix de mille ruses et de jolies indélicatesses, oui, avait réussi à acheter l'une de ses toiles les plus fameuses : même si j'avais connu Jerzy à l'époque où il était, comme nous tous, dans la dèche et vivait chichement mais sur un grand pied dans l'hôtel de l'île Saint-Louis de sa première femme, je n'étais sûrement alors pour lui qu'un gamin arriviste, auteur de quelques poèmes qu'il n'avait pas lus, tandis que ses vrais admirateurs attendaient avec impatience la moindre de ses œuvres, qu'il conservait longtemps par-devers lui avant de les écouler à regret, une à une, chaque fois que son compte en banque voisinait le zéro et que celui de sa femme avait plongé plus bas encore.

N'eût été la recommandation du peintre, je ne me serais pas pour autant séparé, fût-ce pour deux heures d'avion, de ce que beaucoup de critiques considéraient comme l'un de ses chefs-d'œuvre. J'avais dû, on l'aura compris, consentir à de gros sacrifices pour l'obtenir et le triptyque de Bacon qu'il m'avait fallu vendre bien à contrecœur constituait encore une plaie mal refermée sur ma peau de collectionneur pourtant tannée par les ans et, osons le dire, par les déconvenues. Et puis, habitué à vivre seul, quand bien même Olivia, ma seconde femme, était jeune et jolie, j'avais souvent l'impression, rentrant de voyage ou d'un long week-end, que le regard interrogatif de *Mathilde aux bras levés*, sur la toile de Jerzy, savait seul m'accueillir avec

15

la tendresse que j'attendais, au bout de la galerie vitrée de l'appartement de la rue de Varenne. Admirablement nue, offerte à tant d'autres regards qu'à celui de l'avorton difforme peint par Jerzy à l'angle droit du grand tableau et qui la contemplait avec un air de satisfaction un peu étonné, cette image d'une enfant que je n'avais connue que plus tard, jeune femme, et qui, à présent, empâtée par les ans, vivait toujours à Londres dans la vaste maison de Kensington Gardens ou, plus souvent encore, dans le formidable château en Écosse où l'avait installée un autre ami de Jérôme Jerzy, ravivait en moi les souvenirs d'une passade de jeunesse, oui... Mais j'avais quelquefois le sentiment que les questions qu'elle semblait sur le point de me poser étaient les seules qui auraient pu secouer la poussière de la vie qui s'était accumulée sur moi. Que Mathilde fût devenue une femme lourde et sans âge importait peu. D'ailleurs, je ne l'avais même pas connue à quatorze ou quinze ans quand, parce que c'était l'âge de ses modèles favoris, Jerzy l'avait peinte à demi renversée sur un divan rouge, l'un de ces lits de coin qu'on appelait *cosy-corner* du temps de la jeunesse de mon père, à Angoulême. Mais le contraste qu'il y avait entre l'abandon sans retenue de la jeune fille et la gravité de son visage qui fixait sans concession le voyeur que j'étais devait être si stupéfiant que j'y lisais une manière de provocation terrible, un défi insensé que me lançait ainsi une femme, presque une

enfant, à moi qui avais si longtemps fait profession de
n'aimer que la peinture et les femmes.

Souvent, le soir, ainsi, dans l'ordre studieux de
l'appartement de la rue de Varenne et presque toutes
les lumières éteintes, il m'arrivait de m'abîmer dans la
contemplation de la fente de la longue jupe de ma
Mathilde aux bras levés, dont le sexe, dessiné avec la
précision d'un coquillage, semblait, dans la pénombre
de la galerie, me lancer d'autres appels, de ceux auxquels je savais depuis si longtemps qu'il ne me serait
pas possible de répondre. Je me laissais alors tomber
sur le grand canapé de cuir brun installé en face du
tableau, comme pour pouvoir mieux le contempler, et
je me surprenais presque à converser avec cette figure
d'enfant aux seins à peine naissants mais qui cristalli-
saient si bien tous mes désirs. Le nom d'Isabelle, perdue pourtant de vue depuis longtemps, me trottait
dans la tête, accolé à celui du modèle. C'était Léonard
Weill, en compagnie de qui j'avais précisément passé
une partie de la soirée précédant mon départ pour
Ferrare, qui me l'avait fait remarquer le premier :
Mathilde à quinze ans ressemblait de manière étonnante à la jeune fille qui avait été ma petite compagne
pendant le séjour dans l'université américaine où, moi-
même étudiant et lui professeur, j'avais connu Léonard. « Ton Isabelle, m'avait-il assuré, avait le même
regard grave et les mêmes formes enfantines. Simplement, à l'époque, tu étais toi aussi un enfant et tu
n'avais pas su le remarquer. » Revenu spécialement de

Jérusalem, où il vivait à présent, pour la petite cérémonie au cours de laquelle j'avais, non sans confusion,
épinglé au revers de sa veste les insignes d'officier de
la Légion d'honneur auxquels j'avais depuis si peu de
temps accédé moi-même, il venait de faire au Collège
de France une admirable conférence sur « L'enfance
et la mémoire » et, moi qui avais été jadis son élève et
l'avais cette fois encore écouté comme on écoute un
maître, j'avais éprouvé un embarras extrême, le déco-
rant ensuite, à jouer à mon tour au maître qui intronise
un novice. Mais Léonard avait seulement souri pour
me faire remarquer qu'en effet c'était déroutant, presque divertissant, de voir celui qui était toujours pour
lui « le petit Français de l'université » le décorer
aujourd'hui, mais que c'était émouvant, aussi. J'avais
toujours éprouvé pour Léonard une vieille, une solide
tendresse ; lui-même m'aime bien, je crois – bien qu'il
soit sûrement le seul de mes amis à passer maintenant
devant le portrait de Mathilde sans le regarder.

C'est que, face à *Mathilde aux bras levés*, il m'arrivait
à moi de me déboutonner avec une telle impudeur !
Je veux dire que c'est devant ce tableau que je pouvais
m'abandonner aux plus morbides réflexions, avec la
même aisance que Mathilde semblait le faire face à
son propre plaisir : face à elle et sans plus de pudeur
qu'elle, c'était sans retenue que je me laissais aller à la
satisfaction douteuse de me juger sans complaisance.
C'était la nuit, les bruits de la rue parvenaient assourdis par les épais rideaux qui nous isolaient si bien, ma

collection, mes livres et moi, du reste du monde, et j'avais alors le courage de formuler avec une acuité acérée toutes les mauvaises pensées dont je ne pouvais plus, avec l'âge, ne pas me départir envers moi-même. Je mesurais le chemin parcouru depuis que j'avais connu Mathilde, eût-elle alors été de dix ans plus âgée que sur le tableau, et je ricanais sourdement de mes échecs et des compromissions qui avaient étayé ce que d'autres appelaient ma réussite. Dans ces moments-là (ceux-là seulement, et qui étaient, Dieu merci, assez brefs), c'était moi que je contemplais au miroir des yeux et du corps de *Mathilde aux bras levés* avec une lucidité que j'ignorais si parfaitement le reste du temps. Il n'était qu'à deviner la satisfaction qu'on devait sûrement lire sur mon visage lorsque, pénétrant dans une galerie de peinture ou chez un grand libraire, j'imaginais le murmure flatteur qui saluait mon entrée. De même, le ton rempli de révérence de cette Michaela qui m'avait demandé de lui prêter mon Jerzy pour l'exposition qu'elle consacrait à mon ami dans les salons fameux du palais des Diamants de Ferrare, m'avait-il pénétré de la même satisfaction intense et tout venait en somme de là. Michaela De Chiari, la fille de Michele De Chiari, qui, lui aussi, avait été mon ami, avait insisté en des termes qui ne pouvaient que m'aller droit au cœur pour que je lui prête ce tableau. Selon son père, m'avait-elle affirmé, qui l'avait même écrit quelque part dans l'un de ses derniers ouvrages (elle ne savait plus où, mais c'était sans

importance...), le fait que la *Mathilde aux bras levés*, que tous portaient si haut dans l'œuvre du peintre, fût en la possession d'un homme comme moi donnait à toute l'histoire de ce tableau une autre dimension. Le seul autre grand portrait de Mathilde appartenait, en effet, à Giorgio Claremont, le maître depuis plus de vingt ans de la vraie Mathilde et qui refusait de le prêter à qui que ce soit. Que la même Mathilde, souvent plus jeune encore, parfois un peu plus âgée, figurât sur bon nombre d'autres toiles de moindre importance de Jerzy, qu'elle fît partie du groupe peint à plusieurs reprises par le maître des fameuses *Cousines* qui lisaient, accroupies, à quatre pattes dans un salon, se tiraient les cartes sur une table couverte de velours vert ou jouaient à des jeux ambigus avec des chats et des livres, parmi des turqueries trop aimables pour n'être pas déroutantes, ne donnait que davantage de prix aux deux grandes peintures, dont la mienne seule était aujourd'hui accessible, où la jeune fille figurait seule (ou presque : l'avorton du premier plan de mon tableau, accroché au gland d'un rideau, n'était qu'un accessoire). La fille du poète à l'œuvre subtile, obscure, avait su me caresser dans le sens du poil et j'avais accepté de me défaire pour huit semaines de ce tableau qui n'était pas seulement la pièce maîtresse de ma collection, mais une amie, une confidente, un souvenir, un regard adressé désormais à nul autre que moi. Voilà pourquoi, ce matin-là, ma caisse en fret accompagné probablement déjà dans le ventre de l'avion qui

allait m'emmener avec elle à Ferrare et ma carte d'embarquement à la main, je me dirigeais d'un cœur léger vers le salon d'attente des premières à l'aéroport de Roissy 2B.

Il était douze heures trente, l'avion devait décoller une heure plus tard quand un grand jeune homme m'a adressé un salut de la main à travers le salon déjà passablement plein. On annonçait des retards sur Londres, sur Dublin, sur Rome, tout cela ne me concernait guère. On parlait de brouillard, il faisait à Roissy un soleil magnifique. J'avais emporté avec moi le roman le plus célèbre de Giorgio Bassani.

C'était naturellement *Le Jardin des Finzi-Contini*, que j'avais lu plus de trente ans auparavant et que je voulais relire sur les lieux mêmes de l'action puisque, comme tous les romans de Bassani, l'histoire se déroule à Ferrare. Les rues de Ferrare, ses palais, le silence de ses cours et de ses grands jardins, le brouillard aussi, une lumière très pâle : autant d'images que le beau film tiré par Vittorio De Sica de l'œuvre de Bassani n'avait fait que rendre riche de plus de nostalgie. Tous ceux de mes amis qui l'ont vu comme moi, ce film du début des années soixante, évoquent avec la même ferveur la silhouette lumineuse de l'actrice Dominique Sanda, qui incarne Micòl, l'héroïne : Micòl heureuse en jupe blanche sur un court de tennis, échangeant des balles avec des camarades, pantalons longs et pulls

21

clairs, cols en V ; ou Micòl à la fin du film, emmenée vers la mort avec tous les siens par la police de Mussolini : que ce fût précisément à Ferrare qu'avait lieu l'exposition de Michaela De Chiari n'avait pas été pour rien dans ma décision de prêter ma toile. Mais je n'avais pas lu deux pages du livre que le grand jeune homme blond qui me faisait un signe d'amitié s'est frayé un chemin jusqu'à moi parmi les passagers affalés dans des fauteuils, sacs et bagages à main dispersés autour d'eux. Vainement, une jeune femme, marocaine, me semble-t-il, tentait de réparer le désordre des verres à demi pleins abandonnés sur les tables avec des emballages vides de petits gâteaux et de cacahuètes. Sans un mot, sans un regard, elle passa entre le jeune homme d'affaires qui m'apostrophait à présent et moi. C'est d'elle que j'aurais voulu attirer l'attention, c'est à lui que je dus tendre la main.

– Dites donc ! Vous aussi, vous avez du retard ?

Il était hilare, je ne le reconnus pas tout de suite. Il ressemblait à un banquier français que j'avais connu à Londres et c'était bien lui, en effet. Mais le banquier était alors habillé en banquier et vêtu d'un smoking, c'était à l'occasion d'une soirée mondaine à l'ambassade – alors que, blouson et pantalon de velours côtelé, il semblait rajeuni, un autre homme. C'était pourtant le même Paul Martel qui ne portait pas pour rien, m'avait-il expliqué dans un éclat de rire, un nom de cognac. Il me désigna sa femme, à demi étendue sur un canapé bleu et qui m'adressait un geste las : « Nous,

on est là depuis plus de deux heures. Il y a du brouillard partout, dirait-on... »

Il s'amusait. J'allai vers la jeune femme qui se redressa. Elle avait le visage raviné par la fatigue, le voyage qui s'annonçait, que sais-je ? Je l'avais connue longue et fine, souveraine, étrangère au milieu des salons de l'ambassade de France à Londres, elle était toute fripée, la pauvre petite épouse épuisée de son fringant mari. Nous échangeâmes quelques paroles sans importance. Je savais qu'elle avait été un modèle célèbre, je l'avais vue photographiée sur les marches de la Trinité-des-Monts à Rome mais aussi sur les degrés de pyramides aztèques ou, demi nue, le long de plages blanches aux Seychelles ou aux Hébrides. « Elle est fatiguée, ma petite femme, elle ne supporte pas l'avion, alors, un avion en retard, vous pensez ! » Le jeune banquier riait toujours. Lui, je le reconnaissais à présent sans peine mais sa femme, cette Clarissa anglaise, portait déjà le masque de la femme qu'elle serait dans vingt ans, je savais que c'était injuste et je la regardais presque avec commisération alors qu'elle s'en fichait bien, en ce moment : je n'étais ni banquier ni ministre, pas même l'un de ces hauts fonctionnaires que son mari devait envier parfois, les méprisant ensuite très vite pour se faire pardonner à lui-même cette faiblesse. Mais je décidai que l'heure était venue de gagner le comptoir d'embarquement et je les abandonnai à leur attente parmi les verres sales et les papiers froissés. La petite Marocaine, qui n'y pouvait rien,

23

avait dû aller déjeuner. Une jeune fille blonde l'avait remplacée. Elle s'affairait lentement à remuer des verres et des tasses sales sur un plateau. De loin, elle ressemblait elle aussi à la petite Isabelle de mon année d'étudiant étranger en Amérique. J'ai voulu m'approcher d'elle, mais l'instant d'après elle avait disparu. Je quittai le salon. En traînant ma valise à roulettes dans l'escalier qui conduisait aux halls principaux, j'en ai faussé l'une des poignées pourtant de métal. Mes pérégrinations ne faisaient que commencer.

C'est d'abord le portique de détection de métal placé à l'entrée de la salle d'embarquement qui n'a cessé de se déchaîner à mon passage que lorsque je me suis retrouvé en bras de chemise et les poches retournées. Imperturbable, l'agent préposé à la surveillance de l'équipement enragé me faisait chaque fois signe de passer et de repasser, devant un couple de Japonais hilares. Puis, aucun signe particulier n'indiquant, dans la salle de départ, par quelle porte nous la quitterions, je me suis naturellement installé avec armes et bagages (c'est-à-dire la palanquée de magazines sans lesquels je ne saurais voyager, le livre de Bassani, ma valise écornée et mon imperméable à la main) devant la mauvaise sortie. De là, j'ai entendu sans difficulté l'annonce qu'elles font d'une voix si superbement égale, ces dames de Roissy ou d'Orly, d'un retard non précisé de mon vol. On a parlé de mauvaises conditions météorologiques, sur les pistes il faisait toujours aussi beau. Jouant des coudes, car la salle semblait s'être

remplie en quelques minutes, j'ai gagné la porte D, celle d'où venait l'annonce, pour m'entendre dire la vérité : l'avion qui devait m'emmener à Bologne, d'où je gagnerais Ferrare en voiture, n'avait pas encore quitté Berlin car, jusqu'à midi, Roissy avait été noyé dans le brouillard. Tous les vols au départ dépendant maintenant d'appareils qui devaient d'abord y atterrir étaient donc retardés. Paul Martel en riait probablement, sa femme devait toujours gémir, cela ne m'amusait pas du tout. Trente minutes plus tard, on avait beau annoncer à présent un départ à dix-sept heures (notre avion avait enfin quitté Berlin), j'avais tout de même plus de trois heures à perdre. Je pensais à Mathilde dans sa caisse de bois, peut-être en perdition entre deux aérogares, je n'avais plus envie de lire, ni même de feuilleter le livre que j'avais en main, j'avais peut-être faim. Ce fut une autre histoire... Je gagnai à grand-peine un restaurant, à l'autre bout du bâtiment, puis y trouvai difficultueusement une place.

La femme qui était assise en face de moi devait avoir mon âge. Quelques années de plus, peut-être... Elle regardait d'un air pensif le contenu du verre placé devant elle, des glaçons, du whisky puis, d'un geste qu'on aurait dit mécanique, en buvait deux gorgées, très vite, et le reposait sur la table. « Vous êtes bien le mari d'Olivia ? »

J'ai sursauté. La femme était grosse, très brune. En pénétrant quelques minutes auparavant dans le restaurant, j'avais cru la reconnaître. Elle était alors assise au

bar, vidait déjà un premier whisky. J'ai parlé des quatre *Cousines* de Jerzy : cette femme aurait pu être l'une d'elles. Après tout, le tableau datait de la fin des années cinquante, l'aînée des cousines avait alors trente ans. Elle vivait à présent en Argentine, avait été l'amie de Borges ; sa plus jeune sœur, la contemporaine de Mathilde qui jouait sur le tapis turc à caresser un chat renversé sur le dos, était morte voilà deux ans. Je l'avais croisée à Rome, déjà marquée par la maladie. Elle aussi avait grossi ou, plutôt, elle avait été joliment grasse, à la manière de ces Sud-Américaines qui traversaient autrefois les romans de Larbaud ou de Supervielle. C'était dans un palais habité par une de mes amies, dont le mari appartenait à la plus noire des noblesses romaines. Geneviève, la plus jeune des *Cousines*, était revenue en Italie pour tenter de retrouver, m'avait-elle expliqué, quelques-uns des dessins préparatoires exécutés par Jerzy et que celui-ci avait donnés à la dernière des *Cousines*, du temps qu'elle vivait à Rome. La jeune femme, déjà malade, donc, était assise à ma droite, sous une fresque grandiloquente. « Au fond, la seule d'entre nous à ne pas avoir trop trahi l'image que Jerzy a laissée de nous, c'est Mathilde », avait-elle remarqué. La « dernière cousine », la Romaine, dirigeait une galerie de peinture à Zurich et gagnait beaucoup d'argent sur le dos de ses artistes. Quant à la sœur de Geneviève, l'Argentine qui s'appelait Blanca, elle était, m'avait appris ma voisine, « devenue une grosse dondon ». « Pauvre Jerzy ! s'était-elle encore exclamée : aucune

de nous, sauf Mathilde peut-être, n'oserait jamais lui rendre visite. » Elle aussi voulait que le peintre gardât d'elle le souvenir de la jeune fille qu'elle avait été. Je n'avais connu ni Dodie, la galeriste de Zurich, ni Blanca : la femme assise au bar aurait pu être l'Argentine, elle, trente ans et quarante kilos plus tard. Mais c'était bien moi qu'elle apostrophait : « Vous êtes donc le mari d'Olivia ! » Elle avait déjà bu deux whiskies, elle parlait fort.

– Vous êtes seul ? Alors nous partagerons nos solitudes.

Elle s'est présentée. J'avais entendu parler d'elle sous le nom de Madame Irma : un nom de tenancière de maison close. Elle était antiquaire et travaillait souvent avec ma femme dont le magasin du quai Voltaire servait de rendez-vous à tant de collectionneurs, oui, mais aussi d'hommes politiques qui se prétendaient amateurs d'art, de femmes belles encore en quête de quelles aventures... Je savais qu'Irma de Cordoue (c'était son nom de guerre) ne m'aimait pas beaucoup. Avant mon mariage avec Olivia, elle avait mis ses parents en garde : je traînais une sale réputation... Des histoires de femmes, bien sûr. Elle se souvenait d'un avortement raté en ces années obscures d'avant la pilule. Je n'aimais pas l'amitié qui la liait à Olivia. Elle-même, je ne l'avais pourtant jamais rencontrée.

– Mais moi, je vous connais bien, ne craignez rien !

Comme le reste de l'aéroport, le restaurant était bondé, il était trop tard pour changer de place.

27

– Vous ne buvez pas, je suppose !

Elle était presque agressive. J'ai remarqué la rosette de la Légion d'honneur à sa veste, piquée un peu de travers, avec une désinvolture sûrement appliquée. Je ne porte que rarement ma décoration. Fabrice, qui a vingt ans de plus que moi mais qui, lui, est Compagnon de la Libération, me reproche de « laisser ma Légion d'honneur au vestiaire ». Pour dire vrai, il m'arrive d'avoir un peu honte, oui, honte, d'en être arrivé là. Le regard de Madame Irma était fixé, en vrille, sur moi.

– Dites donc, vous n'êtes plus si jeune que ça, vous non plus !

Elle avait attaqué le steak au poivre posé devant elle. Un peu de sauce lui maculait le menton. Elle buvait du vin, à présent, un bordeaux, sans s'essuyer la bouche avant de porter le verre à ses lèvres. Puis, à brûle-pourpoint :

– Vous ne voulez pas le vendre, votre Jerzy ?

Savait-elle que je convoyais précisément mon tableau ce jour-là ? Je soupçonnais depuis longtemps Olivia d'avoir des plans pour ma *Mathilde aux bras levés* : un acheteur américain, ou japonais, argentin peut-être, parent précisément du mari de cette Blanca à laquelle j'avais pu penser un moment que Madame Irma ressemblait. Elle agita des bracelets d'or trop lourds sur ses bras grassouillets. Des bagues à trop de doigts : Jerzy disait de ces femmes-là qu'elles se déguisaient en arbres de Noël. Mais toutes les épouses et

28

maîtresses du peintre n'avaient-elles pas toujours eu, elles aussi, l'allure d'arbres de Noël, avec leurs chaînes d'or et les énormes cabochons de pierres trop précieuses dont leur seigneur et maître les couvrait pour leur faire oublier que c'étaient leurs filles (deux d'entre elles étaient d'ailleurs également les siennes, mais quelle importance ?) qui l'intéressaient à présent ?

– J'aurais une offre mirifique à vous faire, si vous le vendiez, votre Jerzy !

Elle avait dit : mirifique, en roulant trois fois les *r*. Je me souvins qu'elle était grecque, ou italienne, née à Alexandrie. Olivia m'avait parlé d'une ancienne villa du roi d'Italie, qu'elle y possédait encore sur le front de mer, bourrée de napoléontroiseries dévorantes. Elle avait été la maîtresse, bien plus âgée que lui, d'un garde des Sceaux et d'un marchand de canons ! Je savais aussi que le père d'Olivia avait été brièvement son amant. Je ne répondis pas. Elle vida son verre, le remplit à nouveau, puis me regarda dans les yeux.

– J'ai toujours dit que vous étiez une couille molle, mais vous ne perdez rien pour attendre : je finirai par l'avoir, votre Jerzy. Et vous-même, vous n'en tirerez pas ça !

Elle était ivre. J'aurais dû me lever, quitter cette fois sa table, mais j'avais faim, cela faisait plus d'une heure que j'avais quitté la salle d'embarquement, la queue à l'entrée du restaurant s'était trop allongée pour que je puisse changer de place. D'ailleurs, une jeune femme était venue s'asseoir à la table voisine, qui attira mon

attention. A ma grande surprise, je crus reconnaître la petite Marocaine du salon des premières. Si c'était bien elle, alors, elle avait abandonné son uniforme de femme de ménage, portait une jupe courte et serrée, un chemisier noir, un blouson de cuir. Elle s'était maquillée mais n'en paraissait qu'étrangement plus jeune. Je lui adressai un sourire, elle détourna les yeux. Madame Irma l'avait remarqué. Elle gloussa :

– Il ne changera jamais, celui-là...

Elle parut ensuite s'abîmer dans ses pensées. Le regard vague, elle devait plus probablement somnoler. La jeune femme à la jupe courte et au blouson de cuir avait commencé à manger une salade de tomates. Plus grande qu'elle ne m'avait paru au premier abord, elle était également vêtue, je le remarquai vite, avec un goût certain. Un homme laid, sans âge, s'est installé à la place libre en face d'elle. Tout de suite, il lui a adressé la parole, elle a répondu, elle a ri. La voix de Madame Irma semblait venir du tréfonds d'une médi-tation somnolente.

– Ça vous fait chier, hein, mon vieux ?

Je la regardai, elle ne bougeait pas, le regard toujours aussi fixe, aussi vague. Une sorte de large crapaud femelle aux aguets... C'était pourtant elle qui avait parlé et c'était vrai que je n'avais pas aimé voir cet homme entre deux âges, vulgaire évidemment, faire rire la jeune femme assise à la table voisine, presque élégante, je m'en rendais maintenant compte. De même, la veille, je m'étais installé au Flore pour lire

le journal et gribouiller quelques notes, puisque je crois toujours que ce sont les dernières notes prises qui pourront me sauver : la veille, donc, je m'étais retrouvé de la sorte, assis à une table du fond du café, à côté d'une jeune fille qui paraissait, elle, sortie droit d'un tableau de Jerzy. Elle était habillée sans recherche, d'une chemise d'homme et d'une jupe très large et fendue qui laissait apparaître ses jambes un peu maigres. Appliquée, elle écrivait au crayon à bille bleu sur un cahier, un carnet plutôt, à couverture rigide, pelliculée, illustrée de photographies d'Oscar Wilde. Je connaissais ces cahiers, pour avoir acheté les mêmes à la National Portrait Gallery de Londres, portant aussi le portrait de Wilde, oui, mais encore ceux de Virginia Woolf, de Keats ou de Joyce. Les jambes maigres, peut-être, la jeune personne avait néanmoins un buste très développé dont on devinait les contours, sous la chemise largement déboutonnée. Son visage était rond, elle écrivait lentement en se mordant les lèvres. De la table voisine, je pouvais, sans difficulté, lire le poème qu'elle écrivait en italien. Sur la page opposée, un autre poème était déjà écrit, qui célébrait en termes, disons lyriquement précis, le corps d'un garçon qui avait été son amant – ou qu'elle espérait avoir comme tel. La lecture des vers italiens, parfaitement scandés, qu'elle murmurait en les écrivant, m'avait troublé, bien sûr. Il y avait pas mal de monde au Flore, cette fin d'après-midi-là, mais je n'y reconnaissais personne. La jeune fille n'avait pas eu un regard lorsque je m'étais

31

assis sur la banquette à côté. Pour elle, je n'étais même pas un inconnu : l'inconnu peut, parfois, vous avoir quelque charme. Non, je n'étais rien, un homme vieillissant, un peu fort, un peu lourd, venu lire son journal à côté d'elle avec, peut-être, l'intention sinon de la draguer (à l'âge de cet homme, ces choses-là ne sont plus imaginables, n'est-ce pas ?), au moins de lui adresser la parole. Alors elle s'était fermée comme une huître, la jolie Italienne. Recroquevillée sur elle-même et sur son cahier. Et quand elle levait les yeux de la page qu'elle noircissait, c'était pour jeter un coup d'œil circulaire qui ne débordait jamais du champ de vision offert à ses yeux sans qu'elle tournât la tête.

Aux tables voisines, des hommes et des femmes, tous plus jeunes que moi, bien plus jeunes, s'asseyaient, se retrouvaient, échangeaient des propos debout. Les serveurs eux-mêmes étaient de la partie, que beaucoup de clients connaissaient. Cela faisait plus de quarante ans qu'à intervalles plus ou moins réguliers je fréquentais le Café de Flore. Je m'y rendais certes moins souvent qu'à la Closerie des Lilas, jadis, ou même qu'au Select où j'avais encore mes habitudes. Mais ce soir-là, au Flore, je me suis senti désespérément seul, anonyme parmi des jeunes gens qui voulaient surtout donner l'impression de se sentir, eux, très à l'aise et chez eux. Je me disais : ce n'est pas possible, quelqu'un va entrer, que je connaisse, n'importe qui, ce monsieur que je n'aime pourtant guère, souvent assis là, en face de moi, une vague

relation, un journaliste de rencontre, n'importe qui ! On serait alors venu vers moi, on m'aurait adressé la parole et j'aurais pu, devant la petite Italienne qui écrivait des vers érotiques sur le corps d'un adolescent comme elle, parader un peu, jouer mon rôle, quoi. Personne, cependant, n'est venu aux tables voisines, la foule semblait plus dense, la fumée, la buée stagnait sur la salle. Dehors, des paysans déguisés en paysans montés à Paris avaient amené une vache devant la porte du café parce que c'était le Salon de l'agriculture. La vache avait produit une énorme bouse juste sur le seuil, on riait. De minute en minute, j'avais le senti-ment que les tables se remplissaient encore davantage. Deux Japonaises, presque jolies, attendaient, indécises, chargées de sacs en papier marqués Dior ou Hermès, l'orangé profond des emballages Hermès leur débor-dait des deux mains : même elles, ces Japonaises per-dues à Saint-Germain-des-Prés, il y avait eu un ami américain pour les interpeller, elles se frayaient un chemin jusqu'à lui. Moi, je restais seul à ma table, où l'on aurait pu s'asseoir à quatre mais que personne ne regardait avec la concupiscence que j'éprouve si sou-vent lorsque, désorienté dans un restaurant ou un café bondé, j'aperçois un consommateur qui prend son temps, des chaises vides autour de lui. La buée, ai-je dit, la fumée, le brouhaha des conversations : je n'avais qu'une envie, me lever, quitter au plus vite cet aqua-rium, mais ç'aurait été me résoudre à la solitude de la soirée qui allait suivre, Olivia qui m'avait prévenu

qu'elle ne rentrerait pas, le grand frigidaire américain béant sur deux tranches de jambon et une demi-douzaine d'œufs. L'Italienne écrivait toujours.

Alors je suis resté. J'ai fini par sortir un carnet de ma poche et écrire, à mon tour : tenter d'écrire, car aucune idée ne venait, dont je pusse me servir pour n'importe quoi. Elle mordait, mordillait le bout de sa langue rose, la petite Italienne qui écrivait « *il mio tesoro...* » comme dans un air d'opéra, avant de barrer doucement le mot trésor pour le récrire, mais précédé d'un « *caro* » assuré. Mon cher trésor... Elle ne voyait donc pas que je lisais tout par-dessus son épaule ? Elle s'en rendait compte, bien sûr, mais s'en moquait éperdument. Qui étais-je, surtout à qui ressemblais-je pour avoir la moindre importance à ses yeux ? Dans ce café qui m'était pourtant si familier, je devais être le seul à n'avoir parlé à personne – hormis le garçon pour passer ma commande.

Je faillis quand même me décider. Le cahier à la photographie d'Oscar Wilde constituait, après tout, une bonne entrée en matière : pour un peu, c'est le même que j'aurais tiré de ma poche au lieu du petit carnet autrichien qu'un ami – sellier fameux – avait fait habiller de cuir brun par son atelier. J'allais parler à la fille. Je m'y étais décidé. Lui parler en italien, pourquoi pas ? L'arrivée du garçon à qui devait être destiné le poème m'a épargné ce ridicule. Il a tiré une chaise, sans un mot. Elle a souri. Il lui a pris des lèvres la cigarette qu'elle fumait, en a tiré deux bouffées avant

de la lui recoincer dans la bouche. Alors l'Italienne, en un français que ne teintait pas une once d'accent, lui a demandé à quelle heure était la soirée prévue à l'Odéon à laquelle ils se rendaient. Il a répondu, laconiquement. Puis s'est levé : « Je vais aux lavabos... » La formule était de celles que je n'emploierais pas, bien sûr. J'aurais dit que j'allais pisser. La jeune fille a souri de nouveau. J'ai attendu qu'il soit revenu, qu'ils repartent enfin tous les deux pour quitter à mon tour le café. Derrière moi, on aurait pu croire que toute l'agitation, le brouhaha des consommateurs, du service, tout s'était subitement calmé. La salle était à demi vide. La caissière m'a adressé un petit signe, de loin, mais il venait trop tard.

– Ne vous en faites pas, votre Jerzy, vous ne le garderez pas longtemps, c'est moi qui vous le dis !

La voix de Madame Irma m'avait tiré de ma torpeur. C'était curieux comme tant de souvenirs, anciens ou tout récents, me revenaient à la mémoire (je devrais dire : au cœur) depuis mon arrivée à Roissy. Peut-être aurais-je d'ailleurs dû m'en étonner davantage, puisque tout ce voyage à Ferrare allait ainsi être placé sous le signe du souvenir : les miens, bien sûr, et d'autres, que la ville où je me rendais portait en elle. Mais c'était aussi autour de moi, dans cet aéroport, que les images, les visages, semblaient doués d'une curieuse fluidité. Ainsi, à la table de celle que j'avais d'abord prise pour la petite fille de salle marocaine – mais ce ne pouvait être elle, plus belle que jamais, une bague Boucheron

parfaitement reconnaissable à son annulaire droit –, l'homme entre deux âges avait rajeuni. Il parlait à la jeune femme tout en me jetant des regards de côté. Un moment, il s'est penché vers elle et c'est sa compagne qui, à son tour, m'a enfin regardé. J'en ai éprouvé comme une sorte de soulagement. L'homme m'avait peut-être reconnu. Mais pourquoi me reconnaîtrait-on, grands dieux ! J'ai fini mon repas à la hâte, j'ai appelé le serveur, payé ; quand je me suis levé, l'antiquaire de la rue de Seine ou du quai Voltaire, amie et rivale de ma femme et marchande de tableaux à ses heures, avait disparu. La vieille femme maigre et jaune qui était assise à sa place me dévisageait, lèvres pincées. Passant à côté d'elle, j'ai vu qu'elle portait la même jupe large et fendue que la fausse Italienne du Café de Flore : une robe qui n'était de leur âge ni à l'une ni à l'autre. Les cousines, les vraies quatre cousines du tableau de Jerzy (celui qui est au musée national d'Art moderne) auraient pu porter une robe semblable, oui, mais voilà quarante ans.

Dans la salle d'embarquement, rien n'avait changé : le nombre des passagers en perdition dans un brouillard qu'on ne devinait toujours pas s'était seulement accru. Curieusement, il y régnait une drôle de bonne humeur, des groupes se formaient, on s'interpellait, les voyageurs pour Bologne, dont j'étais, compatissant aux malheurs de ceux qui partaient pour Rome ou Milan, pas mieux lotis qu'eux. Un employé d'Air France que j'interrogeai me rassura néanmoins :

l'avion qui nous était destiné n'allait pas tarder à se poser ; il repartirait ensuite dans les meilleurs délais. A Bologne, m'affirmait-il, il faisait un temps splendide.

Ainsi l'appareil ne resterait-il au sol à Paris que peu de temps. Une demi-heure ? Quarante minutes ? Une inquiétude me saisit : aurait-on le temps d'embarquer ma caisse ? L'idée de me retrouver seul à Bologne sans ma *Mathilde aux bras levés* me donnait subitement des sueurs froides. Ce n'était pas d'arriver sans lui au palais des Diamants de Ferrare, où on l'attendait, qui me souciait le moins du monde. Après tout, j'aurais pu refuser le prêt et, passez muscade, ni vu ni connu, on aurait seulement admiré davantage Mathilde au milieu des *Cousines* de Londres où, les bras levés là aussi, elle paraissait regarder de loin les jeux équivoques de ses compagnes. C'était à Mathilde elle-même, à moi que je pensais, si la caisse n'était pas embarquée à temps. Dans quel hangar séjournerait-elle, sinon sur quel chariot exposé à tous les vents, au milieu des pistes, et pour combien de temps ? Parmi ces voyageurs dont la foule compacte frémissait d'une belle humeur qu'on n'attend guère de passagers laissés ainsi en rade pendant des heures, je devais être le seul à me poser tant de questions. L'employé que j'interrogeai à nouveau ne me rassura pas vraiment, m'affirmant pourtant que ma caisse partageait maintenant le lot des bagages accompagnés des autres passagers de mon vol et que je n'avais pas sujet de me faire du souci. Il fit comme

s'il passait deux coups de téléphone, répondant lui-même par des hochements de tête aux questions qu'il n'achevait pas de poser, avant de confirmer d'un large sourire ce qu'il m'avait dit.

N'empêche. Jusqu'à l'embarquement, j'imaginai le pire des sorts à Mathilde. Elle habitait si bien le grand panneau de la galerie de la rue de Varenne, la petite fille aux bras levés qu'un avorton découvre comme le régisseur d'un théâtre à l'italienne ouvre très grand son rideau rouge sur le plateau déjà habité d'une scène figée qui va subitement s'animer ! Entre les bibliothèques, calée parmi les centaines de reliures anciennes, les éditions originales d'écrivains que j'aimais, elle occupait une place de choix. Tous ces livres, en rayonnages réguliers que, deux fois par an, des jeunes gens que je payais pour cela venaient entretenir, cirer, frotter doucement de chiffons de laine, constituaient autour d'elle les rangées des sièges de ce théâtre fabuleux dont j'étais, là, l'unique spectateur. Balzac ou Stendhal, tous les petits romantiques dont je possédais les rarissimes éditions décrites par Asselineau puis par Carteret dans leurs amusantes bibliographies étaient là, oui, sous le cuir poli, le maroquin à long grain de reliures choyées comme de jolies femmes, mais ils formaient une garde lointaine, un peu hautaine, ils veillaient en somme sur le destin de mes amours avec Mathilde. Quant à moi, assis sur le canapé qui faisait face au tableau, je pouvais bien lire un journal ou feuilleter un roman, c'était elle que j'aimais en face de moi et la nudité de son corps

qui m'apparaissait pourtant parfois peint avec une maladresse aussi somptueuse que délibérée, m'entraînait sur le chemin des rêves où je me perdais.

Le moment est venu de le dire. Ma collection, puisque je *suis* collectionneur (et je souligne la forme présente, éminemment transitoire, du verbe être comme cette première personne du singulier si vite appelée, quoique j'en aie, à se dissoudre à son tour dans la brume), ma collection, donc, ne comprend pas plus d'une douzaine d'œuvres que j'ai choisies avec un soin attentif, échangeant celle-ci contre celle-là quand cette dernière me plaisait davantage que l'autre et que je n'avais d'autre moyen de l'acquérir. Mais ces dix ou douze tableaux (parmi lesquels seul le Jerzy n'a jamais changé de place, ni sur mes murs ni dans mon cœur) constituent pour moi une sorte de musée imaginaire de toutes mes passions. Les citer ? Oh ! Je parlerais aussi bien de ce long tableau de Bonnard, tout en hauteur, qui représente une femme debout dans un tub, que d'un tableau français du XVIᵉ siècle, attribué à un élève de Jean Cousin le Père, une réplique plus grave plus souveraine, de la célèbre *Eva Prima Pandora* du Louvre. Il me faudrait citer aussi mon Balthus, naturellement, ma *Michelina dans la chambre turque* qui évoque de bien lourds souvenirs, ou même ce Klimt d'or et de feu, une *Sémélé* brûlante de désir achetée à un vieil ami, commissaire-priseur et romancier. Il y a les autres, aussi, jusqu'au triptyque de Bacon, absent pourtant puisque c'est lui que j'ai, en

somme, troqué contre le Jerzy, mais dont j'ai gardé trois petites esquisses, comme un remords, dans mon cabinet de travail. Chacun de ces tableaux a naturellement pour moi une valeur plus sentimentale que marchande mais, au-delà de l'attachement que je leur porte, c'est une relation d'un autre genre que j'entretiens aussi avec eux. Lequel de mes amis (Charles, je crois, qui était cinéaste et qui est mort) a le premier remarqué que, hormis le Bacon, chaque pièce de ma collection représentait une femme ? Peut-être parce que j'avais, après tout, aussi acheté le Francis Bacon, ne m'en étais-je pas vraiment rendu compte. Mais si j'aime la *Mathilde aux bras levés* de la manière qu'on commence à deviner, la jeune femme blonde dans le tub de Bonnard, la *Pandora* de l'école de Fontainebleau ou la jolie *Michelina* du cher Balthus sont également pour moi l'objet d'une espèce de passion que Charles, parmi d'autres, a parfois raillée. Cependant, au-delà de ce désir non dit (et que je ne dirai donc pas davantage) pour ces femmes étendues sur un rectangle de toile, prisonnières de quatre baguettes peintes ou dorées, il y a le trop-plein d'histoires, de légendes, de souvenirs qui habite ces grands à-plats de couleur. Avec Balthus, je plonge ainsi dans Rome telle qu'elle a disparu, Rome de fête ou de silences hautains, Rome aux marges d'un fantastique souterrain, jamais avoué, quand l'immense peintre qui présidait aux destinées de l'Académie de France s'avançait, suivi par la procession de ses pensionnaires, et jetait symbolique-

ment par les fenêtres de la villa Médicis des plâtres anciens des anciens prix de Rome au soir du 31 décembre, comme c'est rituel en Italie. Mathilde et Jerzy m'entraînent de la sorte, aussi bien sur les rives du lac de Côme que vers des domaines plus intemporels, celui où les *Courtisanes* du musée Correr interrogent le vide de leur mémoire. Et puis, Jerzy et sa Mathilde, c'est Mathilde elle-même, bien sûr, la prodigieuse ascension sociale qui conduira la fille d'une cuisinière du Lion d'Or, à Drago, à devenir l'épouse d'un lord Claremont, dans un château écossais, parmi d'autres figures de femmes peintes là par Van Dyck ou par Orazio Gentileschi, aussi jolies que Mathilde avec ses bras levés, aussi mystérieuses et pas moins refusées. Car je sais que la Mathilde du tableau a basculé à jamais dans les brouillards des Highlands, les bruyères, les vallées gorgées d'eau. Et quand bien même Mathilde répondrait au désir que j'ai d'elle en l'instant, elle ne me donnerait rien qui achève ce désir. Ma collection, dès lors, et le chef-d'œuvre de Jerzy au milieu ? Un sujet de méditation sur moi-même et sur ce que j'ai pu aimer, les années perdues, ces désirs nouveaux de toiles peintes qui résument ma vie entière, chacune d'elles plus chère à mon cœur que la pauvre Olivia qui ne m'aima guère et que je n'aime plus.

C'est au moment où nous allions enfin embarquer que la jeune fille qui ressemblait à la Marocaine de tout à l'heure a rejoint à son tour la salle. Elle portait

41

maintenant un manteau de cuir sombre doublé d'une fourrure grise comme en portait autrefois une amie morte à trente ans dont les baisers aussi bien que les fourrures respiraient le même parfum, sûrement coûteux, dont elle refusa toujours de me dire le nom. « De cette façon, tu ne l'achèteras jamais à une autre et, moi, tu ne m'oublieras pas... » : encore un visage qui revenait vers moi, ce jour-là. J'avais oublié l'odeur, le goût même de ce parfum quand elle penchait ses lèvres vers moi, mais je n'avais pas oublié Anita. C'était elle qui se pressait ainsi derrière moi sur la passerelle conduisant à l'avion, sa démarche si joliment, si drôlement entravée par une jupe étroite et longue que la Marocaine vraie ou fausse avait dû retrouver dans la garde-robe de sa maman, à qui j'imaginais les lèvres épaisses d'Anita, ses grands yeux noirs, la masse épaisse des cheveux qui entouraient les bonnes joues rebondies que je ne verrais jamais maigrir, s'émacier avec la maladie qui, à Londres, où elle vivait, allait finir par l'emporter sans que j'en susse rien, ne l'apprenant enfin, par une autre de mes amies, que des années après. Je me suis arrêté sur le seuil de l'avion pour choisir parmi les journaux proposés, la jeune femme m'a dépassé dans un frisson de fourrure. J'ai cru reconnaître son parfum, mais ce ne pouvait être celui d'Anita.

Je suis maniaque, on l'aura compris : en avion, je m'arrange toujours pour que l'on me réserve une place au premier rang, près d'un hublot. Sur le côté gauche

de l'appareil, de préférence. C'est donc tout naturellement que je me suis dirigé vers ma place habituelle, quand une hôtesse s'est approchée pour me faire remarquer que ma carte d'embarquement portait une autre attribution que le siège où je m'installais déjà. Je ne l'avais pas remarqué lors de l'enregistrement, mais mon billet ne me donnait droit qu'à une place à l'arrière, parmi le gros des passagers. Le siège voisin de celui que je croyais le mien était occupé par la jeune femme à la fourrure, elle ne leva pas les yeux pendant la courte scène d'explication avec l'hôtesse. Que ma secrétaire eût pu commettre semblable erreur me parut si incongru que je n'en fus d'abord même pas furieux. Traînant toujours mon sac à roulettes déséquilibré derrière moi, je gagnai le fond de l'appareil avant de m'affaler sur mon siège, coincé entre une grosse femme en manteau plus épais encore et une gamine dont je ne vis d'abord que la lourde crinière bouclée et en désordre. C'est tant bien que mal qu'on avait calé ma valise dans un porte-bagages éloigné et j'avais perdu en route une bonne partie de mes magazines. Ma mauvaise humeur alors éclata, l'une de ces rancœurs très brusques qui vous donnent envie d'aboyer contre le monde entier. Ma voisine de droite, celle au manteau beige, en reçut un violent coup de coude pour lequel je m'excusai trop platement, celle de gauche y échappa car elle était recroquevillée contre le hublot. L'avion a enfin décollé. Il me restait tout de même le roman de Bassani à relire.

43

Après quelques minutes de vol, j'ai commencé à regarder autour de moi. A l'exception de la rangée où je me trouvais, les autres passagers, habillés en touristes, semblaient tous japonais. Avant qu'une hôtesse refermât le rideau qui nous séparait des voyageurs de la classe qu'on dit, Dieu sait pourquoi, « affaires », j'eus cependant le temps d'apercevoir le col de fourrure lumineuse de la jeune femme brune. Un jour qu'Anita m'avait rendu visite à l'hôpital militaire Dominique-Larrey, à Versailles où, en pleine guerre d'Algérie, je me remettais lentement d'une double pneumonie, elle avait jeté, sans ménagement, sur le pied de mon lit le manteau qu'elle portait, à la même fourrure légère, légère... Le regard des bidasses effondrés dans les lits voisins sur ce vêtement d'un luxe si éloigné d'eux, sur cette jeune femme aux seins moulés dans un pull-over noir qui devait porter la griffe d'un grand couturier... « C'est pas possible, c'est ta poule, une fille comme ça ! » s'était exclamé l'un d'eux après son départ. « Ma poule » : des mots pareils ne faisaient déjà plus partie du vocabulaire de ces années, si lointaines pourtant, de ma jeunesse mais le gros garçon poupin, qui avait avalé une boîte de sardines entière longuement exposée au soleil du bled pour s'assurer une belle jaunisse et la réforme qui allait avec, était né dans un Gers qui n'était pas encore devenu villégiature à la mode et, là-bas, les gars devaient avoir encore des poules... Gen-

til, ce Boulinard m'avait d'abord proposé de monter la garde devant la porte de la lingerie, si je voulais m'y isoler avec mon amie grecque, lors de sa prochaine visite. « Avec une poule comme ça, on veille au grain ! » s'était-il esclaffé, tout fier de sa plaisanterie mais aussi du rôle que j'aurais pu lui confier. Pourtant, jamais Anita n'a été une poule au sens que donnait à ce terme mon compagnon de chambrée. Son père possédait une armada de rafiots battant pavillons de toutes les couleurs sur toutes les mers et il collectionnait lui aussi des toiles de Balthus, de Jerzy, de Bacon... A l'occasion de l'un de mes anniversaires, sa fille lui avait précisément dérobé un petit dessin de Balthus, ç'avait peut-être été là le début de ma collection. Comme Mathilde sur mon tableau, le jeune modèle du comte de Rolla levait languissamment les bras, renversée en arrière sur une chaise esquissée d'un trait. Ce n'est que deux ou trois ans plus tard, et probablement l'une des dernières fois que je l'avais revue, qu'Anita m'avait appris que le modèle du grand peintre n'était autre qu'elle-même. Son père avait fini par découvrir la disparition du dessin auquel il tenait plus qu'elle ne l'aurait cru, il avait pleuré. « C'était la première fois que je voyais mon père pleurer, m'a dit Anita ; je suis plus heureuse encore de t'avoir donné ce dessin... » Je n'ai jamais fait qu'effleurer les lèvres d'Anita. Des années après sa mort, j'en avais le regret, brûlant. « Nous nous entendions bien, n'est-ce pas ? » m'avait dit un jour la jeune fille pour évoquer un

temps qui était déjà devenu pour elle un passé à jamais disparu. Dans ma bibliothèque, parmi de trop belles reliures, le portrait d'une Anita enfantine, aux seins à peine gonflés, veille encore sur moi, dans un coin d'ombre.

Le rideau d'accès à la classe supérieure était retombé et, après quelques coups de coude pour achever de dissiper ma mauvaise humeur d'être ainsi engoncé entre deux voyageuses anonymes, j'ai fini par extirper un autre livre de l'espèce de gibecière qui me sert de sac à tout faire pour peu que je quitte Paris pendant un peu plus d'une demi-journée. Disparus mes magazines, il me restait, avec le roman de Bassani, ce recueil de poèmes que m'avait tendu Léonard Weill la veille au soir, au moment où nous allions nous quitter. « Allons ! Il faut quand même que tu puisses te rendre compte *de lisu* que je ne suis pas tout à fait gâteux. » *De lisu* : cela constituait une manière de mot de passe entre nous, du temps de nos années américaines. C'était seulement *de lisu* qu'on avait le droit de juger un texte ou un auteur ; et ceux des étudiants qui osaient parler de ce qu'ils n'avaient pas lu, pas vraiment lu, étaient renvoyés sans appel aux ténèbres extérieures par un Léonard qui pouvait plaisanter de tout, sauf avec la littérature.

Pour le reste, on peut dire que Léonard savait rire. Et même, de quel rire ! Ceux de mes amis qui assistaient à sa remise de décoration, la veille au soir, n'ont sûrement vu en lui qu'un long vieillard, maigre et frêle,

à la peau des joues presque transparente sur des pommettes trop parcheminées. Même son regard, presque épuisé et qui guettait le mien, comme en attente d'un signe qui l'aurait rassuré, avait perdu cette bonhomie enjouée, roublarde parfois, qu'il avait lorsque, bon géant émigré aux Amériques, il m'en racontait de vertes et de pas mûres du tout, devant la petite Isabelle qui riait aux éclats. Il faut dire qu'en son temps Léonard avait été un sacré noceur. Lui-même aimait d'ailleurs à se qualifier ainsi, d'une expression qui n'était déjà plus vraiment de son époque. Il affirmait tenir ce goût qu'il avait des femmes, de toutes les femmes, d'un grand-oncle Isaac, cordonnier à Heimwiller en Alsace, où lui-même était né. Dès lors, racontant ses mille et une bonnes fortunes avec une complaisance malicieuse, mon cher Léonard avait un peu tendance à confondre les succès de l'oncle Isaac et les siens. Ainsi l'oncle Isaac avait-il rédigé en yiddish, avec un soin maniaque, une sorte de catalogue à la Leporello de ses conquêtes, qu'il avait classées par tranches d'âge et agrémentées de notations en un langage connu, celui-là, de lui seul, qui lui permettait de se remémorer les différentes qualités des personnes du sexe et leurs dispositions particulières à tel ou tel type de divertissement. Perfectionniste, l'oncle Isaac étendait fort loin ses performances puisque, ayant probablement épuisé toutes les ressources de la communauté de Heimwiller à laquelle il appartenait, il s'était engagé, dès la trentaine, sur des terres nouvelles, n'hésitant pas à séduire

avec la même ardeur bourgeoises catholiques de Colmar ou épouses huguenotes de sous-officiers prussiens sur lesquelles il affirmait remporter – c'était avant 14 ! – de belles revanches. Pour lui, m'avait expliqué son arrière-petit-neveu avec un sourire trop ironique pour n'être pas, quelque part, admiratif : pour lui, les vieilles avaient l'avantage sur tant d'autres de se souvenir qu'elles avaient été jeunes ; et les jeunes avaient tant à apprendre qu'elles finissaient par vous donner de divines leçons. Léonard Weill se dépêchait d'ajouter que, pour un peu et en prononçant le mot « divines », le vieil Isaac se serait signé en souvenir des jolies femmes de chambre ou des vendeuses chrétiennes que, avec la prestance de ses trente ans d'alors, colosse comme le serait un demi-siècle plus tard son arrière-petit-neveu, il avait si bien embobinées que c'était finalement elles qui l'avaient, en somme, converti. « J'avais douze ans quand il me racontait ses histoires, l'oncle Isaac », disait encore Léonard. L'oncle était devenu un fantôme, l'ombre de lui-même, long, squelettique, un visage de mort, aux yeux creux, les os si pointus que la peau semblait sur le point de se déchirer : qu'il en ait dit autant, d'un ton encore badin et gourmand, me paraissait d'une admirable obscénité. Trente ans après nos conversations américaines, Léonard lui-même ne racontait plus rien. Il avait, avec l'âge, acquis une pudeur extrême radicalement différente des tonitruantes rodomontades de son aïeul, mais il était devenu à son tour ce fantôme hâve, dont

les membres si frêles auraient pu craquer comme des fétus de bois tandis que je le serrais contre moi pour l'accolade traditionnelle qui suit la remise d'une décoration. Alors qu'au temps de notre Amérique à tous deux, c'était avec le souffle de l'oncle Isaac qu'il me dressait le compte (et tenait le décompte) des petites étudiantes de l'université qu'il « enfilait », disait-il d'un sourire qui faisait qu'on lui pardonnait tout, avec une jubilation d'éternel adolescent.

« Tu comprends, m'expliquait-il, un grand juif costaud comme moi, décalotté de nature et solide comme le bâton de Moïse version (pardonne-moi !) longue et râblée, ça vous inspire confiance. » Un jour qu'il venait de quitter l'étudiante préférée du moment (puisqu'en ces jours heureux nul terrorisme ne régnait sur les campus et qu'un professeur pouvait fermer à double tour la porte de son bureau le temps d'une répétition à une jolie étudiante), il avait même eu le geste, qui m'avait pour le moins décontenancé, de se débraguetter et d'extirper de la flanelle de son pantalon un énorme braquemart violacé qu'il avait montré avec fierté : « Qu'est-ce que tu veux, il y a des gamines pour qui ce format-là vaut tous les vers en douze pieds du monde : moi je m'efforce de montrer ("Mignonne, allons voir si la rose...") qu'on peut parfaitement réconcilier la poésie avec le reste ! »

Pauvre Léonard, marié, trois enfants, qui chérissait sa femme et ne l'en trompait qu'avec un peu plus de mauvaise conscience (« L'âme qui dit non quand les

couilles vous crient oui, ça vous amollit peut-être le
cœur, mais attends pour juger d'avoir mon âge et la
famille qui va avec ! »), j'enviais son appétit, et surtout
l'aisance dénuée de toute fausse pudeur qu'il avait à
l'étaler au grand jour, moi qui, pétri de mauvaises pensées, n'osais jamais danser qu'avec les plus laides dans
les surprises-parties de mon enfance. Il m'avait fallu
attendre la petite Isabelle, étudiante comme moi de
Léonard, pour gagner quelques galons en ce domaine.
   L'afflux, toujours, des souvenirs... Comme si c'était
l'avion qui me les faisait remonter au cœur... Isabelle
avait dix-sept ans, elle était en première année, *fresh-
man*, quand j'étais moi-même *graduate*. Elle peignait
de délicates aquarelles où des fillettes rehaussées d'un
trait de plume dansaient avec des garçons à peine plus
âgés qu'elles sur des plages piquées de parasols et de
ballons rouges. L'une de ces aquarelles est demeurée
longtemps, encadrée d'une baguette de bois clair,
parmi les rayons de ma bibliothèque. Un chat, la mine
gourmande, y épiait la scène, dans un coin. Isabelle
écrivait aussi des vers très libres, elle y racontait ses
amours avec de petites camarades qu'elle n'avait pas
niées, lorsque je l'avais interrogée : « Eh oui : tu ne
peux pas savoir comme c'est doux, une petite fille...
Et puis ça sent le savon blanc, l'eau de Cologne... »
La légende voulait que, lors d'un séjour à Paris (la
mère d'Isabelle était française ; son père, anglais, avait
disparu depuis longtemps), ma petite amie, qui n'avait
pas seize ans, soit tombée dans les rets de deux femmes

qui tenaient un bar pour dames rue de l'Échaudé. Ç'aurait été Léonard Weill en personne, dûment mandaté par la maman, qui serait venu négocier sa libération, pas d'éclats, pas de scandale, quelques dizaines de dollars à l'appui et une Isabelle pâle d'avoir passé dix jours dans une cave mais émue quand même de ce qu'elle y avait connu. Un soir qu'elle avait un peu bu – elle ne buvait, disait-elle, que lorsqu'elle s'ennuyait : c'était une *party* chez un bon jeune homme de Harvard, futur avocat international qu'elle épouserait d'ailleurs, pour divorcer très vite –, Isabelle m'avait avoué avoir elle aussi suivi quelques cours particuliers dans le bureau de Léonard, ce que mon vieil ami avait admis, des années plus tard, tout en reconnaissant « ne pas lui avoir fait beaucoup de mal ».

La meilleure amie d'Isabelle s'appelait alors Valérie. Elle était aussi son modèle préféré ou, plutôt, c'était Valérie que ma petite fiancée américaine aimait à peindre, dansant toute folle sur des plages bien jaunes. Mais Valérie vivait à New York et le hasard a voulu que je ne l'aie jamais rencontrée. Je ne la connaissais qu'à l'aquarelle, blonde à l'énorme masse de cheveux frisottée, qui levait les bras au ciel, comme Mathilde sur mon tableau. Isabelle la peignait toujours de profil, elle n'avait presque pas de seins. Sur l'un des dessins qu'elle avait refusé de m'offrir, Valérie et elle s'embrassaient, enlacées, demi nues sur une plage, parmi des garçons qui les regardaient en riant. Pour pouvoir payer un voyage à l'extrémité de Cape Cod que nous

51

avions longtemps projeté de faire, nous avions parcouru ensemble les rues de Beacon Hill, à Boston, allant de galerie en galerie pour tenter de vendre les petites filles des aquarelles. Un marchand nous en avait ainsi acheté un lot, sûrement davantage convaincu par le peintre que par son œuvre et Isabelle avait accepté de lui vendre à lui le portrait de Valérie l'embrassant sur la plage. J'en avais été un peu triste mais, sur les longues plages de Cape Cod où nous avions loué une chambre dans une petite maison de bois qui ouvrait sur la mer, Isabelle avait su me faire oublier, et combien ! les baisers qu'elle avait pu donner à Valérie. Tout cela, Léonard Weill me l'avait rappelé la veille, après la petite cérémonie de sa rosette, avec un sourire à la fois complice et triste parce que sa vie à lui, fût-ce cette vie-là, s'achèverait bientôt quand la mienne durerait peut-être encore un peu. « Sacré farceur ! m'avait-il lancé au moment où Danièle, sa femme, était occupée ailleurs : sacré farceur ! moi il ne me reste plus qu'à écrire des vers profonds et emmerdants pour tenter de faire croire que j'ai oublié tout ça ! » Et c'est vrai que la mince plaquette qu'il m'avait dédicacée avant de me quitter était d'une redoutable austérité quand bien même, à la lueur de quelques textes tirés de l'Écriture, deux ou trois poèmes y évoquaient la Femme, avec une majuscule un peu incongrue. Je savais que si Léonard avait su attirer Isabelle dans son bureau, il avait bel et bien mis enceinte Valérie, l'amie d'Isabelle. Mais c'était aussi l'une des « spécialités », si j'ose dire, de

Léonard Weill, du temps de sa verdeur, d'engrosser au moins une fois à peu près toutes les jeunes femmes à qui il dispensait ses tendresses. Il tenait cela, disait-il, de son aïeul Isaac qui se flattait d'avoir su « nicher » (c'était, paraît-il, son expression) des palanquées de petits « youtres » (toujours un mot du grand-oncle) dans des dizaines de familles bien goyim où il avait (c'étaient encore ses paroles) déposé ainsi « le bon grain ». Du temps du vieil Alsacien, les enfants, juifs ou goyim, vous naissaient comme cela, sans qu'on n'y pût rien. Pas plus adroit que lui, le cher Léonard avait du moins recouru, en ces années d'avant la pilule, aux soins d'un ami médecin dans une clinique privée de Watertown, dans la banlieue de Boston. La pauvre Valérie y était passée, comme d'autres, et Isabelle, même si elle en voulut davantage à son amie d'avoir trompé la passion enfantine qu'elle éprouvait pour elle, avait failli se fâcher avec son professeur qui ne me l'avait raconté que longtemps après. Dans un beau livre de souvenirs, publié voilà quelques années, où mon ami évoque avec tact et émotion son enfance alsacienne, il fait également allusion, plus discrètement cette fois, à la fatalité qui l'amenait, comme le grand-oncle Isaac, à laisser un peu partout des enfants qu'il lui fallait ensuite deux ou trois cents dollars chaque fois pour rayer du tableau. Rêvant sur les visages des gamines peintes par Isabelle, j'ai quelquefois pensé à cette Valérie dont elle me parlait si souvent et qui, elle aussi et comme les autres, avait écouté Léonard lui

parler de Baudelaire ou de Saint-John Perse. Et même si ce sont les détails que donne mon ami sur son enfance et son adolescence qui m'ont surtout frappé dans son livre – les balades à vélo à travers les vergers, les fleurs blanches du printemps, les récits du vieil Isaac, oui, mais aussi ceux d'une grand-mère, d'une tante... –, la figure des jeunes filles avortées à Watertown m'a parfois paru pathétique.

On avait déposé devant moi le plateau de ces choses molles enveloppées de matière plastique qu'en avion on appelle repas quand ma voisine de gauche a enfin levé le nez du hublot qu'elle n'avait pas quitté depuis le décollage. Plus jeune que je ne l'avais d'abord cru, et la tête tout ébouriffée d'une grosse chevelure blonde, est-ce parce que je venais de penser à la petite Valérie que je lui ai trouvé une certaine ressemblance avec la tendre amie d'Isabelle ? Elle tenait entre les mains un volume aride d'une histoire de l'art de notre temps écrite par une dame faite pour ça qui dirigeait un centre d'art contemporain en province, ou quelque chose d'approchant. J'avais un peu connu la dame, elle était redoutable. J'en fis la remarque à la jeune personne assise à côté de moi qui, brusquement ramenée sur terre par un plateau semblable au mien, eut l'air désemparé de qui sort trop vite d'une vague rêverie. Elle rougit pour me répondre que le livre en question lui paraissait, en effet, très ennuyeux. Sous les

lourds cheveux bouclés, le visage était fin, les yeux bleus, légèrement tirés vers les tempes comme ceux de Valérie dont les traits, oubliés depuis si longtemps, me revenaient d'un coup, sur une aquarelle d'Isabelle, avec une surprenante précision. La glace brisée, ma voisine m'apprit bientôt qu'elle-même s'appelait Valérie, ce qui ajouta à mon étonnement, les traits de la jeune fille se superposant si bien à ceux de la Valérie d'Amérique que ceux-ci, qui m'étaient si bien réapparus, basculèrent aussi vite, et je pense pour toujours, dans l'oubli où ils étaient enfouis depuis quarante ans. Que la jeune fille eût en main l'ouvrage de la dame en question m'étonnait tout de même et je l'interrogeai. Timide, cette Valérie-là semblait buter sur les mots pour me répondre. Je compris néanmoins qu'elle était bretonne et que, étudiante en histoire de l'art à Rennes, elle avait obtenu l'une de ces bourses qu'on distribue à Bruxelles aux étudiants européens pour les aider à voir le monde. Le moins que l'on pût dire est que, dans le cas de la jeune fille, les eurocrates bien pensants étaient tombés à pic puisque, hormis deux ou trois brefs séjours à Paris, Valérie Bardot – c'était le nom de ma voisine – n'avait jamais, ou presque, quitté sa Bretagne. Son séjour à Bologne représentait son premier voyage à l'étranger. Je suis certain que l'amie d'Isabelle était jolie. Celle-là ne l'était pas vraiment. Elle était touchante, plutôt. Mal fagotée, elle sentait un peu la transpiration. Lorsque je lui demandai pourquoi elle avait choisi d'étudier l'histoire de

l'art, elle rougit davantage pour me répondre qu'elle ne le savait pas. Puis elle se lança dans un discours rempli de ces formules toutes faites et faussement savantes qui constituent le jargon universitaire d'aujourd'hui pour m'expliquer gravement cette chose simple que l'art est le miroir d'une société. Le mot « politique » revenait dans sa bouche tellement plus souvent que ceux qui sont le vrai vocabulaire de l'art qu'elle en était plus attendrissante encore. Elle entendait préparer à l'université de Bologne un mémoire sur la peinture italienne de l'entre-deux-guerres, me cita De Chirico et Carrà mais ne réagit pas lorsque je prononçai les noms de Savinio ou de De Pisis. Je crus bon de lui parler de l'exposition de Jerzy à laquelle je me rendais mais le nom du peintre, pour moi illustre, la laissa de marbre. Non, vraiment, elle ne connaissait pas Jerzy. J'évoquai alors Bacon ou Balthus, elle avait entendu parler d'eux, mais « ils n'étaient pas au programme ». Aimerait-elle visiter l'exposition à laquelle je me rendais ? J'ajoutai modestement que je transportais avec moi une toile qui m'appartenait et qui constituerait probablement le clou de la rétrospective. Valérie rougit un peu plus : oh ! oui, elle aimerait tant assister à un vernissage, ce serait la première fois ! Que cette gamine ait déjà passé trois ans à étudier l'histoire de l'art était à proprement parler confondant. Je m'enhardis à lui proposer de venir me retrouver le lendemain à Ferrare. Je pouvais lui envoyer une voiture et la faire inviter au dîner qui suivrait le vernissage.

« J'ai peur de ne pas avoir de robe à me mettre », m'objecta-t-elle seulement. Elle s'était redressée sur son siège pour retirer un pull-over, il faisait très chaud dans l'avion, je devinais que ses seins étaient nus sous son chemisier blanc. Sur l'aquarelle d'Isabelle où les deux petites filles s'embrassaient, la Valérie d'Amérique portait, de même, une chemise blanche largement ouverte sur sa poitrine naissante.

Bientôt ma voisine, qui ne s'était d'abord exprimée que par monosyllabes et paraissait hésiter longtemps avant de prononcer une parole, perdit de sa timidité. Encouragée par mes questions, elle m'expliqua que ses parents tenaient « un débit de boissons » à Tréguier : le mot « café » devait lui paraître peu avantageux. Elle précisa néanmoins que sa mère était serveuse dans un café lorsque son père avait fait sa connaissance. Elle avait une sœur, qui travaillait à Paris. C'était chez elle, près de la gare Montparnasse, qu'elle était descendue à chacun de ses passages. Ainsi avait-elle pu visiter le Louvre, le musée d'Orsay, le Centre Pompidou, aussi le musée Bourdelle et, plus curieusement, l'atelier de Brancusi, qui l'avait fortement « impressionnée ». D'ailleurs, tout l'impressionnait : le « luxe » de l'avion, les plateaux de nourriture, l'élégance des hôtesses, jusqu'à sa rencontre avec moi (« un homme si important »).

C'était un curieux sentiment d'attendrissement que j'éprouvais à regarder le visage un peu épais de la petite fille tendu vers moi, tandis qu'elle me parlait d'une

voix hachée de courts silences. Ce qui me touchait en
elle, comme chez la jeune femme de l'aéroport quand
elle vidait encore des cendriers dans le salon d'attente,
c'était son humilité appliquée, comme si elle savait
qu'elle ne sortirait jamais de son rôle de petite fille
trop souvent humiliée pour ne rien attendre de plus
de la vie. Valérie parlait maintenant avec émotion de
la vie qui l'attendait à Bologne, de l'excitation qu'on
ne peut pas ne pas éprouver, « à son âge », à se retrouver ainsi en terre étrangère. Quand j'évoquai le nom
de quelques-uns des peintres célèbres qui, à la Renaissance et jusqu'au début du XVIIᵉ siècle, avaient formé
l'école de Bologne, elle parut les entendre pour la
première fois. « On a tant de choses à faire, à apprendre, quand on a mon âge ! » Je me souvins qu'Isabelle
avait dit que son amie Valérie aurait voulu ne jamais
grandir – ou, alors, elle voulait mourir à dix-huit ans.
Dans le livre que m'avait dédicacé Léonard, un court
poème racontait la jeunesse de Judith, avant que
celle-ci ne croisât le chemin d'Holopherne : mon vieil
ami la disait riche, à dix-huit ans, de toute la science
des prophètes ; plus tard, elle n'avait fait que répéter
ce qu'elle avait appris. Je laissai un moment ma voisine
à son babil enfantin, regrettant déjà vaguement de
l'avoir invitée à me rejoindre à Ferrare. Les vers de
Léonard, les derniers qu'il ait écrits, évoquaient avec
une très grande pudeur la métamorphose qui s'opère
chez la jeune fille qui devient femme et je ne pouvais
m'empêcher de me demander combien de fois, sur

son campus, le cher professeur avait été l'agent de cette transformation. Un jour de profonde mélancolie, il m'avait pourtant avoué avoir toujours éprouvé un sentiment de terrible tristesse lorsqu'il lui arrivait de coucher avec une étudiante dont il découvrait qu'il était le premier amant. « Je sais, quoi qu'il arrive et quoi qu'elles en disent, qu'elles attendent toujours autre chose », avait-il remarqué pour constater que la grande impuissance de l'homme serait toujours d'ignorer la nature de cette « autre chose ». Comme en écho à la phrase de Léonard Weill, ma voisine était en train de m'avouer qu'« au fond, dans la vie, elle attendait toujours un peu mieux ». L'hôtesse repassait avec un autre plateau, de tristes choses, sèches cette fois, toujours sous cellophane. La petite Bretonne avait repris son discours sur l'art, la jeunesse et le temps des découvertes, elle parlait sans fin, j'avais le sentiment que c'était ce voyage qui allait être sans fin. Nous survolions des nuages, je pouvais les voir en me penchant à peine, par-dessus ma voisine. Sur la couverture du livre que j'avais en main en édition de poche, on voyait quatre jeunes gens réunis autour d'une table mise, devant une fenêtre ouverte. C'était la reproduction d'une peinture italienne des années trente, quand les grandes familles de Ferrare, les Finzi-Contini et les autres, bien vrais ceux-là, et qui sont allés à la mort, voulaient encore croire que la peste noire qui commençait à s'abattre sur l'Europe les épargnerait. « En 1929, écrivait Giorgio Bassani, Micòl n'était guère

plus qu'une enfant, une fillette de treize ans, maigre et blonde avec de grands yeux clairs, magnétiques... » Léonard Weill, la jeune joueuse de tennis selon Bassani, le petit juif alsacien devenu professeur en Amérique, la petite juive de Ferrare disparue avec une centaine de parents, cousins, amis, dans une nuit froide de 1943 : je me suis rendu compte que ma pensée allait des uns aux autres. Peut-être ai-je commencé à me dire que... mais mon livre a glissé à terre, je somnolais, je me suis redressé. Ma voisine s'était tue. C'est alors qu'une odeur de parfum que je crus reconnaître arriva jusqu'à moi, c'était la jeune femme que j'avais prise pour l'humble petite Marocaine et qui, pour quelle raison ? avait soulevé le rideau qui séparait la cabine où elle se trouvait de la nôtre et passait à ma hauteur. Alors tout s'accéléra. Le parfum de la voyageuse était celui qui régnait dans le studio moderne du XVIᵉ arrondissement où je rendais visite à Anita. J'avais levé les yeux vers l'inconnue. Elle esquissa un sourire, comme à un vieil ami. Ses lèvres épaisses évoquaient une pivoine, comme celles d'Anita. Le manteau de cuir à col de fourrure qu'elle portait était bien, cette fois, celui de mon amie grecque. Une bouffée de tendresse pour la jeune morte m'envahit. Je me levai brusquement : je devais parler à cette femme. Ma grosse voisine de droite dormait, il me fallut enjamber les kilos de graisse molle de ses genoux pour m'extraire de mon siège et la femme dut pousser un petit cri, je la heurtai peut-être. Tous les Japonais de l'avion me

regardaient. La fausse Marocaine avait disparu, probablement vers les toilettes, au fond de la cabine. J'ai marché jusqu'à la hauteur des derniers sièges. Les portes des deux toilettes étaient fermées, portant le signe « occupé ». Je décidai d'attendre. L'une s'ouvrit bientôt, une grande femme maigre en sortit, jeune encore, le menton puissant, ç'aurait pu être un travesti. Elle me jeta un regard amusé. J'attendais toujours que l'autre porte s'ouvrît quand la voix d'une hôtesse annonça que l'atterrissage était imminent, chacun devait regagner son siège, boucler sa ceinture de sécurité, etc. Comme je ne m'exécutais pas aussitôt, une autre hôtesse, venue elle-même s'asseoir sur un siège libre à l'arrière, me rappela à l'ordre. Je quittai à regret ma faction devant la porte close, bousculai à nouveau ma voisine de droite pour retrouver ma place. Valérie, près de moi, regardait intensément par le hublot. L'avion se posa bientôt.

Il faisait un temps magnifique. A quatre ou cinq kilomètres à peine de Bologne, l'aéroport semblait en pleine campagne, entouré de collines couronnées, çà et là, d'un château, d'une belle ferme fortifiée ou piquées d'un clocher d'église. Des souvenirs de Toscane me revenaient à la mémoire, sur le tarmac lui-même poussaient des fleurs jaunes. Un léger vent de sirocco semblait glisser entre les passagers qui s'acheminaient à pied vers l'aérogare. Je cherchais des yeux

la petite Valérie mais ne la revis pas. Je ne lui avais pas demandé où envoyer la voiture pour la chercher le lendemain. Lentement, la foule de Japonais me dépassait. Loin devant moi, je distinguais la silhouette brune de la voyageuse au manteau de cuir et de fourrure. Un peu plus tard, essayant de rattraper ma petite voisine, j'apercevrais une fois encore la jeune femme. Un chauffeur, jeune et casquetté de bleu, lui ouvrait la porte d'une Rolls dans laquelle elle allait s'engouffrer avec une élégance toute naturelle.

Pour moi, je n'en avais pas encore fini avec l'aéroport. Un jeune homme vêtu de gris, un bouton de deuil noir au revers de la veste, était pourtant venu m'attendre. Il portait mon nom, écrit avec une faute d'orthographe, sur une feuille de papier qu'il brandissait sous le nez des passagers. Un autre nom, japonais celui-là, figurait également sur la même pancarte. Quelques instants après, je faisais ainsi la connaissance de M. et Mme Yoshima, prêteurs comme moi, et que Michaela De Chiari avait également invités au vernissage. J'éprouvai une certaine mauvaise humeur à constater que l'on n'avait pas envoyé une voiture pour moi seul. Les deux Yoshima le devinèrent peut-être, qui s'excusèrent longuement du dérangement que leur présence allait me causer. Indifférent, le jeune homme en deuil s'occupait des bagages. Il parut surpris lorsque je lui confiai le bulletin de dépôt de la caisse que j'accompagnais. « Personne ne m'a rien dit... », grommela-t-il et, une fois encore, je ne pus m'empêcher de

penser que la fille de Michele De Chiari aurait pu se montrer moins négligente. Les deux Japonais éclatèrent du même rire. « C'est l'Italie ! », constatèrent-ils. Mais leur remarque me déplut davantage. Qui se croyaient-ils, ces nabots (M. et Mme Yoshima étaient tous deux fort petits), pour se permettre ce genre de constatation désabusée que nous, Français, considérons être les seuls (ou presque) à avoir le droit de faire à propos de nos amis latins ?

Il faisait très chaud. J'avais quitté Paris par un début de printemps, la température à Bologne semblait d'un coup celle du plein été. Hilares, les autres touristes japonais de l'avion se démenaient au milieu de piles de bagages plus hautes qu'eux, sous le regard narquois du couple des Yoshima qui devaient juger leurs congénères avec aussi peu d'indulgence qu'un Parisien ses compatriotes en vacances comme lui sur la Costa Brava. Je fus tout de même choqué d'entendre le rire méprisant de M. Yoshima : « Ils sont ridicules, n'est-ce pas ? » Et ma surprise fut plus vive encore lorsque sa femme me lança à son tour : « Alors : nous allons la voir bientôt, votre *Mathilde aux bras levés ?* » Si le commissaire de l'exposition avait oublié que j'arrivais avec mon tableau, les deux collectionneurs japonais donnaient l'impression de n'en rien ignorer !

Nous avions accompli les formalités de douane et récupéré nos bagages, seule manquait la caisse dont, selon le terme en vogue dans les musées, j'assurais le convoiement. Un instant, je m'inquiétai. Les aléas de

l'embarquement, l'attente à Roissy : et si mon Jerzy
ne m'avait pas suivi ? Je vis la même lueur d'inquiétude
dans les yeux des deux Yoshima et bougonnai en moi-
même : qu'est-ce que ça peut leur foutre, que mon
tableau soit arrivé ou non à bon port ? Il me sembla
apercevoir au loin la silhouette de la petite Valérie, un
lourd sac à dos sur les épaules, qui se préparait à
monter dans un autocar, mais ma voisine de tout à
l'heure était à présent le dernier de mes soucis. Trois
ou quatre garçons, jeunes et vêtus de noir, blousons
noirs, lunettes noires, paraissaient lui tourner autour,
mais elle avait déjà disparu dans son car. J'eus pourtant
l'impression que le groupe des garçons en noir
s'enfuyait brusquement, comme s'ils lui avaient dérobé
quelque chose et je faillis faire un pas vers elle. Mais
l'autobus qui emmenait ma petite voisine était déjà
parti. Bientôt, cars, taxis, tous les voyageurs arrivés en
même temps que moi disparurent à leur tour, à
l'exception de ceux qu'il me faut bien appeler mes
amis, puisque les Yoshima continuaient à multiplier
les attentions à mon égard, me proposant de garder
mes bagages tandis que je partais à la recherche de
notre chauffeur. J'allais accepter leur offre lorsque
celui-ci revint, accompagné d'un porteur qui poussait
ma caisse sur un gros chariot métallique. Les Japonais
échangèrent avec moi des sourires satisfaits, nous
n'étions pas pour autant au bout de nos peines. Le
jeune homme en gris apparaissait en effet parfaitement
désolé et j'eus vite la clef de son désarroi : la grande

voiture qu'on avait envoyée de Ferrare pour nous chercher (une Renault Espace ou quelque chose d'approchant) ne pouvait naturellement pas accueillir la caisse de bois.

Une manière de conseil de guerre se tint sur le bord du trottoir, devant l'aérogare. Le chauffeur, le patron, les deux Japonais plus prévenants que jamais cherchaient ensemble une solution pour me tirer de ce mauvais pas. Pour ma part, totalement exaspéré par la situation, j'avais pris en quelque sorte mes distances, deux ou trois mètres à l'écart, attendant que l'affaire se règle. Téléphone portable, exclamations, encore un appel téléphonique, deux, trois : mes compagnons discutaient toujours, l'air désolé. Qu'ils se débrouillent. La route devant moi, le parking au-delà étaient parfaitement déserts. L'aéroport de Bologne est vraiment un tout petit aéroport. Je m'éloignai du groupe qui gesticulait dans le vide. C'est alors que j'ai aperçu les quatre ou cinq garçons qui avaient, évidemment, volé le sac de la petite Valérie. Ils revenaient vers des motos stationnées au-delà de la Renault, sur le chemin de la sortie des parkings et riaient en se passant le sac, probablement vide, de la pauvre gamine, comme on le fait d'un ballon de rugby. Je n'avais pas eu le temps de réagir qu'ils étaient à ma hauteur. L'un me lança le sac, un autre me bouscula : par quelle présence d'esprit avais-je la main droite crispée sur mon trousseau de clefs ? Au moment précis où le quatrième malabar tout de noir vêtu se penchait pour me subti-

65

liser mon portefeuille, je tendis brusquement la main en avant, et les clefs serrées dans ma main l'atteignirent en plein visage. Je vis le sang gicler de son menton. Dans le même temps, trois carabiniers en grand uniforme, baudriers blancs et fourragère rouge, surgirent de Dieu sait où, il y eut des cris, des appels, les motos de mes assaillants démarraient dans un tonnerre de moteurs lancés d'un coup à plein régime. Ils allaient disparaître quand celui que j'avais frappé fonça brusquement sur moi pour me lancer à nouveau à la figure le sac de ma petite voisine qu'il avait dû reprendre avec un « *Ci vediamo !* » (« On se reverra ! ») sonore. Les autres l'appelaient. On criait « Benito ! » Sa moto m'évita de justesse, fit demi-tour sur le trottoir et rejoignit celles de ses compagnons.

« *Mascalzone !* » Le chauffeur, les carabiniers, les Japonais : tout le monde m'entourait, d'autres employés de l'aéroport, des badauds dont je n'aurais pas soupçonné la présence. Avec de petits gestes grotesques, le chauffeur en gris époussetait mon vêtement, s'assurant que rien n'avait disparu. Les trois carabiniers me serrèrent gravement la main, en me félicitant de mon audace. Je dois dire que je me sentais beaucoup moins fier, devinant confusément que j'avais peut-être eu tort de répondre à la provocation du voyou. Déjà un minibus équipé d'un large coffre glissait le long du trottoir, les carabiniers aidaient le porteur et le chauffeur à y introduire ma caisse de bois et je me retrouvai assis à l'avant, à côté du chauffeur. Sans m'en rendre

compte, j'avais gardé sur mes genoux le sac vide de la pauvre Valérie. Nous venions de quitter la rocade qui entoure Bologne, la chapelle familière de San Filippo m'apparaissait déjà, au sommet de la colline qui veille au carrefour des autoroutes quand, avec un beau sourire, Mme Yoshima m'a posé la question : « Alors : il paraît que vous êtes d'accord sur le prix ? » Je n'ai d'abord pas compris : « Le prix ? Quel prix ? » Le sourire de M. Yoshima, cette fois, radieux : « Eh bien, celui que nous vous offrons pour votre tableau ! » Ils se retournaient, comme pour surveiller sournoisement la caisse au fond du coffre.

Il m'a quand même fallu plusieurs minutes pour convaincre mes compagnons de voyage que je n'avais aucune intention de vendre mon Jerzy. Vendre *Mathilde* ! L'idée me paraissait si saugrenue que je balançais entre la stupéfaction et l'envie de rire. Mathilde ! Mathilde qui, avec les années, était devenue la seule vraie compagne de mes bons et de mes (hélas plus nombreux) mauvais jours... M. Yoshima écoutait mes dénégations du petit air entendu de qui ne prend les refus de vendre les plus indignés que pour le prélude à une tentative de faire monter l'enchère. Mais un accord (quel accord, et avec qui ?) semblait s'être réalisé sur une somme précise et, homme d'affaires autant que collectionneur, il était décidé à ne pas s'en écarter. Et plus je protestais, plus son sourire s'élargis-

sait. A côté de lui, la minuscule Mme Yoshima glous-
sait : fallait-il que je l'aime, ma Mathilde, pour tenter
ainsi une manœuvre de dernière minute ! Au bout
d'un moment, pourtant – notre véhicule longeait de
belles files de peupliers plantés entre l'autoroute et des
champs gorgés d'eau... –, le Japonais finit par être pris
d'un doute : « Est-ce que, par hasard, vous parleriez
sérieusement, monsieur ? » Il souriait toujours mais
quand je me retournai pour lui répondre, comme il le
souhaitait, le plus sérieusement du monde, je vis que,
derrière ses petites lunettes dorées, ses yeux me dévi-
sageaient avec une incrédulité croissante. Si j'étais
sérieux ? Je lui expliquai donc, toujours aussi sérieusement, comment je m'étais défait de mon triptyque
de Bacon pour acquérir le tableau de Jerzy et le visage
déjà rond de M. Yoshima vira, cette fois, à la face de
pleine lune, car le Bacon que je lui décrivais, les trois
cardinaux sur fond bleu, c'était précisément lui qui
l'avait acheté. « Moi, ou plutôt ma femme, car je ne
possède rien moi-même », m'expliqua-t-il, ajoutant
qu'il était d'un milieu modeste et qu'acquérir mon
Jerzy avait été son ambition suprême depuis que, grâce
au père de son épouse, il avait pu commencer à acheter
des tableaux. Son Jerzy à lui, celui qu'il prêtait à l'exposition de Michaela, n'était rien, m'affirma-t-il, encore
une *Mathilde*, certes, mais de petit format, vêtue
jusqu'au cou d'une sorte de bure, une simple esquisse
en regard de la beauté de ma propre Mathilde, ses bras
levés qui le faisaient rêver. « On m'a dit, d'ailleurs, que

68

vous aussi aviez l'habitude de rêver souvent devant
elle. » Il me donna ainsi quelques détails qu'il savait
sur l'emplacement du tableau dans l'appartement de
la rue de Varenne, les livres autour, le canapé de cuir
clair qui lui faisait face et sur lequel je m'installais pour
« parler avec Mathilde ». La grosse voiture s'engageait
déjà sur la bretelle d'autoroute qui allait nous amener vers Ferrare. J'interrogeai le Japonais : comment
avait-il pu apprendre tant de choses sur Mathilde et
sur moi ? Le sourire de mon compagnon de voyage
demeura aussi large mais il secoua la tête sans s'expliquer davantage : cela appartenait au secret qu'entraînait la négociation du tableau. Je voulais en savoir
davantage. Je me souvins des déclarations de Madame
Irma à l'aéroport : était-ce par elle que Yoshima était
passé pour avoir mon tableau ? Sur ce sujet, je ne faisais
guère confiance à Olivia et moins encore, naturellement, à son amie. Le Japonais secoua encore la tête :
allons ! je devais bien le savoir ! Il n'y avait aucun
mystère à cela, c'était Suzan Jerzy, la troisième femme
de notre ami, qui avait servi d'intermédiaire dans la
transaction. Le Japonais n'en était que plus étonné de
mon ignorance. Son épouse hocha néanmoins la tête,
d'un air entendu. Ils échangèrent quelques mots en
japonais puis M. Yoshima m'adressa un sourire : si je
n'étais vraiment pas, mais vraiment pas ! satisfait du
prix sur lequel il croyait que nous nous étions mis
d'accord, on pourrait peut-être encore s'arranger. Je
n'avais pas envie de lui répondre. Du reste, une vio-

lente pétarade de moteurs me fit me retourner et quatre lourdes motocyclettes, toutes caparaçonnées de noir, arrivaient à notre hauteur. Les motards ralentirent quelques secondes. L'un d'eux nous adressa de la main gauche, le majeur pointé vers le ciel, un signe sans équivoque. Il obliqua de même dangereusement vers le minibus. Un instant, je crus qu'il allait nous faire une queue-de-poisson et nous obliger à nous arrêter mais nous étions en train de dépasser une voiture bleue et blanche de la police de la route, les motards mirent tous les gaz et nous semèrent en trombe.

Peut-être que ç'a été la lumière... A peine le minibus s'est-il engagé sur la route étroite qui longe le canal au pied de la belle muraille blonde, parfois recouverte d'herbe et que surmonte un large chemin lui-même ombragé où les amoureux se promènent le dimanche : à peine notre véhicule a-t-il commencé à suivre ce tronçon de route qui conduit de la porta Bologna, à la hauteur de laquelle nous étions arrivés, à la porta Romana par laquelle nous allions pénétrer dans la ville, que j'ai retrouvé ces couleurs, ces mouvements des branches et des feuilles qui, depuis mon premier voyage à Ferrare, ont toujours évoqué pour moi la cité que d'aucuns ont dite « métaphysique ». Et pourtant, je me tenais dans un véhicule, en compagnie d'importuns, et je ne sentais rien de l'odeur de l'air ni des bruissements qui agitaient les ormes et les saules au-

dessus de moi. Les verts les plus frais, les plus mou-
vants, herbes et buissons mêlés, le chant d'un oiseau
qui s'envole d'un coup d'aile, des joncs dressés comme
des aiguilles en fleur au-dessus d'une flaque, l'éme-
raude plus sombre du chêne et la brume, surtout, cette
brume lumineuse qui, à Ferrare, enveloppe toute chose
jusque par les jours de grand beau temps : l'espace
d'un instant, j'ai retrouvé l'émotion qui me pénétrait
si profondément lorsque, en compagnie d'Hélène, qui
était alors ma femme et qui allait me quitter, nous
faisions cette dernière promenade sur le chemin de
ronde doucement aplani qui file si droit au sommet
de la belle muraille, dessinée par l'architecte qui conçut
également l'urbanisme de la ville et ses plus beaux
palais.

De tourelle en tourelle, nous surplombions des jardins, des cours, des impasses. Loin devant, dans la
même brume opalescente où le soleil couchant faisait
jouer des poussières dorées, venaient jusqu'à nous les
bruits réguliers d'une balle de tennis et les rires des
jeunes gens qui jouaient là, quelque part, dans la touffeur moite de cette fin d'été. Un chien aboyait. J'imaginais un gros dogue noir, vieux, fatigué, qui nous
menaçait pour la forme tandis qu'Hélène, accrochée
une dernière fois à mon bras, épelait les noms des
garçons aux longs pantalons blancs, d'un autre temps,
des jeunes filles aux jupes plissées, si sages, qui échangeaient des balles devant leurs amis, étendus dans
l'herbe du jardin qu'on devinait à peine et qui comp-

taient mollement les points : Adriana ou Alberto, Malnate, Bruno Lattes, ils sortaient droit du roman de Bassani que nous aimions tous deux. Ainsi, déjà ce livre nous habitait, lors de cette première visite...

Mais Hélène était morte et j'étais devenu à mon tour ce fantôme de tant de jeunesses perdues. Le minibus qui me ramenait à Ferrare après vingt années roulait lentement le long de ce qui ressemblait à un fossé bien entretenu au pied de la muraille, mais, comme dans l'avion de l'après-midi, le temps me semblait une fois encore suspendu. Rien ne passait. Tout durait, se répétait, revenait. La lumière où les taches jaunes du soleil se mêlaient au vert très frais des feuilles neuves, un ciel bleu d'après la pluie auquel cette brume légère donnait des couleurs de lavis, des nuances de pastel. J'entendis à nouveau un oiseau chanter, un martin-pêcheur rasa la surface du canal, le vieux chien-loup des jeunes gens qui jouaient jadis au tennis dans le jardin en contrebas, bien avant mon premier voyage à Ferrare, s'était remis à aboyer. Une silhouette blonde venait vers moi. Ce n'était plus Hélène, plus solide, plus lourdement charpentée, mais une jeune femme très mince, vêtue d'une blouse de soie jaune et d'une jupe courte et rouge. Elle s'avançait dans l'allée, au sommet du rempart et la lumière, ses cheveux qui flottaient autour d'elle, viraient au blond plus vénitien encore, un or limpide qui, la gourmette à son poignet menu, une chaîne, une croix autour du cou, bruissait comme une pluie de gouttes légères et dorées.

Je la reconnaissais sans peine, cette jeune femme, pourtant remontée elle aussi du fond de mes rêves. Elle s'appelait précisément Laure et elle semblait courir vers moi sur le chemin qui courait comme elle sur la crête de ces remparts vers lesquels je revenais après presque un quart de siècle. Elle n'était ni la jeune fille du tennis en contrebas, l'héroïne du *Jardin des Finzi-Contini* depuis si longtemps anéantie dans la nuit et le brouillard, ni aucune de ses amies qui dansaient avec elle au son de vieux jazz-bands et d'un phono à aiguille : la jeune femme que je croyais voir courir dans la lumière irisée de mille gouttelettes en suspension dans l'air de cette après-midi de soleil s'appelait Laure, elle était ma petite voisine de palier, rue de Varenne, où elle vivait avec un jeune mari, trois enfants déjà, levée tôt le matin, travaillant de manière irrégulière dans une agence de presse (mais beaucoup, beaucoup d'allées et venues, de retours à la maison, de courses à travers Paris), rentrée tout de même tôt le soir pour s'occuper de sa famille, son mari qui regardait la télévision, elle qui s'affairait à préparer le dîner, coucher les enfants, prendre (m'avait-elle dit) un long bain pour « se calmer », dormir tôt, pour recommencer de bonne heure le lendemain. Cette Laure, Laure Argentat-Dunom, qui portait ce que les Anglais appellent un *double barrel name*, avait vingt-sept ou vingt-huit ans, elle était fine, élancée, mince comme un fil ; les épaules un peu carrées et, à la croiser chaque jour dans l'escalier de

la rue de Varenne, j'en étais arrivé à vouloir la croiser davantage. Nous avions parlé un peu. Elle était, de-ci, de-là, entrée chez moi pour boire un café parmi mes livres, mes tableaux. Elle soupirait un peu, la vie était difficile quelquefois, même pour une petite fille de grands bourgeois du VIIe arrondissement, mariée à un jeune mari dynamique, drôle, distrait : je ne m'étais pas rendu compte que j'étais déjà ému par elle. Elle était toujours pressée, mais avait toujours le temps de s'arrêter un moment pour parler avec moi. Elle disait « discuter », elle aimait « discuter », écouter ses amies qui lui racontaient des vies qui ressemblaient à la sienne et, assise près de moi face à ma *Mathilde aux bras levés*, elle me disait envier le calme de ma bibliothèque, mon bureau bien rangé, la table où je pouvais travailler. Laure me disait aussi ne guère aimer Mathilde, elle lui trouvait un air d'aguicheuse. Un soir que j'étais assis près d'elle, je lui avais effleuré la jambe, elle s'était laissé faire, un peu, puis avait protesté en souriant.

C'était elle, à présent, que je voyais courir sur le sommet des remparts de Ferrare. J'imaginais ses trois enfants devant elle, je l'imaginais toujours avec ses trois enfants, un qu'elle tenait par chaque main, la troisième, la plus grande, un peu à l'écart, qui observait. La lumière devenait plus mouvante encore, les cris des jeunes gens qui jouaient au tennis se faisaient plus distincts, je reconnaissais la voix de Micòl, la plus âgée des jeunes filles que je ne connaissais que par le

livre qui m'avait raconté sa vie, écrit précisément tout
près d'ici, dans l'une des maisons du corso Giovecca
pavé de galets ronds, en contrebas. Laure souriait
comme elle seule peut-être sait sourire, les yeux d'un
bleu si pâle et la peau, les cheveux, le visage tout d'or :
le temps était figé dans un curieux mélange de souvenirs, que je n'attendais pas, les miens et toujours
d'autres encore, venus d'un temps perdu et qui semblaient si vite devenir les miens. Puis j'ai perçu à nouveau le mouvement du minibus où je me trouvais qui
tournait l'angle de la porte Po pour s'engager sur la
via Cavour qui menait au centre de la ville. Il faisait
très chaud, à l'avant de cette fourgonnette inconfor-
table qui nous transportait, Mathilde et moi, et les
Japonais qui voulaient m'acheter mon tableau. L'instant d'après, j'étais revenu sur terre, nous roulions sur
les pavés de la rue très large, des vélos, des passants,
la lumière avait baissé, le chauffeur en gris, son bouton
de deuil au revers de la veste, m'annonçait que nous
allions d'abord déposer mes compagnons à leur hôtel
avant de gagner le mien. J'ai pensé que j'avais dû
somnoler un bref instant, le long de ces remparts où
Hélène m'avait annoncé, il y a un peu plus de vingt
ans, qu'elle allait me quitter.

Nous étions descendus au même hôtel, sur cette
place, face au château précisément, à ses douves, à ces
grands créneaux d'un rouge sombre et sanglant qui

semblent sortir tout droit d'une peinture de De Chirico. D'ailleurs, De Chirico avait vécu à Ferrare pendant la Première Guerre mondiale. Blessé, il avait été
hospitalisé avec quelques-uns de ses camarades à
l'hôpital militaire de la ville et certains poèmes, des
textes de lui-même ou de ses compagnons évoquaient
avec la même imprécision les mêmes grandes places
figées dans des lumières qui n'étaient ni de jour ni de
nuit, avec des statues levées sur le ciel comme les
chevaux cabrés qui entourent un obélisque à Rome,
sur la place du Quirinal. Avec le roman de Bassani,
Hélène avait apporté un ou deux livres des Savinio et
autres Gino Severini qui parlaient de De Chirico et
de Ferrare. Elle avait commencé à lire l'un d'entre eux
dans le train qui nous avait d'abord conduits à Venise
puis de Venise à Vicence, de Vicence à Trévise et de
Trévise enfin ici, à Ferrare, où elle avait voulu venir
parce que c'était, disait-elle, la seule ville de cette partie
de l'Italie où nous ne soyons jamais allés jusqu'à présent ensemble. Venise et sa province, Vicence, les villas
palladiennes, nous les avions si souvent parcourues.
C'était encore le temps de la petite pension Seguso,
sur les Zattere, face à la Giudecca, et l'on y réfléchissait
à deux fois avant d'entrer boire un bellini au Harry's
Bar. Nous nous attardions plus facilement dans l'un
des petits salons intérieurs du Florian devant une tasse
de café bientôt vide et un verre d'eau que l'on faisait
durer. Hélène me reprochait déjà de ne plus lire, de
ne plus savoir demeurer seul. De rechercher aussi, trop

76

souvent, la compagnie d'autres femmes. Je ne connaissais *Mathilde aux bras levés* que pour en avoir vu la
version que le mari de Mathilde avait gardée pour lui,
Hélène en plaisantait : « Tu ne vas pas tomber amoureux d'un tableau, maintenant. » Un jour, elle avait
même soupiré : « Allons, ce n'est pas moi qu'il te faut,
mais une femme très riche, capable de te mettre en
ménage avec ta Mathilde ! » Avant que je le sache aussi
bien moi-même, Hélène avait deviné l'attraction qui
me poussait vers les jeunes filles peintes par un Balthus, un Jerzy surtout, et particulièrement vers cette
Mathilde, à la sensualité de sauvageonne. « Elles te
perdront, ces filles-là ! », m'avait ainsi prévenu Hélène
sans savoir pourtant jusqu'à quel point je pourrais me
perdre dans d'inutiles agitations, des réflexions stériles,
face à ces enfants ambiguës dont l'achat de *Mathilde*
avait constitué, un an après notre divorce, la première
étape d'un long abandon de tant d'autres quêtes qui
avaient jusque-là été les miennes. Dix ans après son
départ, la mort d'Hélène avait peut-être scellé mon
destin de dilettante plus indolent encore que désinvolte. J'avais déjà acheté le tableau de Jerzy, j'épouse-
rais bientôt Olivia, je lirais tellement moins mais
deviendrais si aisément bibliophile, collectionneur.

L'hôtel n'avait guère changé. C'était resté un hôtel
modeste, mais admirablement situé, comme à l'angle
d'une équerre qui dévoilait un panorama calculé avec

soin sur le plan principal d'une ville idéale. J'avais insisté pour que Michaela m'y retienne une chambre, dans l'axe du couloir, au deuxième étage, avais-je précisé, pour retrouver celle où je n'avais même pas osé embrasser Hélène une dernière fois. Je n'avais pas pu prévoir que de nouveaux propriétaires recloisonneraient tout l'hôtel et que la chambre en question, réduite de moitié, serait ce cagibi aux allures de cabine de bateau, la vilaine douche dissimulée derrière un rideau de plastique mais la fenêtre qui donnait toujours sur le lourd et vaste, puissant, léger aussi, château rouge des ducs d'Este. Je n'ai fait qu'y déposer mon bagage, la voiture m'attendait devant la porte, avant de repartir aussitôt pour le palais des Diamants où, en dépit du retard de l'avion (j'avais téléphoné dès mon arrivée à l'aéroport), je devais retrouver Michaela. J'y fus très vite, mais la jeune femme ne m'avait pas attendu. Un mot laissé par elle m'indiquait seulement qu'elle passerait me prendre à l'hôtel pour le dîner. J'en éprouvai quand même un certain dépit. Deux gros bras faméliques aux cheveux trop longs aidèrent néanmoins le chauffeur à décharger ma caisse, je m'assurai que celle-ci était bien entreposée dans l'une des salles de l'exposition puis, sans un regard pour les autres tableaux, déjà pour la plupart accrochés, je me hâtai de quitter ce palais des Diamants où je n'avais aucune envie de m'attarder auprès d'une Mathilde enfermée dans sa caisse. La longue rue, également pavée de galets arrondis, descendait à plat jusqu'à la

porta degli Angeli. Je tournai le dos au centre-ville et au château pour aller vers la muraille.

Retombée la tension de la journée, la fatigue du voyage aussi, j'avais envie de faire une longue promenade avant l'heure du dîner. Retrouver peut-être un peu de l'excitation qui avait été la mienne lors de mon dernier séjour puisque, aussi curieux que cela puisse paraître, alors même que je savais Hélène sur le point de me quitter et que je mesurais la détresse qui allait être la mienne, je ressentais, nous ressentions, j'en suis convaincu, une étrange fébrilité au cours de cet ultime voyage à deux. Déjà, Venise nous était apparue différente. Loin derrière la gare, du côté du Ghetto Nuovo, nous avions découvert de grandes rues larges et commerçantes comme dans toutes les villes d'Italie, de minuscules places sans touristes ni visiteurs. Nous n'étions plus à Venise et pourtant, c'était encore Venise. Nous avions longtemps épié une famille occupée à passer le temps, la radio qui jouait à l'intérieur de la maison, toutes portes ouvertes, des chaises de paille sur le seuil, un vieillard et quatre générations de femmes, probablement, jusqu'à la gamine impudique qui montrait ses cuisses, assise à cheval sur la rambarde de marbre d'un puits au milieu d'un campo désert. Je le savais, c'était moi qu'Hélène regardait de côté, tandis que j'observais les deux plus jeunes, la gamine et sa mère, une grande bringue dépoitraillée à l'accent guttural. L'un de mes amis avait jadis écrit un roman dont l'action débutait dans cette partie de Venise, un

campo semblable, des femmes comme celles-là, prostituées de mère en fille, et j'avais la gorge presque serrée de si bien retrouver les personnages inventés par l'écrivain. De la même manière, c'était loin des plus connues, la Maser ou la Rotonda, que nous avions cherché d'autres villas palladiennes, rendant visite à des vieilles dames qui habitaient des maisons moins fameuses mais tout aussi admirables. Nous étions restés longtemps dans l'une d'elles, où de jeunes chanteurs parmi lesquels deux petites sopranos aux gorges pigeonnantes nous avaient gavés de Mozart ou de Rossini. Je savais qu'Hélène ne me quittait pas des yeux – elle qui devait si vite ensuite s'en aller – tandis que je me laissais aller au plaisir d'entendre sous des portiques blancs ces voix jeunes et fragiles. Dans le même temps, j'enregistrais mieux, me semblait-il, mieux que je ne l'avais fait depuis longtemps, chaque impression, chaque son, chaque image. Et le soir, avant de me coucher, je prenais des notes dans l'un de ces gros cahiers à reliure de cuir, sur du trop beau papier que l'on vend aux touristes à Florence, et je trouvais les mots justes, je crois, pour exprimer ce que nous avions senti ensemble.

Mais plus qu'ailleurs, c'est à Ferrare que nous avions tous deux été assaillis par les mêmes émotions. Le palais Schifanoia, la porta degli Angeli, la palazzina de Marfisa d'Este, chaque lieu, chaque façade nous avaient remplis d'un incroyable sentiment de beauté en même temps que de sérénité. Quant au contraste

entre la ville de la Renaissance (où je me promenais à présent) et la cité médiévale, de l'autre côté du château, le ghetto, ses ruelles étroites et couvertes, il nous était apparu, à Hélène et à moi, comme un écho du jour à la nuit, de la lumière à l'ombre, de l'intelligence éclairée aux sortilèges, plus puissants encore, qui auraient couvé derrière des façades anonymes : je dis *nous* car, pour la dernière fois, Hélène et moi avions, si l'on me permet cette affirmation, « pensé d'une seule voix ». Pendant quinze ans, nos réflexions sur le monde et sur ce qui nous entourait avaient ainsi constitué, en quelque sorte, une seule pensée. Pourtant, depuis un moment déjà, je le savais, Hélène portait sur ma manière à moi de considérer les autres, que sais-je, les œuvres que j'aimais, les livres, un regard plus critique. Elle était, je le savais aussi, restée une « pure ». J'avais pour ma part accepté trop de compromissions, pensait-elle (elle me le dirait bientôt), et les longs apartés qu'elle avait parfois avec Léonard Weill, lorsque celui-ci repassait par Paris, avaient peut-être seulement pour objet de tenter de la rassurer : longtemps, mon vieil ami a cru que j'étais demeuré fidèle à moi-même et quand certaines de mes faiblesses auraient pu lui démontrer le contraire, il ne voulait pas les voir. Il affectait plus que tous les autres d'attacher de l'impor-tance aux quelques plaquettes que j'avais publiées en ce temps-là.

Lors de cet ultime séjour à Ferrare, j'ai marché pour la dernière fois au même pas qu'Hélène. Depuis,

Hélène m'a quitté, puis elle est morte, et mon pas est devenu tel qu'il est aujourd'hui, nonchalant et trop appliqué, paresseux, mon esprit plus souvent vide que réellement rêveur. Et pourtant, ce jour-là, sur le corso Ercole Ier, descendant du palais des Diamants vers la porta degli Angeli, j'eus brusquement le sentiment de renouer avec cette exaltation, la curiosité fébrile qui avait été la mienne en compagnie d'Hélène, vingt ans plus tôt. C'était d'ailleurs, à proprement parler, sur nos pas que je remettais les miens, comme c'étaient les mêmes émotions, les mêmes images qui venaient à moi. Ainsi, devant le large portail fermé au milieu de ce long mur bas qui bordait la rue sur plus de cent cinquante mètres, le groupe de jeunes gens que je croisai, appuyés à leurs bicyclettes et des raquettes, des sacs de toile à la main, étaient ceux que nous avions aperçus, Hélène et moi, un moment avant de les entendre à nouveau pousser des cris et des rires lorsque, sur le chemin de faîte de la muraille, nous surplombions de loin le jardin aux cèdres rapportés du Jardin botanique de Rome par la grand-mère de l'un d'eux : il me sembla si bien les reconnaître que même l'odeur de la pipe, que fumait le plus âgé d'entre eux, un grand garçon sombre, au visage plus grave aussi, m'était familière. Je traversai pourtant leur groupe sans qu'aucun levât le visage vers moi. Ils portaient tous les mêmes pull-overs de grosse laine blanche, le col en V souligné de quelques mailles de tricot bleu marine. Mon père, sur les anciennes photos de sa

jeunesse auvergnate, dans la maison des Arcs où je ne revenais pas assez, portait des pull-overs semblables. Avec son ami Georges, qui avait été aussi, bien que plus âgé que lui, l'ami de Jerzy, ils disputaient d'interminables parties de tennis sur l'herbe tondue ras du jardin où l'on tendait un filet entre deux piquets empruntés au fermier qui s'en servait pour clore ses pâturages de fil de fer barbelé. L'un des jeunes gens debout au milieu du corso Ercole Ier ressemblait du reste au jeune homme maigre, toujours un peu fragile, qu'avait été mon père à son âge. De lui, au moins, j'aurais voulu attirer le regard mais, pas plus que les autres, il ne parut me remarquer. Au moment où je dépassais leur groupe, tous se mirent à faire résonner ensemble les sonnettes de leurs bicyclettes, probablement pour signaler à leurs camarades, de l'autre côté du mur (s'ils pouvaient les entendre), que le vieux concierge boiteux, qui servait aussi de chauffeur à la famille et qui surveillait les autres jardiniers, ne leur avait toujours pas ouvert le portail. Je me retournai alors et saisis, vaguement fixé sur moi, plus probablement dans le vide, dans ma direction, le regard indécis de l'une des jeunes filles, mais le portail s'ouvrait à ce moment et la joyeuse bande disparut dans le jardin. L'instant d'après, le corso avait retrouvé son silence, le calme presque trop serein qui régnait entre le haut mur d'un côté et, de l'autre, les belles et nobles façades rectilignes, un seul étage de briques claires et de fenêtres carrées entourées de travertin blanc. Je savais trop

bien d'où ils venaient, ces garçons et ces filles habillés
comme l'était mon père à leur âge et qui n'allaient
cesser de traverser mon chemin pendant le temps que
je passerais à Ferrare : nés entre les pages d'un livre
écrit par un autre, ils étaient peut-être ce que j'avais
eu un jour de meilleur en moi, et que je n'avais pas
su retenir.

Jusqu'à la porta degli Angeli, la rue demeura
déserte. J'aperçus seulement de loin une bicyclette en
traverser la chaussée peu avant la muraille et disparaître dans une rue latérale. Je franchis enfin la grande
porte, qui était la plus septentrionale de la ville, puis
gravis l'escalier de pierre des remparts, ceux-là mêmes
que nous avions longés en voiture une heure auparavant. Tout de suite, l'impression que le soleil n'avait
pas bougé depuis ce moment-là me frappa vivement.
La lumière était la même, jusqu'au scintillement des
feuilles dans la même brume légère, opalescente, irisée de poussière d'or. De même, la silhouette de ma
jeune voisine de la rue de Varenne me parut se dessiner dans un halo blond semblable. Je la voyais qui
venait vers moi, d'un pas ferme, décidé, ses enfants
accrochés à elle, si fluette pourtant. Chaque fois qu'il
m'était arrivé de l'évoquer devant Olivia, ma femme
avait haussé les épaules avec ce qui ressemblait à une
forme de mépris. Pour elle, Laure (Argentat-Dunom,
s'il te plaît !) n'était qu'une gamine qui ne partageait
à coup sûr aucune de ses préoccupations à elle, tout
occupée qu'elle était à ses trafics de meubles anciens,

de tableaux coûteux. « Je ne vois pas ce que vous pouvez trouver d'intéressant en moi, je n'ai aucune qualité particulière ! » me répétait souvent Laure : comment aurais-je pu lui expliquer que c'était précisément cette absence de qualités, dans un monde où chacun s'en prévaut de tant, si souvent usurpées, qui faisait précisément pour moi qu'elle ne ressemblait à personne ? Lorsqu'il m'arrivait de lui poser des questions qu'elle jugeait indiscrètes, assise à côté de moi qui buvais du café, la tête un peu enfoncée dans les épaules, je la voyais qui levait lentement les yeux et qui me regardait si intensément que le bleu de ses yeux devenait presque sombre et qu'on aurait pu la croire au bord des larmes : c'était ce regard, aussi, qui me bouleversait, comme l'espèce de tristesse qu'elle avait en me demandant, au bout de quelques instants, de ne plus lui parler de la sorte. « C'est que j'ai si peur de vous faire de la peine, quelquefois... », m'expliquait-elle. Nous étions tous les trois, elle, Mathilde sur son tableau et moi, dans l'angle de la galerie où j'avais installé ce canapé de cuir clair où je passais à présent tant d'heures en rêveries parfaitement futiles, et j'avais l'impression que, d'une certaine manière, Mathilde et Laure se livraient, sans même s'en rendre compte (et, dans le cas de la jeune femme aux bras levés du tableau, cela n'avait rien d'étonnant), à une sorte de combat pour le salut de mon âme. Ou du moins pour me persuader, l'une et l'autre à sa manière, que la voie qu'elles s'étaient choi-

sie, l'ambiguïté de l'une, la fidélité absolue de l'autre, son intransigeance, étaient le seul chemin qui pût conduire un être humain un peu plus loin dans la vie que le commun des mortels. « Je déteste ce tableau », me répétait souvent Laure et c'est elle qui, la première, la seule d'ailleurs, m'avait amené à me poser parfois des questions non seulement sur *Mathilde aux bras levés*, mais sur l'attitude qui était la mienne, depuis tant d'années, face à cette toile, sinon sur Jerzy lui-même dont il était du reste de bon ton, depuis quelque temps et dans certains milieux, d'affirmer péremptoirement que cela faisait longtemps que le grand peintre peignait comme un vieillard sénile.

Dans la magnifique lumière de ce printemps qui n'en finissait pas de nimber Ferrare et ses murailles, les arbres qui les couronnaient et la campagne en contrebas, les jardins de l'autre côté (le bruit des balles de tennis, lancinant maintenant) et mille poussières d'or ou d'un vert très pâle, la silhouette de la petite Laure, courageuse et résolue, semblait à présent s'avancer à nouveau devant moi et j'eus brusquement le sentiment que, comme du temps de mon voyage avec Hélène, les mêmes frémissements me parcouraient, la même fièvre, la même curiosité : à près d'un quart de siècle de distance, je renouais en somme avec ma jeunesse. Du reste, où ailleurs que dans l'Auvergne de ma jeunesse, le jardin que ma grand-mère appelait l'enclos, les rangées de dahlias qui doucement pourrissaient et les frênes, les marronniers qui longeaient

la haie de buis en bordure du pré voisin où pissaient de grandes vaches rouges ; où donc, ailleurs que là, dans le jardin des Arcs, avais-je jamais vu cette poussière d'or, scintillante dans l'après-midi qui durait et qui durait ce soir aussi bellement que sur les murs de Ferrare, entre la ville et la campagne ? On aurait dit que j'étais à nouveau capable de me sentir aux aguets, prêt à toutes les découvertes, tous les désirs... C'était une sorte d'éblouissement qui se prolongeait sans fin, semble-t-il, quand bien même j'avais atteint la fin du rempart degli Angeli, dominant le grand cimetière de la Certosa, avant de tourner l'angle de la porta de la Montagnola pour parvenir au-dessus du cimetière juif, étalé au pied même du rempart.

La légère brume en suspens au-dessus de la muraille s'était un peu épaissie. Dès lors, les figures que je pouvais apercevoir en dessous étaient plus floues, comme voilées d'un rideau à peine opaque qui alourdissait leurs gestes, les engourdissait dans un silence étouffé, ouaté. Parce qu'il y avait bien quelques silhouettes, plus ou moins esquissées, qui s'agitaient doucement en contrebas. Mais surtout, une musique venait de l'enclos ponctué seulement, çà et là, de quelques tombes. C'est autour de l'une d'elles, plus volumineuse, une manière de lourde casemate néoclassique de fort mauvais goût, que le groupe, qui se mouvait lentement, semblait réuni et c'est de là que venait l'espèce de mélopée, assourdie par les gouttes d'eau en suspension au-dessus de l'herbe que le soleil, toujours

aussi haut, faisait scintiller (comme au sommet du mur la lumière, les arbres, chaque herbe et chaque feuille) de cette poudre d'or qui avait nimbé un peu plus tôt la chevelure de ma petite voisine. Un homme chantait, d'une voix grave, un chant que je ne connaissais pas mais qui ne pouvait être qu'un chant juif, venu lui aussi de très loin, du temps que la ville de Ferrare était terre d'accueil pour la petite communauté israélite qu'y avaient réunie ses princes, plus d'ailleurs par commodité (emprunter à des banquiers qu'on pouvait ne pas toujours rembourser) que par charité ou esprit de tolérance. La plupart des hommes qu'il me semblait apercevoir de la sorte paraissaient lourds et massifs. Un seul, plus à l'écart, était au contraire plus mince, maigre même, voûté, les épaules saillantes sous un paletot trop lourd. La masse de brouillard déjà si fine qui me séparait de l'enterrement, ou du moins de la cérémonie qui se déroulait à quelques dizaines de mètres de moi, s'ouvrit soudain plus clairement, projetant comme un halo de lumière pâle autour du visage de ce dernier personnage. Je pus alors deviner avec une étonnante netteté, car nous étions assez éloignés l'un de l'autre, que l'homme regardait dans ma direction en souriant. Puis je me rendis compte que je connaissais ce visage creusé, les pommettes trop saillantes, qu'il ne pouvait s'agir que de Léonard Weill. C'était bien son sourire légèrement crispé, fatigué, un peu anxieux. Une autre silhouette le rejoignit presque aussitôt. Celle d'un homme beaucoup plus jeune mais

enveloppé lui aussi dans un vaste manteau, une sorte de borsalino noir à larges bords sur la tête. Il posa une main sur l'épaule de mon ami, on aurait dit qu'il voulait doucement le ramener vers eux, les hommes en noir et les morts, celui qui clamait d'une voix si belle et si profonde sa révolte et sa résignation. Au moment où celui qui ressemblait tant à Léonard Weill détournait enfin la tête et rejoignait les siens, l'homme qui était venu le chercher leva à son tour les yeux vers moi. C'était bien un jeune homme, trente ans au plus, le visage allongé, le menton carré. Le brouillard se referma à ce moment et même la voix du chantre s'évanouit à son tour dans la brume plus épaisse cette fois, grise, bientôt tout à fait opaque. A quelques pas, sur le rempart, un jeune soldat que je n'avais pas vu arriver, regardait comme moi l'endroit précis où mon ami et celui qui était venu le chercher avaient disparu. Je repris ma marche.

Que cette scène, comme l'apparition de ma petite Laure un peu auparavant sur le rempart des Anges, ait été le produit de mon imagination, je n'en doutais pas un instant. C'était en somme une histoire que je m'étais racontée. A trente ans, à quarante, les lieux pouvaient faire surgir en moi une multitude d'images qui s'organisaient naturellement en des récits plus ou moins proches, d'une réalité plus ou moins impossible, dont je me berçais ainsi le soir, en m'endormant comme un enfant qui s'invente tout seul de merveilleuses histoires. Parfois, dans la journée, espèce de

somnambule rêveur, je m'inventais aussi les fables auxquelles j'avais voulu croire. Mais je ne me racontais plus d'histoires, et depuis si longtemps, hormis les ratiocinations sans fin (face à Mathilde ou ailleurs) sur des sujets sans importance qui me préoccupaient alors de manière si déraisonnable. Je ne pouvais attribuer ce regain d'excitation, voire d'imagination, qu'à ma présence à Ferrare, à la qualité de ses brumes suspendues au-dessus de ses pavés et de ses jardins, à la mémoire aussi qui l'habitait, si différente de celles, souvent pleines de tant de stéréotypes, de la plupart des autres villes italiennes.

Lorsque je suis redescendu des remparts, à la hauteur de la porta della Giovecca, le soleil était tombé d'un coup. On aurait dit que le temps, qui s'était jusque-là étiré tout au long de cette tournée, reprenait brusquement ses droits et ses dimensions réelles. On apercevait, plus ou moins dans l'axe du corso della Giovecca, les dernières lueurs d'un ciel flamboyant, à l'autre extrémité de la ville ; mais ici, du côté de la via Pomposa et de ces banlieues encore à moitié campagne qui s'étendaient à perte de vue au-delà de la muraille, la nuit était venue. Je devinais le fleuve, très proche, d'où montaient d'autres brouillards encore. Et puis j'avais froid. De même, les images que j'avais pu voir surgir avec tant de bonheur de la brume lumineuse de cette fin d'après-midi s'étaient-elles toutes éteintes et mon esprit se retrouvait semblable à une grande pièce vide qu'il suffit d'un seul commutateur électrique

tourné par hasard pour plonger d'un coup dans l'obscurité. Pire : comme je longeais pour quelques centaines de mètres la muraille, mais au pied de celle-ci, cette fois, sur le *viale* luisant qui la borde à l'intérieur, c'étaient à nouveau de misérables petites inquiétudes qui m'assaillaient. Ainsi revenais-je à Michaela De Chiari : pourquoi ne m'avait-elle pas attendu au palais des Diamants ? Après tout, c'était elle qui avait insisté pour emprunter ma toile et pour que je me rende à Ferrare. Ma toile elle-même, d'ailleurs, mon tableau : parlons-en, de mon Jerzy, que j'avais stupidement abandonnée, comme ça, dans une salle de la galerie, sans même me demander par qui et quand il serait déballé ! Et je ne m'étais pas interrogé, non plus, sur son emplacement dans l'exposition. Par téléphone, j'avais insisté pour qu'il soit présenté seul sur un mur, j'avais précisé non seulement le niveau d'éclairage qu'il pouvait tolérer mais aussi celui que je souhaitais. J'aime que *Mathilde aux bras levés* semble naître de l'ombre au milieu d'une tache de lumière un peu crue : c'était tout cela qu'il fallait doser, mesurer, et je n'avais pas même eu la présence d'esprit de m'enquérir de la manière dont mes instructions seraient suivies. Du coup, j'aurais pour un peu maudit l'irrépressible envie que j'avais eue, aussitôt arrivé au palais des Diamants, de le quitter pour me promener dans la ville, comme si les sortilèges de Ferrare m'avaient poussé à me débarrasser — c'est cela, me débarrasser ! — d'une Mathilde encombrante, pour m'en aller à la recherche de quoi ?

Les appréhensions les plus absurdes et les plus ridicules angoisses se bousculaient en moi.

J'imaginais la fureur de Jerzy s'il avait su de quelle manière je traitais cette toile, qu'il était déjà, en somme, si mécontent de savoir en ma possession. Car cette *Mathilde*-là, au contraire de celle que Mathilde elle-même avait conservée, avait une histoire qui pouvait se raconter comme un roman et j'étais sûrement le dernier à qui elle aurait dû échoir. Jerzy avait mis deux ans à peindre les deux toiles, les deux *Mathilde*, alors qu'il vivait à Rome, au palais Torlonia au-dessous de la villa Médicis où Balthus lui-même venait de s'installer. Les deux hommes étaient alors en froid et c'est Michele De Chiari qui avait œuvré à leur réconciliation. La princesse Torlonia, qui était la fille d'Alphonse XIII, avait prêté à Jerzy et à sa deuxième femme – Nicoletta, née à Alexandrie, comme Madame Irma –, les quelques pièces hautes de plafond et dépourvues de confort (mais c'était alors le cas de l'ensemble du palais) où la légende voulait qu'il eût peint simultanément les deux tableaux de Mathilde, passant de l'un à l'autre au gré de son humeur. A cette époque, Mathilde avait tout juste quinze ans et Jerzy savait que ce seraient les derniers portraits qu'il ferait d'elle car (à son âge !) elle avait un fiancé jaloux qui ne supportait pas l'idée qu'elle posât nue, fût-ce devant le vieux monsieur qu'était déjà notre ami.

Jerzy avait fait connaissance de la jeune fille au cours du carnaval qui réunissait chaque année, à la villa

Médicis et jusqu'à une heure avancée du petit jour, pensionnaires de l'Académie de France et jeunes Romains. Les Torlonia au grand complet s'étaient rendus à cette fête, avec toute leur maisonnée, et Jerzy et Nicoletta avaient été de la partie. C'est dans les jardins de la villa, quelque part du côté de la loggia de Cléopâtre où Jerzy était allé se promener seul (agacé peut-être déjà par le trop-plein d'attentions que déversait sur lui une Nicoletta qu'il allait bientôt quitter) qu'il avait entendu des rires étouffés à l'intérieur d'un carré de buis et de laurier. S'approchant, il avait aperçu une gamine de treize ans, au plus, qui se faisait culbuter dans l'herbe (il n'y a pas d'autre mot) par un homme qui aurait pu être son père, sinon son grand-père. La petite fille riait, elle avait sûrement un peu bu, son trop vieil amoureux abordait probablement à des terres dont elle refusait l'accès, elle avait cessé de rire, elle avait crié enfin. Jerzy ne sortait jamais qu'avec sa canne à pommeau d'argent. C'était pure affectation mais la canne d'ébène et d'argent faisait partie de l'image de lui qu'il ciselait déjà. Avec un geste dont il dirait lui-même plus tard qu'il avait été « magnifique », le peintre avait cinglé le dos de l'homme déjà à demi écroulé sur la petite fille. Je savais, parce que Mathilde me l'avait avoué un jour de grande mélancolie, que son assaillant n'était autre que notre ami De Chiari, le père de Michaela. Le regard que s'étaient lancé les deux hommes, De Chiari lamentable et chemise au vent, et Jerzy au contraire superbe, avait été (m'avait aussi dit

93

Mathilde) plus de surprise que de haine. La haine, elle viendrait plus tard... Je doutais d'ailleurs que la pauvre Michaela, qui croyait rendre hommage à son père en célébrant Jerzy, eût jamais soupçonné l'incident. Toujours est-il que le poète italien s'était enfui comme un malpropre tandis que celui qui commençait à caresser l'idée de se faire appeler prince Jaeger de Jerzy aidait la gamine à réparer le désordre de ses vêtements puis la ramenait vers la villa. Elle était la fille d'un gargotier des bords du lac de Côme devenu concierge d'un palais voisin du palais Torlonia et, dès le lendemain, elle avait accepté de poser pour son sauveur.

Personne n'a jamais su la nature des liens qui existaient entre Jerzy et la petite fille, bientôt la jeune fille. Jerzy lui-même n'en avait jamais rien révélé, bien sûr, mais se fabriquer une chape de mystère faisait aussi partie de l'image qu'il peaufinait de lui. Plus bavarde pourtant, Mathilde n'en avait quand même rien dit de précis. Nous savions tous qu'elle vivait nue, ou presque nue, en sa présence, sans que cela la dérangeât le moins du monde. Je doute que Jerzy ait réellement couché avec elle : il avait chassé à coups de canne De Chiari qui tentait de la violer et en était trop fier. Respecter la virginité de l'enfant devait également participer du portrait, ensuite à peu près immuable, de grand seigneur hautain qu'il acheva de se forger au cours de son séjour romain. Pour le reste, Mathilde me fit parfois certains aveux, ou me suggéra des choses... En tout cas, pendant les deux ans que notre ami

passa encore à Rome, Mathilde fut le principal de ses modèles. Jamais, non plus, Jerzy, généralement si économe de son talent, ne peignit autant que pendant cette période. Ce fut le temps des *Mathilde*, oui, et aussi des *Cousines* (il avait fait la connaissance de Blanca et de Geneviève chez des parents de la princesse Torlonia) et de toutes ses variations sur les *Jeunes filles turques* où il s'était amusé à peindre Mathilde et sa sœur Marthe dans un décor de fausses turqueries inventé à partir des tableaux algérois de Matisse, qu'il admirait particulièrement.

Lorsque, fiancée, Mathilde avait dû renoncer à lui servir de modèle, il avait réussi à persuader quelques-unes de ses riches amies romaines de se cotiser pour l'envoyer en pension en Angleterre (car, ne l'oublions pas, si maintenant le prince Jaeger de Jerzy affectait de vivre sur un grand pied, il était toujours, à cette époque, aussi fauché). L'un des deux portraits « aux bras levés » était caché dans la loge de la concierge, qui avait fini par en avoir honte ; l'autre, Jerzy le garda dix ans par-devers lui. Il était rentré à Paris, avait quitté Nicoletta depuis longtemps, n'avait pas encore rencontré Suzan et vivait avec une Mexicaine borgne qui veillait déjà avec un soin jaloux sur lui et sur son œuvre. L'argent manquait pourtant toujours autant et un certain nombre de ses amis s'étaient concertés pour lui verser régulièrement une sorte de pension avec laquelle Jerzy pouvait continuer de jouer au grand seigneur, louant ainsi tout un restaurant fameux à cha-

cun de ses anniversaires, faisant à l'occasion des cadeaux à toutes les dames. Je n'étais pas de ceux qui avaient contribué à cette rente, d'abord parce que je n'étais pas assez intime de Jouvet, l'avocat lyonnais qui avait lancé la souscription, mais surtout, je dois le reconnaître, parce que mes propres moyens ne me permettaient pas alors de verser régulièrement les sommes que les membres de ce petit cercle offraient au peintre. Lorsque la fortune avait fini par lui sourire, c'est-à-dire quand ses fidèles n'avaient plus pu continuer à acheter des œuvres que clients américains ou japonais se disputaient désormais âprement, Jerzy, toujours magnifique mais cette fois avec son argent (la Mexicaine borgne l'avait quitté pour cela), avait proposé aux quelques mécènes qui l'avaient ainsi financé lorsqu'il était dans la mouise de choisir chacun plusieurs de ses œuvres dans son atelier. Généreux jusqu'au bout, il avait laissé dans la pièce la *Mathilde aux bras levés* qui lui était restée et à laquelle il tenait par-dessus tout et c'était Claudius, un ami banquier que je connaissais moi aussi, qui l'avait choisie.

Claudius habitait un appartement-studio dans cette succession d'immeubles construits au début du siècle boulevard du Montparnasse, tout en étages décalés, mezzanines et salons en sous-sol, qui donnaient sur un grand jardin après deux ou trois cours. Braque et Juan Gris, mais aussi des dessins de Baudelaire, un Klimt, un Balthus, un admirable Gustave Moreau y voisinaient avec un autre Jerzy, une *Rue* comme en

avait d'ailleurs peint Balthus – et avec *Mathilde* naturellement. Claudius m'aimait bien. Nous passions des
après-midi à boire du thé et à causer. Il me parlait
souvent de *Mathilde*... avec qui j'avais cru comprendre
qu'il avait lui aussi de longs tête-à-tête. Moi-même,
j'étais déjà aussi fasciné par la toile, il le savait, en
souriait, un peu mystérieux. Je savais, moi, que mon
ami avait hérité d'un père qui avait longtemps vécu
en Indochine l'habitude (oubliée aujourd'hui : on pré-
fère des remèdes moins subtils à des angoisses plus
courantes) de soigner sa mélancolie naturelle à l'o-
pium. Il fumait chaque soir une pipe ou deux, sous
le regard de Mathilde. On ne lui avait connu aucune
femme. Aucun garçon, non plus : Claudius paraissait
ne vivre que pour son travail (dont il ne parlait jamais
mais qui lui rapportait beaucoup d'argent) et pour ses
amis. L'opium, sa collection elle-même n'étaient que
des dérivatifs à l'espèce de dépression semi-perma-
nente dans laquelle il vivait. A vingt ans, il avait publié
quelques vers et ne s'en était jamais relevé. C'était un
homme d'un autre temps, un personnage de Paul
Morand, peut-être, qui avait tout fait, parcouru le
monde, s'était lié d'amitié avec les écrivains qu'il admirait et savait traiter sur un pied d'égalité les gens célèbres et ceux, comme moi, dénués de toute qualité
particulière. Un jour, me semble-t-il, je l'avais retrouvé
après qu'il eut fumé, il m'avait dit, comme ça, en
passant, qu'il n'était pas impuissant, non, mais que
« ces choses-là » étaient sans importance. Sa seule pas-

sion féminine, peut-être, avait été Mathilde. Mais la Mathilde du tableau, pas celle qui avait vécu à Rome, puis à Londres et en Écosse et que nous avions connue. Il racontait à qui voulait l'entendre que, grâce à Jerzy, il avait rencontré une femme à qui il pouvait tout, oui, réellement tout dire. Aussi, lorsque Mathilde, la vraie, avait été ma maîtresse et que j'avais eu l'idée (stupide ? parfaitement calculée, au contraire ? allez savoir ces choses...) de la lui amener, avait-il été profondément dépité. Mathilde avait vingt-cinq ans, la petite fille maigre aux seins minuscules était devenue une femme bien en chair et qui montrait ses jambes : en moins d'une heure la vraie Mathilde avait détruit en Claudius tout ce qu'il avait pu imaginer, au cours des ans, d'intimité avec l'enfant qui levait les bras sur son tableau. Il m'avait appelé le lendemain : « Si tu veux ma *Mathilde*... » Désabusé, dégrisé, Claudius était tout de même un homme d'affaires. Il me l'avait vendue, sa *Mathilde*, et au prix que j'ai laissé entendre, c'est-à-dire un peu plus que ce que j'avais pu obtenir de mon triptyque de Bacon. Cela n'avait pas empêché Jerzy de nous écrire à tous deux, l'ancien et le nouveau propriétaire de la toile, deux lettres furibondes, comme il les affectionnait : s'il avait, à l'époque, accepté que Claudius choisisse son tableau, c'était en vertu d'un contrat tacite entre amis. A partir du moment où celui qui avait été (il y a longtemps, semblait-il...) son mécène avait décidé de se séparer d'une œuvre qu'il affectionnait lui-même particulièrement (nous le

savions tous les deux), ç'aurait dû être à lui, l'artiste, au peintre de décider ce qu'il voulait en faire. Il l'aurait d'ailleurs rachetée (Claudius n'eut pas la coquetterie de me le cacher) deux fois le prix que je l'avais payée. Pendant un temps, cette affaire jeta un trouble dans nos relations mais j'eus bientôt l'occasion de lui rendre un service (en fait, c'est grâce à moi qu'il a pu acheter la villa de Drago) et Jerzy ne m'a plus jamais parlé de ma *Mathilde aux bras levés*. Quant à Claudius, il a commencé par déployer une incroyable activité après son « divorce » d'avec Mathilde. Il a même rédigé alors le premier volume d'un livre de souvenirs dont la publication eut un vrai retentissement. Ses amis les plus proches ont prétendu qu'il semblait avoir retrouvé l'énergie qui avait été la sienne et que, l'opium, il avait peu à peu oublié. Puis, au moment où il abordait la rédaction du deuxième volume de son autobiographie, on l'a retrouvé mort, simplement mort, sans raison apparente, et personne n'a eu envie de croire qu'il s'était peut-être suicidé. Les dernières pages qu'il avait laissées traitaient de Jerzy, de moi-même, de Mathilde. C'était donc moi qui avais repris après lui ses tête-à-tête avec le tableau installé parmi mes livres, comme une réponse aux silences d'Olivia : que j'aie dès lors pu, comme je l'avais fait, abandonner Mathilde dans sa caisse au milieu d'une salle déserte dans un palais probablement fermé à cette heure, glaciale en tout cas, me paraissait d'un coup ahurissant. Une inquiétude stupide, peut-être, mais j'ai décidé sur-le-champ d'en

avoir le cœur net. J'ai jeté un coup d'œil à un petit plan de la ville qu'on m'avait donné à la réception de l'hôtel et, tentant de couper à travers ces rues de la partie Renaissance de la ville, qui se coupent elles-mêmes à angle droit, je suis revenu vers le palais des Diamants.

C'est vrai que non seulement Mathilde, mais ma collection entière constituaient depuis des années ma principale préoccupation et que beaucoup de choses (beaucoup *trop* de choses, affirmaient certains de mes amis) tournaient autour de cette douzaine de tableaux dont je m'enorgueillissais tant. Et je ne pense pas uniquement au système d'alarme extraordinairement sophistiqué que j'avais mis en place pour les protéger ni aux primes d'assurance exorbitantes que je paie chaque année pour elles. C'était plus grave. Comme certaines personnes trop bien intentionnées hésitent à quitter Paris le temps d'un week-end parce qu'ils y ont un chat, un chien (voire un enfant !) qu'ils aiment et ne souhaitent pas abandonner en des mains étrangères, de même répugnais-je moi aussi à quitter trop souvent la rue de Varenne, mes livres, mes habitudes, et surtout mes tableaux. Et si, pendant des années, j'avais pu éprouver une certaine satisfaction à m'affirmer « homme sans qualités » face à tant de mes amis qui (politiciens habiles à gérer la chose publique ou, du moins, leur propre carrière ; banquiers avertis ; sinon écrivains, artistes, jusqu'à Olivia qui était une excellente antiquaire et avait, comme on dit, « le coup

d'œil ») en possédaient tant, eux, de « qualités », je dois avouer que ce n'était pas sans satisfaction que je m'étais installé à mon tour dans mon état de « collectionneur » dont je revendiquais à présent toutes les « qualités ». Bien plus : je vivais si aisément, j'allais dire si confortablement dans la peau du collectionneur que j'en étais arrivé à me désintéresser de beaucoup de choses qui m'avaient jusque-là souvent passionné. Balthus, Degas, Klimt, Bouguereau lui-même, Burne-Jones, jusqu'à mon Jean Cousin le Père, si rare et si méconnu, constituaient ainsi une manière de couronne dont mon Jerzy (pour des raisons qui n'appartenaient qu'à moi mais que d'autres partageaient peut-être : *Mathilde aux bras levés* avait suscité chez tous ceux qui l'avaient approchée une émotion semblable, on pourrait dire charnelle) représentait le centre, le lieu géométrique vers lequel convergeaient mes désirs, mes attentes. Que je revinsse vers les salles d'exposition où je l'avais abandonnée n'était que la moindre des choses.

Lorsque après plusieurs bifurcations inutiles dans les rues toutes identiques, aux mêmes pavés et aux mêmes longues façades de palais tracées au cordeau, je parvins à celui où s'ouvrirait le lendemain la rétrospective consacrée au vieux maître de Drago, les portes en étaient encore ouvertes. J'eus un moment d'inquiétude : une vraie frousse, de celles qu'on doit éprouver lorsque, rentrant chez soi, on constate l'absence inexplicable de la femme aimée. Je crois que j'ai couru à

travers les salles, à peine éclairées, où plusieurs tableaux étaient accrochés que je n'ai pas vus, pour arriver à la dernière pièce d'où venaient des rires, des éclats de voix. Mon cœur battait à tout rompre. La porte en était à demi refermée. J'en ai poussé un battant et j'ai enfin vu ma caisse. Car *Mathilde aux bras levés* était toujours à l'intérieur de la caisse de bois dans laquelle je l'avais apportée. Posée sur une autre, la caisse qui renfermait *Mathilde* était couverte de bouteilles et de verres de vin, les reliefs d'un repas, du fromage, du pain, du jambon. Quatre hommes venaient de s'en servir comme table de salle à manger, ils fumaient des cigares malodorants, une odeur de sueur, de cendre et de vinasse régnait dans la salle.

Moins effarés que moi, les gardiens qui se préparaient à passer la nuit (monter quelle garde, grands dieux ! toutes portes ouvertes...) dans le musée désert m'ont regardé avancer vers mon trésor. Ils avaient bu, ils étaient de bonne humeur. Méfiants, cependant, on m'a interrogé : que faisais-je ici, à cette heure, au milieu d'une exposition qui n'était pas encore installée ? C'était plutôt à moi de la leur poser, la question : croyaient-ils que cette caisse, qui contenait un chef-d'œuvre, pouvait leur servir de table ? Le plus âgé, un gros homme à l'allure de paysan, a haussé les épaules : elle ne risquait rien, ma peinture ! D'ailleurs, ils étaient armés. Il se malaxait les couilles d'une main, me montrait son revolver de l'autre. On voyait que j'étais étranger, pour m'inquiéter de la sorte. Le plus jeune des

vigiles (tous portaient des casquettes bleues qui paraissaient trop grandes sur des uniformes sommaires) ressemblait à l'un des voyous qui m'avaient attaqué à
l'aéroport de Bologne. Lui, d'ailleurs, me dévisageait
d'un sale œil : je n'avais pas répondu à leur question :
qu'étais-je venu faire ? Je n'aimais pas le regard du
garçon, petit, le visage chafouin, qui jouait aussi avec
la crosse de son revolver mais l'air, lui, plein de sous-
entendus. Il semblait avoir bu davantage que les autres,
il était nerveux. Le gros à la physionomie de paysan
se calma. C'était normal, après tout, que le propriétaire
d'un chef-d'œuvre s'inquiétât de ce qu'il advenait de
celui-ci. Mais je n'avais pas à m'en faire, du reste (il
ramassait les verres à demi vides dispersés sur la caisse,
en essuyant maladroitement du dos de la main les
miettes de pain éparpillées), ils allaient faire une dernière ronde avant de fermer les portes. Et puis, la
signorina De Chiari leur avait particulièrement recommandé de surveiller cette caisse, la mienne : pouvaient-
ils mieux faire qu'en s'attablant autour ?
L'argument me sembla irréfutable.

Michaela De Chiari est venue me prendre un peu
plus tard à l'hôtel. Je ne l'avais jamais rencontrée et
l'imaginais entre deux âges, jouant son rôle de fille de
poète à la perfection et, faute de veuve pour en tenir
l'emploi, veillant d'autant plus férocement sur l'héritage poétique de son père que celui-ci, bien que connu

103

et respecté (sinon admiré) de quelques happy few, était mort à peu près oublié et n'était pas encore sorti (en sortirait-il jamais ?) de ce purgatoire. Il avait pourtant été, pendant quelques années, l'une des figures majeures du surréalisme italien, lié à tous les Gino Severini et autres Alberto Savinio qui voyaient en lui un de leurs pairs. Mais la guerre l'avait éloigné de l'écriture. Il était devenu un antifasciste militant, exilé comme Pavese loin de la rumeur des villes. Et là, dans une île au large de la Sardaigne, il avait transformé en système ce qui était une pensée originale, en bric-à-brac érotique de confection ce qui avait d'abord constitué une veine violente, parfois obscène, à l'extrême limite de toutes les transgressions. A la fin de la guerre, sa pornographie de bazar avait déçu. On attendait le retour d'un exilé vertueux, on avait vu débarquer un esthète empêtré dans un fatras de clichés dont il ne s'était pas rendu compte qu'ils n'avaient plus vraiment cours. Seuls quelques fidèles avaient crié au miracle, ses anciens lecteurs s'étaient détournés de lui, il n'en avait trouvé que peu de nouveaux. A la fin de sa vie, aigri, il s'était réfugié dans une maison de Conca, près d'Amalfi, où il avait peu à peu abandonné l'écriture pour de grands dessins aux anatomies sommaires qui figuraient avec une précision maladive les plus outrés des accouplements d'enfants et de vieillards. J'avais croisé sa dernière compagne, poète elle-même et qui avait été actrice. On l'avait vue passer en filigrane de quelques films fameux, je me souvenais de l'avoir aper-

çue quelques instants dans *La Dolce Vita* et dans *La
Notte*, elle faisait de la figuration intelligente. C'était
la mère de Michaela, elle avait disparu peu après la
mort de De Chiari, on la disait installée en Amérique.

La fille de l'actrice et du poète était beaucoup plus
jeune que je ne l'aurais cru et je la trouvai d'abord
jolie. Elle avait le visage rond, des cheveux noirs coiffés
en arrière et des sourcils dessinés, sur de grands yeux
écarquillés, le blanc très blanc, le noir très noir et un
petit nez à peine marqué, des taches de rousseur sur
les joues. Elle était menue, un corps d'adolescente
moulé trop tôt dans un tailleur tout à fait bon chic
bon genre. En fait, c'est cette allure tellement bon
genre qui m'a tout de suite frappé. Michaela De Chiari
était aux antipodes de ce à quoi aurait pu ressembler
la fille du poète torturé, miné par trop de désirs et
plus encore de rancœurs qu'avait été Michele De
Chiari. Organisatrice d'expositions, elle avait l'allure
de n'importe quelle jeune femme d'affaires dynamique. Et c'est ainsi qu'elle souhaitait apparaître, très
businesslike, très *matter of fact*. D'entrée de jeu elle me
tendit une poignée de main vigoureuse puis me proposa d'aller aussitôt dîner dans un excellent restaurant,
m'assura-t-elle, à deux pas de mon hôtel. Je voyais
qu'elle se demandait pourquoi diable j'avais choisi de
descendre là, plutôt qu'à l'Imperator, avec ses autres
invités. Elle n'eut d'ailleurs pas un regard pour la formidable silhouette du château qui se détachait sur une
nuit d'un bleu d'encre juste en face de l'hôtel. En

105

attendant la jeune femme, j'avais eu le temps d'en admirer de la fenêtre de ma chambre les tours si semblables à celles qu'en avaient dessinées plusieurs peintres fameux. Mais Michaela m'avait, d'autorité, pris le bras et m'entraînait le long des magasins encore ouverts de la place de la République jusqu'à une haute arcade que nous passâmes, tournant ensuite à droite devant une statue entourée de grilles de fonte, pour prendre une première rue commerçante, tourner à nouveau à droite dans la cour de l'hôtel de ville et, un dernier porche passé, déboucher sur le restaurant que mon hôtesse avait choisi.

La salle en était à peu près vide mais, très vite après notre arrivée, elle se remplit tout à fait. On nous avait réservé une table au fond de la grande pièce, maladroitement décorée en faux rustique. A la table voisine, une famille de Français – le père, la mère et les deux enfants – avait commencé à manger. On leur avait servi des *antipasti*. Le visage du père, qui m'était curieusement familier, souriait sans cesse. Il semblait ne pouvoir prononcer une parole sans l'accompagner d'un sourire encourageant. Bientôt, au milieu de la salle, s'installa une longue tablée de jeunes gens, uniquement des garçons avec une seule fille, assez jolie, masculine. Ils parlaient fort, se sentaient chez eux, on les devinait étudiants. L'un d'eux, assis en bout de table, se mit résolument à lire un livre, seul parmi ses compagnons qui parlaient à voix haute de leurs professeurs, de leurs amis, d'un film américain qui faisait

un tabac et qu'ils s'accordaient pour traiter de navet. Mais Michaela De Chiari n'appréciait manifestement pas que je paraisse accorder d'attention à d'autres qu'à elle-même et au discours qu'elle entendait me tenir. Car elle avait « besoin de me parler très sérieusement », me dit-elle.

Il faisait chaud dans cette salle sans charme. Un feu de bois ouvert dans une cheminée trop large où l'on cuisait les viandes dégageait une belle odeur de bois brûlé mais aussi beaucoup de fumée. La fille de De Chiari commanda tout de suite un vin de la région, qu'on lui servit dans une bouteille nue, sans étiquette, et dont elle but deux verres coup sur coup. Le rouge lui montait aux joues. Je devinais qu'elle devait boire beaucoup plus que cela. Avant d'entrer dans le vif du sujet (« parler sérieusement... »), elle m'expliqua qu'elle était venue s'établir à Ferrare parce que son père y avait vécu et qu'elle voulait y installer une fondation destinée, précisément, à conserver les œuvres, les manuscrits, les dessins de De Chiari. Elle parla même de statues, j'appris ainsi que, tout à fait à la fin de sa vie, Michele De Chiari avait commencé à sculpter des figures grandeur nature, auxquelles il infligeait « dans l'espace et dans les spasmes », me précisa la jeune femme avec un sourire entendu, les mêmes postures coïtales qu'aux grands dessins dont j'étais familier. Sans l'ombre d'un sourire et comme une chose sérieuse, qui relevait de l'art et ne portait donc pas à conséquence, Michaela me dit que, petite fille,

107

elle avait parfois servi de modèle à son père, qui avait effectué des moulages de son corps, assemblés ensuite à d'autres moulages d'hommes ou de femmes plus âgés, dont certains de son corps à lui. « Il était alors très fatigué et c'était un assistant qui coulait les plâtres pour lui... », souligna-t-elle. Pourtant, pour elle, l'essentiel et la grandeur de l'héritage de son père étaient sa poésie, dont elle avait découvert de nombreux inédits.

« J'en viens au fait... », remarqua-t-elle enfin. Elle y arriva, en effet. Sans paraître le moins du monde gênée par son aveu, elle m'expliqua qu'elle n'avait organisé la rétrospective de l'œuvre de Jerzy que pour se concilier les faveurs du maître. Elle s'était en effet mis dans la tête de demander à celui-ci d'exécuter une série d'eaux-fortes destinées à illustrer l'un de ces cahiers d'inédits. Le vieux peintre avait accepté la rétrospective, flatté (croyait-elle...) que ce fût la fille de De Chiari qui l'organisât – mais il n'avait rien promis de plus : si Michaela avait tant insisté pour que je vinsse à Ferrare y montrer mon tableau, c'était parce que, usant de l'influence qu'elle ne doutait pas que j'eusse sur l'artiste, je l'aiderais à obtenir de lui ce qu'elle voulait. Le moins que l'on puisse dire est que cette déclaration m'avait pris au dépourvu. La salle avait achevé de se remplir. Une deuxième jeune fille, le visage, les épaules carrés, avait rejoint le groupe des étudiants. Ayant tiré une chaise à côté du garçon qui ne levait pas les yeux de son livre, elle le taquinait,

tentait de détourner son attention, mais le lecteur affectait de n'y pas prendre garde. Les autres s'amusaient de ce manège. « Eh bien, Massimo, les agaceries de Gina ne sont pas plus amusantes que ton vieux bouquin ? » lui lança l'un d'eux. Mais le nommé Massimo, très long, très blond, les épaules carrées, ne répondait pas. Subitement beaucoup plus patiente, Michaela attendait que je tourne à nouveau mon regard vers elle. Je ne savais que dire, sinon qu'elle préjugeait de mes relations avec le peintre. La jeune fille secoua alors la tête : « Je croyais au contraire que vous étiez tout à fait réconcilié avec lui, depuis que vous avez accepté de vous défaire de votre *Mathilde*... » « Me défaire de *Mathilde* ? » Cette fois, mon attention, Michaela l'avait tout entière. Me défaire de... Qui avait pu répandre ce bruit ? D'une part, jamais telle n'avait été mon intention ; d'autre part, personne, avant ce voyage, n'avait évoqué devant moi cette éventualité incongrue. Pourtant, dès l'aéroport, l'horrible Madame Irma avait mis le sujet sur le tapis. Je protestai donc vertement, affirmant qu'une fois pour toutes je souhaitais qu'il soit mis fin à semblable rumeur. D'ailleurs, il était presque aussi absurde de prétendre que j'avais à me réconcilier avec Jerzy, puisque nous n'avions jamais été brouillés. Enfin, pas vraiment. Le peintre avait pu m'en vouloir lorsque j'avais acquis sa toile, mais cela appartenait au passé. Au regard silencieux que posa sur moi mon interlocutrice, je vis qu'elle n'en croyait rien, mais il me sembla inutile

d'insister. Après tout, la toile était à moi et je savais, mieux que quiconque, ce que je voulais en faire.

Mon regard traînait à nouveau vers les autres tables. La jeune fille que les autres avaient appelée Gina avait fini par tirer sa chaise contre celle de Massimo et, penchée sur lui, un bras passé par-dessus son épaule, elle lisait avec lui ce livre que ses amis avaient déclaré si peu amusant. Il me sembla apercevoir sur la couverture le nom de Jünger : trois jours plus tard, Ernst Jünger allait mourir, était-ce une manière de prémonition ? Quant à la table des Français, qui abordait un *agnello al forno* comme j'en avais moi-même commandé un, ils me paraissaient de plus en plus familiers. C'est alors que je me souvins. Non pas d'eux mais, si j'ose dire, de moi-même : encore une flambée de souvenirs qui se rallumaient en moi. Avec mes parents et ma sœur Jacqueline, j'étais déjà venu une fois à Ferrare, longtemps avant mon dernier voyage avec Hélène. C'était en effet l'habitude de mes parents, en ces années de notre enfance à ma sœur et à moi, de nous emmener, entassés tous les deux à l'arrière de la vieille traction avec des piles de bagages, pour des voyages « culturels » à travers l'Espagne, le Portugal, l'Italie. Cette année-là, nous étions allés à Venise, je m'en souvenais fort bien, le petit hôtel moche derrière San Marco ou la photographie prise à Vérone sous le balcon de Juliette. Mais l'étape à Ferrare avait totalement disparu de ma mémoire et même lorsque je déambulais dans les rues de la ville en compagnie d'Hélène, je ne

m'étais pas souvenu d'y être déjà venu. Ni la promenade sur les remparts ni le château lui-même, pourtant
célèbre mais que trop d'illustrations évoquaient par
ailleurs, ne m'avaient cette fois non plus rappelé ce
premier voyage. Il avait fallu cette famille heureuse et
souriante réunie autour d'une table dans un restaurant
enfumé pour que me reviennent des images, d'autres
images de Ferrare, une rue de l'ancien ghetto où je
n'étais pas retourné avec Hélène, un restaurant à
l'ombre de la cathédrale, qui se targuait d'être la plus
ancienne auberge d'Italie et où nous avions alors dîné
tous les quatre – et je me promettais déjà d'aller voir,
dès le lendemain, si la ruelle, l'auberge près de la
cathédrale ressemblaient aux souvenirs qui me remplissaient maintenant la tête d'images très anciennes,
avec le sourire de mon père, moins constant que celui
du père de famille en face de moi ce soir-là, mais qui
le rappelait tout de même ; ou avec le rire de la jeune
fille dont le tee-shirt blanc qui évoquait si bien les
chemises Lacoste blanches que ma sœur de quinze ans
ne quittait jamais pendant l'été. Je me souvenais aussi,
d'un coup et avec une précision troublante, que c'était
à Ferrare (mais je ne voyais plus dans quel hôtel, pas
celui où j'étais descendu cette fois en tout cas) que
j'avais partagé pour la dernière fois un lit avec ma
sœur. J'avais deux ans de plus qu'elle et c'était aussi
de drôles d'histoires que je m'étais racontées là, tassé
sur mon côté du lit, accroché au bord du matelas avant
de m'endormir. Je revoyais la salle de bains de l'hôtel,

qu'il fallait traverser un couloir pour atteindre, et ma sœur, toujours pudiquement enveloppée d'une serviette éponge trop petite qui revenait de s'y être lavé les cheveux.

« Il faut que vous compreniez... », avait cependant repris Michaela. Le sourire gêné de ma sœur à quinze ans continua de m'éclairer presque chaleureusement, tandis que la jeune femme en face de moi (on nous avait enfin apporté notre *agnello al forno* à tous deux) reprenait son exposé, Jerzy, son père, les poèmes de celui-ci, les gravures qu'elle souhaitait demander au peintre. Suzan, la troisième femme de ce dernier, avait prévu de passer à Ferrare pour le vernissage : peut-être parviendrait-elle à la convaincre d'insister avec moi auprès de son mari... Le vin rouge aidant (la jeune femme buvait décidément beaucoup, ses joues étaient en feu, ses yeux brillaient), elle me décrivait Ferrare, où elle avait décidé de s'établir pour préciser (il s'agissait, en l'occurrence, d'un lieu commun auquel j'ai déjà fait allusion) que c'était, à proprement parler, une « ville métaphysique ». Et les noms maintenant par trop attendus de De Chirico et de ses amis de revenir, accompagnés de la douzaine de clichés qui courent un peu partout sur Ferrare dans l'imaginaire de l'Italie des années vingt, la ville à la clarté de la lune, les tours crénelées du château figées par le gel, et les statues debout au milieu de places désertes. Puis, remontant le cours de l'histoire, la jeune femme m'expliquait ensuite comment, dès la fin du Moyen Age, Ferrare

avait été une ville à part dans l'histoire de l'art et des idées en Italie. Elle décrivait ainsi ce palais où des fresques aujourd'hui ravagées par le temps s'appuient sur les signes du zodiaque pour raconter deux ordres parallèles qui sont le monde des hommes et celui des dieux avec, entre les deux, une mythologie déjà surréaliste. J'avais visité le palais Schifanoia avec Hélène et, comme beaucoup d'autres, j'avais été fasciné par ces restes emblématiques sur les murs d'une grande salle nue. Lors de notre visite, des enfants jouaient à la marelle devant la porte, sous le regard bienveillant de deux bonnes sœurs en cornette. Hélène souriait alors d'un sourire que je ne comprenais que trop. Mais je laissai Michaela De Chiari continuer de me dire ce qu'elle aussi avait vu là de mystère, d'ambiguïté, d'équivoque.

« Toute la ville est ainsi, résuma-t-elle, située quelque part, en un point d'équilibre instable, mouvant, entre le plus banal et l'irréel, la réalité que transfigure le rêve. » On aurait dit qu'elle hésitait à le faire, elle s'y décida enfin : elle revint à son père, à ces textes retrouvés de lui et qu'elle voulait faire illustrer par Jerzy pour finir par me révéler (mais je ne devais le dire à personne, c'était encore, en quelque sorte, une manière de « secret littéraire ») qu'ils constituaient précisément une vue cavalière de Ferrare, quartier par quartier, où le poète avait entremêlé des descriptions de la cité, telle qu'il l'avait connue, à l'histoire qui pesait si fort sur elle. Des hymnes au Tasse, à l'Arioste

dont les œuvres étaient intimement tissées à la trame du passé de la ville y ponctuaient les descriptions précises du château, du palais des Diamants ou de ce palais Schifanoia dont la jeune femme venait de m'entretenir.

Quoi qu'elle en ait dit, je suis convaincu que Michaela De Chiari continuait à s'illusionner sur l'influence que je pouvais avoir auprès de Jerzy. De même devait-elle s'imaginer que je jouais quelque rôle dans la vie littéraire ou éditoriale parisienne, car elle revint indirectement à la charge, m'interrogeant sur les chances qu'elle aurait de voir traduits en français les textes de son père par V., dont elle admirait l'œuvre et qui était, en effet, de mes amis. Elle n'employa pas le mot déception mais tenta de me faire comprendre qu'après la « surprise » avec laquelle on avait accueilli les dernières œuvres de De Chiari publiées de son vivant, cette description d'une ville « tellement littéraire » (elle prononça enfin le nom de Bassani, qui était pourtant le premier qui me venait à l'esprit pour évoquer Ferrare) ne pourrait que fasciner le public français. « On n'imagine pas, en France, tout ce qui peut arriver dans une ville comme la nôtre... », remarqua-t-elle encore, insistant sur « la nôtre » comme si elle-même était désormais devenue citoyenne à part entière de la petite cité. Comme je continuais à observer un silence prudent, elle se tut enfin. A la table des étudiants, le grand garçon blond dont je me rendis compte, au mouvement un peu lent qu'il eut de tout

le corps pour poser son livre, se lever et tendre la main vers une carafe de vin, qu'il avait l'âge et l'allure de mon fils, avait fini par élever la voix. Il prononçait le nom d'un homme politique que les autres abhorraient. Il y eut un brouhaha, des protestations. Gina, assise à côté de lui, se leva pour rejoindre l'autre fille, moins masculine peut-être que je ne l'avais d'abord pensé, de l'autre côté de la table. Il me sembla qu'elles regardaient de mon côté en riant. Quant aux quatre Français, près de nous, eux, ils buvaient à petites gorgées un alcool du pays que le propriétaire venait de leur verser dans de grands verres à eau. J'eus le sentiment que le père regardait lui aussi de mon côté. D'ailleurs, Massimo, le grand garçon blond qui s'était servi à boire, se retournait à son tour vers nous. Mais c'était Michaela que tous devaient regarder. Elle avait défait le chignon qui retenait ses cheveux et ceux-ci, plus longs qu'on n'aurait pu le croire, étaient retombés de part et d'autre de son visage. Les yeux toujours brillants, les joues écarlates et les cheveux maintenant en désordre, elle ne ressemblait plus guère à la jeune femme très sage, sanglée dans son tailleur bon genre, qui était venue me chercher à mon hôtel. D'ailleurs, elle avait défait deux boutons de sa veste, « pour se mettre à l'aise », avait-elle remarqué, et s'était remise à parler, mais fort, cette fois, d'une voix un peu rauque. Il me fallut quelques instants pour me rendre compte que son ton, aussi, avait changé. D'éloquente et persuasive à mon endroit, elle était subitement devenue

agressive, presque vulgaire, pour m'affirmer que je ne m'en rendais pas compte mais que j'étais pathétique, oui, pathétique, cramponné à mon tableau et à ma collection, alors que le monde, autour de moi, continuait de tourner : sans moi. « Regardez-vous dans une glace ! A votre âge, il y a des choses qu'on doit tout de même finir par comprendre ! Et d'autres encore sur lesquelles il faut finir, aussi, par mettre une croix ! »

La métamorphose de la jeune femme était si stupéfiante que je demeurai d'abord sans voix. Je n'avais rien fait, en somme, que ne pas répondre à ses avances lorsqu'elle souhaitait (je ne le comprenais vraiment qu'après coup) m'associer à un projet éditorial qui aurait couvert, en fait, toute l'œuvre de son père. Elle m'avait parlé de la fondation qu'elle projetait de créer, du correspondant français qu'elle aurait aimé trouver mais, trop occupé peut-être à analyser ce que je ressentais moi-même dans cette salle de restaurant où, à chaque table, un visage, une silhouette m'intriguait (ainsi, à ma gauche, ces deux femmes en deuil, silencieuses, qui portaient des voiles et des crêpes comme il y a cinquante ans ; ou le petit monsieur à lunettes d'or, qui mangeait seul en lisant *La Repubblica* et à qui les serveurs donnaient du *Dottore* avec une ironie appuyée : « *Caro Dottore* », avait même dit la patronne en prenant sa commande), je n'avais prêté au fond qu'une attention distraite à ses propos. Comme je ne m'étais pas rendu compte jusqu'à quel point elle avait bu. Alors, tout à fait ivre, maintenant, elle prenait sa

revanche et je me disais que, tant pour l'œuvre de son père qu'elle souhaitait honorer en rendant hommage à Jerzy que pour elle-même, venue Dieu sait comment échouer ici, l'exposition du palais des Diamants devait représenter une manière de dernière chance. Nul n'avait jamais entendu parler de la fille de De Chiari avant qu'elle surgisse, comme cela, à l'improviste, dans le champ pourtant si clos du marché de l'art et des expositions, elle jouait là son va-tout : qu'elle échoue et plus personne n'entendrait parler d'elle.

« Je vous demande pardon ! » Aussi brusquement qu'elle avait laissé éclater sa fureur, Michaela De Chiari avait retrouvé son calme. Il avait suffi qu'elle se levât soudain de table, subitement malade à coup sûr, et, rouge, échevelée, traversât la salle jusqu'aux toilettes puis qu'elle en revienne, recoiffée, rassérénée. Elle avait dû se passer de l'eau sur le visage. Sa main droite tremblait un peu. « Il ne faut pas m'en vouloir, je suis à bout, vous savez... » Elle baissa la tête pour me dire combien elle avait aimé son père, combien celui-ci l'avait aimée et le désarroi qui était à présent le sien, devant le silence où était tombée l'œuvre de Michele De Chiari. « Vous m'aiderez, n'est-ce pas ? Vous le promettez ? » Elle me glissait dans les mains un petit livre froissé, les ultimes poèmes publiés de son père. Je promis ce qu'elle me demandait. Les étudiants avaient quitté ensemble la table qu'ils occupaient au milieu de la pièce, dans un grand brouhaha. Les deux jeunes filles, Gina et sa compagne, l'une blonde, l'autre

brune et un peu plus grande, s'étaient retournées une
dernière fois dans notre direction avant de s'accrocher,
chacune de son côté, aux bras du garçon blond qui
avait rangé le livre de Jünger dans la poche de sa veste.
Après leur départ, on aurait dit qu'un silence presque
religieux pesait maintenant sur les autres dîneurs. Un
à un, d'ailleurs, ils se levaient de table. La fille du
Français trop souriant dont la silhouette était bien celle
de mon père à la fin de sa vie, un peu fragile, une fine
moustache dont je n'avais jamais compris la raison qui
l'avait conduit à la laisser pousser, avait frôlé notre
table. Elle s'en excusa trop longuement, en un italien
maladroit. J'échangeai encore quelques paroles sans
conséquence avec Michaela puis appelai le patron et
demandai l'addition. Je remarquai que la jeune
femme, dont j'étais après tout l'invité à Ferrare, ne
protesta pas et me laissa payer. Elle me raccompagna
à mon hôtel où elle me quitta, sans revenir sur la
brusque colère qui l'avait soulevée. Gênés l'un par
l'autre, nous nous sommes serré la main en nous donnant rendez-vous pour le lendemain matin : il fallait,
tout de même, que l'accrochage de mon tableau me
plût !

Je ne suis pas monté me coucher. Je n'avais pas
sommeil, aussi ai-je décidé de ressortir et de marcher
un peu, au hasard. J'avais besoin de réfléchir. J'ai fait
d'abord quelques pas en direction du château dont la

masse imposante dessinait entre la nuit et moi une manière de formidable écran. Il y avait la ville, ses rues, ses arcades, ses rares passants – et le château ; la nuit, la lune trop parfaite, un croissant comme piqué au sommet d'une tourelle sur un fond d'un bleu à peine matinal – et le château. Sa silhouette colossale et élégante en même temps dominait l'ensemble des places et le gigantesque carrefour au milieu duquel il s'élevait, rougeoyant encore dans l'ombre pourtant épaisse, le clapotis de ses douves. Je savais que là, dans les fosses en contrebas dont l'humidité fétide avait longtemps baigné les geôles où la famille qui régnait sur la ville, despotes éclairés avant la lettre, mécènes, poètes même, enfermait des prisonniers qui ne revoyaient jamais la clarté du jour autrement que reflétée, mouvante et glauque, dans l'eau verdâtre : là, donc, vivaient des carpes centenaires, immenses et vaguement répugnantes, dont les formes indécises n'apparaissaient que rarement aux curieux qui se penchaient sur le mur de pierre au-dessus des douves. On devinait leur présence, dans la vase. Je m'approchai cependant jusqu'au mur, où je m'appuyai, puis me penchai en avant. Il venait d'en dessous une odeur douceâtre, bientôt écœurante. Je reculai et longeai un moment le mur, jusqu'à une plaque de marbre, enchâssée dans la pierre, qui portait les noms d'une douzaine d'hommes, qu'on avait fusillés à la fin de la dernière guerre. La lumière qui arrivait d'un café, loin en face, de l'autre côté de la rue, était trop faible pour

que je pusse les lire. Je revins sur mes pas et refis d'abord le chemin que j'avais suivi pour aller au restaurant. Une pâtisserie, une sorte de salon de thé était encore ouverte avant la haute arcade qui enjambait la chaussée. Deux amoureux y étaient assis, face à face, comme dans une vitrine. On voyait leurs profils, penchés l'un vers l'autre. Leurs lèvres bougeaient, l'homme devait parler sans fin, la fille prononçait de temps en temps une parole. Il me semblait que je devinais leur discours, lui qui demandait, insistant, suppliant peut-être, et elle, un sourire immobile sur les lèvres, qui répétait « non, non... » J'étais debout, devant la vaste fenêtre éclairée, et je me rendis compte que je devais me tenir là depuis un moment. Ni l'un ni l'autre des amoureux n'avait pourtant détourné les yeux vers l'indiscret qui, sans songer à s'en cacher, les observait.

C'est moi qui me retournai. Un pas résonnait derrière, très net, sonore, sur les grandes dalles qui constituaient le pavement de cette partie de la place. Celle-ci m'apparut néanmoins totalement déserte. On aurait dit que les rares passants que j'avais pu y remarquer, quelques minutes auparavant, avaient tous disparu. Un coup sonna au clocher d'une église : une heure du matin ? Ce n'était guère possible, du reste les cafés alentour, le salon de thé étaient toujours ouverts. Il n'y avait plus personne, pourtant, pas un véhicule, plus rien autour du château, que ce pas qui se rapprochait de moi. Une femme apparut enfin, venant de la

La nuit de Ferrare

direction de mon hôtel et qui semblait se diriger, comme je l'avais fait en compagnie de Michaela De Chiari, vers l'hôtel de ville. Un réverbère dut s'allumer sur son passage, car je la distinguai alors nettement. Elle portait un pantalon de cuir très collant, un blouson noir et des chaussures à talons hauts qui, toc, toc, sur le pavement, résonnaient à présent dans toute la place, toute la ville peut-être. Elle marchait vers moi, l'allure décidée, indifférente à ce qui l'entourait comme à moi, naturellement. Lorsqu'elle arriva à ma hauteur, ce fut moi qui dus faire un pas de côté pour éviter qu'elle ne me bouscule. Son visage, un peu carré, ressemblait à celui de la jeune fille que j'avais trouvée vaguement masculine, au restaurant où nous avions dîné. Elle passa tout près de moi, automate parfaitement réglé, sans un signe du visage, les yeux peut-être trop écarquillés. La jeune fille à la table des étudiants, oui... C'était aussi une secrétaire, au visage un peu rude, lourd, vulgaire certainement mais beau aussi, à sa manière, que j'avais eue jadis. Je n'avais pas trente ans, je vivais à Londres et je sais qu'elle avait attendu un enfant de moi. Elle me l'avait dit après, quand tout avait été fini, en haussant les épaules, un fort accent écossais pour rire de mon désarroi. « Eh oui, mon garçon, ce sont des choses qui nous arrivent, à nous ; c'est pas pour ça que vous, les hommes, vous devez vous en faire ! » Je ne me souvenais plus de son nom, ni même du quartier où se trouvait la petite chambre en *basement* où nous faisions l'amour très vite, dans

121

des draps sales, toujours humides. Mais la jeune femme aux talons trop hauts était déjà loin, qui atteignait l'angle de la place fermée par la rue menant à la cathédrale et à la tache plus sombre d'un palais sur lequel se découpait, hérissée de tourelles, l'ombre du château. Quatre ou cinq fois, deux ou trois encore, son pas résonna très fort dans ce décor immobile puis, brusquement, elle parut disparaître dans le coin du tableau de De Chirico qui s'était si vite mis en place, grandeur plus que nature, devant mes yeux, littéralement avalée par la toile que j'avais vue dans un musée à Rome. Le bruit de ses pas s'était éteint en même temps : le silence, à présent, était absolu.

J'ai marché à mon tour dans la direction qu'avait prise la jeune femme. J'arrivai ainsi à la statue entourée de grilles que j'avais vue, elle aussi, en allant à l'hôtel. J'en fis le tour pour lire sur une plaque du socle qu'elle représentait Savonarole, dont le souvenir était naturellement plus lié pour moi à Florence qu'à Ferrare, où il était pourtant né. J'allais m'éloigner de la statue quand j'entendis à nouveau des bruits de pas qui s'approchaient de moi, on courait cette fois. Il y avait aussi des rires, des petits cris amusés. Je n'eus pas le temps de m'interroger que cinq enfants, tous jeunes, six, sept ans au plus, déboulaient autour de moi, suivis d'un peu plus loin par une jeune femme silencieuse. Il y avait trois petites filles et deux petits garçons. Leur présence sur cette place, à cette heure incertaine de la nuit, aurait dû me paraître insolite, il n'en fut d'abord

rien. Je les regardais, émerveillé, qui avaient grimpé sur la lourde grille de fonte devant laquelle je me trouvais, l'enjambaient, jouaient à en sauter et à s'y hisser de nouveau. Pas plus que la jeune femme aux talons, ces enfants et celle qui les surveillait de loin, un bon sourire aux lèvres, ne prêtaient attention à moi. Ils s'interpellaient l'un l'autre, il y avait un Bruno, une Nicole – ou Micòl ? –, une Lida. Une autre petite fille s'appelait Clelia. Je n'entendis pas le nom du deuxième petit garçon, Nicole – ou Micòl ? – faisait des pirouettes sous ses yeux ébahis. Elle avait des jambes de petite fille, très blanches, et des chaussettes de coton blanc. Une balle de tennis apparut un instant dans ses mains. Elle me regarda alors, pour la première fois, me fixa intensément debout qu'elle était de l'autre côté de la grille de fonte devant la statue et, sans rien dire, me jeta sa balle. Alors, tels des oiseaux, les enfants s'éparpillèrent sur la place. Je les vis s'éloigner dans toutes les directions puis, sur un battement de mains de la jeune femme qui veillait sur eux, ils se réunirent et, toujours piaillant et riant, repartirent ainsi vers l'hôtel de ville et, au-delà, les rues plus sombres du ghetto. J'avais toujours la balle de tennis à la main. C'est au tennis que jouent sans fin les jeunes gens du roman de Bassani : même de nuit et fût-ce par la grâce d'une enfant sur une place déserte, leurs jeux, qu'il avait fallu l'horreur et la mort pour interrompre à jamais, me revenaient à l'esprit comme un rêve dix fois répété l'espace d'une seule nuit. Je fis quelques

pas en direction des enfants et la balle m'échappa. Elle rebondit deux fois, trois, sur le pavé. Je voulus la rattraper mais elle roulait toute seule devant moi et, d'un coup, dut disparaître dans un trou, un égout, que sais-je ? j'étais à nouveau seul, debout, au milieu de la place. Un escalier extérieur courait sur l'une des façades et aboutissait, assez haut, à une porte qui me sembla ouverte mais je n'avais pas fait deux pas que je levai à nouveau les yeux : la porte était naturellement fermée.

Je continuai à m'avancer dans les rues à présent totalement désertes. Tout juste, passant devant le restaurant où nous avions dîné, vis-je quatre jeunes femmes vêtues de tabliers roses, des gants de caoutchouc à la main, qui s'affairaient à en laver le sol à grande eau. Je me souvins de la brochure que m'avait donnée Michaela De Chiari, je l'avais oubliée là. Je m'approchai donc de la devanture et frappai une première fois, discrètement, contre la vitre. Aucune des femmes ne répondit. Je m'enhardis et toquai plus fort, bientôt je secouai même la porte mais les jeunes femmes en tablier rose demeurèrent courbées sur leur travail et, si l'une ou l'autre relevait parfois la tête, c'était pour échanger quelques mots avec ses camarades et, tout de suite, revenir à son balai et à son seau. On aurait dit que la vitre qui nous séparait, ces jolies filles et moi (car elles étaient jolies, les bougresses ! jeunes et le tablier court sur des mollets appétissants), isolait parfaitement deux mondes qui ne pouvaient pas plus

communiquer ensemble que je n'avais pu le faire avec la jeune fille aux talons hauts, tout à l'heure, devant le château. Du reste, l'avais-je vraiment tenue en main, la balle de tennis que m'avait lancée une petite Nicole, quelques instants après ?

Combien de temps suis-je demeuré devant la porte fermée du restaurant ? Une fois de plus, le temps me donnait l'impression de s'étirer, sans limites précises. Car il ne faut pas plus de quelques secondes, une minute au plus, pour tambouriner à une vitrine de restaurant, tenter de s'en faire ouvrir la porte et constater que, de l'intérieur, on ne vous entend pas. Le manège des jolies laveuses de plancher paraissait lui-même s'éterniser et j'avais l'impression d'assister à une sorte de spectacle muet, l'une de ces pièces à la mode que l'on voit de nos jours dans des théâtres de la périphérie parisienne, aussi inutiles que superbement éclairés. Ou encore la mise en scène d'un tableau vivant, irréel, décalé, d'une toile de Jerzy, les *Cousines*, pourquoi pas ? Elles étaient bien quatre, après tout, Blanca, Geneviève, Dodie et la quatrième, dont j'ai oublié le nom. D'ailleurs, accroupie entre les tables, l'une d'elles caressait un gros chat, sorti tout droit lui aussi d'un tableau de Jerzy. La scène devenait du reste plus improbable encore. L'une des filles avait renversé son seau, les autres levaient les bras au ciel, elles avaient des mimiques absurdes, sautillantes : étiré, le temps changeait pourtant de rythme et s'accélérait subitement, comme dans un film muet puis, d'un seul coup,

la lumière très vive qui régnait à l'intérieur du restaurant s'éteignit, la vitre devant moi fut un écran noir et vide ; la séance finie, je n'avais plus qu'à partir.

Je m'en allai. Au-delà de l'hôtel de ville et derrière le restaurant, s'étendaient des rues étroites, parfois recouvertes de voûtes, la partie médiévale de Ferrare, qui contrastait fortement avec les grandes artères larges et aérées, bien droites, de la ville de la Renaissance. Ici, où l'on longeait l'ancien ghetto, les ruelles étaient tortueuses, des grilles s'ouvraient sur des escaliers qui devaient mener à des sous-sols obscurs, des pièces en contrebas, des caves d'où montait une odeur d'humidité et de salpêtre. Je m'engageai dans ce lacis de venelles où ne brillait, çà et là, qu'une maigre ampoule jaunâtre dans une lanterne de fer. Si j'étais venu jusqu'ici avec Hélène, je n'en avais gardé aucun souvenir. Et pourtant, à mesure que je m'avançais sur les pavés disjoints, j'avais à nouveau cette impression, si fréquente depuis mon arrivée dans l'après-midi, que, comme la plupart des visages, tous les lieux que je traversais (les rues les plus étroites et les plus enchevêtrées étaient aussi désertes que la grande place du château ou de l'hôtel de ville) m'étaient étrangement familiers. Bien sûr, il y avait eu ce premier voyage, en famille, mais les souvenirs qui remontaient en moi venaient d'ailleurs. Ainsi me sembla-t-il avoir déjà descendu les trois ou quatre marches qui coupaient brusquement la tranchée entre deux maisons où je me trouvais. Une vieille femme sortit alors d'une maison.

A la différence de la fille aux talons hauts, des enfants autour de la statue de Savonarole, elle m'adressa la parole : « Avez-vous vu Bianca ? J'ai perdu Bianca ! » Elle paraissait affolée, cherchait dans tous les recoins, regardait en l'air, le rebord des fenêtres. Bianca était un chat. La femme marcha un instant devant moi, continuant à appeler l'animal : « Petite ! Petite ! » – et se retournait de temps en temps, comme pour s'assurer que je la suivais bien. Au bout d'un moment, un gros chat noir sauta subitement au milieu de la ruelle, entre la vieille et moi. La femme poussa un cri de surprise : « La vilaine ! La vilaine bête... » Elle revenait déjà sur ses pas, prenait le chat dans ses bras et, le ramenant chez elle en le berçant comme un enfant, s'écartait, s'écrasant contre un mur pour me laisser passer. « Merci, monsieur, merci, tant de fois merci... Sans vous... » Elle sentait la pisse de chat – la pisse de vieille peut-être aussi... – et le vin, la vinasse. Se plaquant davantage contre le mur pour ne pas me déranger, elle avait le regard humble, la lèvre qui tremblait d'Emilie, la vieille bonne de ma grand-mère, qui n'avait d'autre enfant (me disait-elle, avec de grosses bises mouillées) que moi et qui buvait ses huit ou dix litres de vin par jour, que la fermière des Arcs lui faisait passer en douce, par-dessus le mur qui séparait sa cuisine de la cour de la ferme. Trop, c'était trop. On avait voulu lui faire subir une cure de désintoxication et Emilie, qui ne devait pas peser loin de cent kilos, en était revenue toute maigre, toute pâle, une pauvre chose

aux chairs pendantes qui n'avait pas mis six mois à
mourir. « Vous êtes un bon petit ! » me lança encore
la vieille avant de disparaître dans sa tanière. « Tu es
un bon petiot », me disait Emilie, en me serrant
convulsivement sur son giron.

La nuit était devenue peu à peu plus claire. Des
cloches sonnaient parfois, de manière de plus en plus
désordonnée, douze coups, deux, trois, je ne savais pas.
Nous avions dîné tôt. Logiquement, il ne pouvait
pourtant être plus de onze heures du soir, mais les
événements qui se déroulaient autour de moi depuis
le début de la journée répondaient-ils à une quelcon-
que logique ? Je ne ressentais aucune fatigue, au
contraire ; c'était une curiosité comme je n'en avais
pas connue depuis longtemps qui me poussait en
avant. La rue où je me trouvais déboucha ainsi sur
une autre, plus large, franchie à intervalles réguliers,
disons tous les quinze ou vingt mètres, par une arche
de maçonnerie percée d'une fenêtre basse et grillagée.
J'arrivai à la hauteur de l'une de ces arcades quand
une porte s'ouvrit à ma droite. En sortit un étonnant
petit vieillard en redingote longue, barbu, une kippa
luisante sur le sommet du crâne. De même que la
vieille de tout à l'heure, il appelait dans la nuit : « Leonardo ! Leonardo ! » – puis se battait les flancs de
désespoir : où était donc son Leonardo ? La fenêtre
grillagée au-dessus de moi s'ouvrit alors et une femme
sans âge apparut : « Quand il aura fini de nous ennuyer
tous, celui-là, avec son Leonardo ! Tu sais bien qu'il

est parti en Amérique, ton Leonardo !» La voix de la femme était un glapissement. Levant la tête, je m'étais arrêté pour la regarder. Elle portait aux poignets de gros bracelets de cuivre qui tintaient l'un contre l'autre. M'avisant, elle s'adressa à moi : «Eh ! toi ! l'étranger ! Tu n'as pas envie de faire dodo avec une belle femme comme moi, au lieu de traîner dans la rue à plus d'heure ?» Le petit vieux m'attrapa par le bras : «Ne l'écoutez pas, cette femme : c'est le vice incarné ! C'est elle qui a fait partir mon Leonardo !» Puis, au nom qu'il venait lui-même de prononcer, il pivota sur les talons et se mit à nouveau à crier : «Leonardo ! Leonardo !» La grosse femme aux brace-lets de cuivre (car elle m'apparaissait grosse, à présent, lippue, les cheveux crépus, une sorte de négresse furi-bonde égarée au milieu de l'ancien ghetto) avait dis-paru, elle reparut avec, à la main, ce qui m'avait l'air d'un pot de chambre à l'ancienne et en déversa le contenu sur le petit Juif qui se mit à gémir : «Quand je vous dis que cette femme est une sale femme !» Il s'essuya le visage, le front, avec un grand mouchoir qu'il avait tiré de sa poche puis, subitement, il haussa les épaules. «Comme vous voulez ! Moi, je vais me coucher», lança-t-il. Je pensai (pourquoi ?) au lapin ou au chapelier, je ne sais plus, d'*Alice au pays des merveilles*, son apparition, bientôt sa disparition étaient aussi incongrues. Joignant le geste à la parole, il me donna l'impression de s'enfoncer brusquement dans le mur de ce qui devait être sa maison. En fait,

il souleva une espèce de rideau épais et, un instant, j'eus la vision stupéfiante de Mathilde, ou d'une jeune fille qui ressemblait à Mathilde, à demi renversée sur une chaise ou un divan à l'intérieur de la maison. Les jambes mal recouvertes d'une jupe fendue, ses bras étaient levés au-dessus de sa tête, et elle était en train de se coiffer. Quant au petit vieux en redingote, il était bien, tirant son rideau comme un rideau de théâtre, l'avorton qu'avait peint Jerzy au premier plan de son tableau. Tout cela ne dura qu'un instant. Seule une très ancienne lampe à pétrole éclairait la scène, à l'intérieur de la pièce. Je fis un pas en avant, mais le rideau était déjà tombé. Une porte que je n'avais pas vue avait claqué. Je me heurtai presque à son lourd panneau de bois parfaitement ajusté. Au milieu de cette rue où tout, les fenêtres, les perrons, les portes allaient de guingois, seule la porte de la maison où avait disparu le petit vieux qui appelait son Leonardo paraissait solide et neuve. L'un des derniers poèmes de Léonard Weill a traversé mon esprit. Mon vieil ami y décrivait une femme, qui était toutes les femmes, une porte qui était toutes les portes et des millions d'hommes devant cette porte, qui attendaient cette femme. A vingt ans, Léonard avait quitté son village, l'Alsace, l'Europe, il revenait parfois chez lui, à Heimwiller, en voyageur émerveillé.

J'ai marché longtemps, cette première nuit. Pour la première fois depuis longtemps, moi qui ne savais plus

me promener qu'englué dans des pensées triviales et sans importance inutilement ressassées, mon esprit naviguait librement, au gré des rencontres et de l'émotion ressentie ici devant une façade pourtant anonyme, là une margelle de puits. Je croisais d'autres silhouettes, qu'il me semblait quelquefois reconnaître. Je leur imaginais un destin, leur inventais quelques bribes de vie. Ainsi, sans même m'être aperçu que j'étais revenu à mon point de départ, je me suis retrouvé devant le château. Les vitrines des magasins (encore éclairées lorsque j'avais regardé, dans une librairie, un livre sur la ville, une boutique de faïences imitées de l'ancien) étaient désormais éteintes, à l'exception d'un magasin de disques, qui faisait l'angle du corso della Giovecca et un café attenant. Sans raison, toujours aussi peu fatigué, je me dirigeai vers les lumières en longeant les arcades marchandes de l'avenue de la Liberté. Je ne faisais que flâner, juste aux aguets de nouvelles rencontres auxquelles je prenais de plus en plus goût. Un homme entre deux âges, plutôt jeune au demeurant, marchait quelques pas derrière moi. Lorsque je dépassai le café éclairé au néon d'où venait une rumeur, des voix, je remarquai que l'homme me suivait toujours. Quand je m'arrêtai devant le magasin de disques, il s'immobilisa comme moi, deux pas en arrière sur le bord du trottoir. Les petites galettes métallisées étaient exposées côte à côte, sorties de leurs emboîtages, eux-mêmes alignés dans la partie supérieure de la vitrine. Je remarquai un disque récent que j'avais écouté peu

131

avant mon départ de Paris. Une jeune mezzo américaine y chantait admirablement du Berlioz. Je me dis que je ne l'avais écoutée qu'avec une fausse attention et, surtout, beaucoup d'indifférence : combien de temps cela faisait-il que je ne jouais plus qu'à entendre de la musique, sans l'écouter vraiment ? Moi qui, à vingt ans, à trente ans, vivais si intensément immergé en Mozart, en Schubert... L'un des airs de Berlioz que chantait l'Américaine me revenait à la tête, comme une scie, déformé par des paroles absurdes qu'une de mes amies avait inventées à la place des vers de Théophile Gautier. Face au portrait de la jeune chanteuse, une photo au flou un peu trop artistique, je me surpris à me les répéter, comme autrefois en Normandie, où cette « Nuit d'été »-là était devenue pour nous une sorte de chant de ralliement : « Vous irez y sucrer les fraises, sans moi... », quand je pris conscience, avec beaucoup plus de netteté, de la présence de l'homme derrière moi. C'était là une impression qui, jadis, me répugnait particulièrement, que de me sentir observé par un homme. Je n'étais pas un adolescent attrayant, plus tard je ne fus pas un jeune homme au physique avantageux, mais il m'était arrivé, comme à tout le monde, d'être sinon suivi, du moins épié par des messieurs plus âgés. Ils m'adressaient parfois la parole, je rougissais et je disparaissais à toutes jambes. Je demeurai quelques secondes devant la vitrine, les mains dans les poches, pour finir par me retourner. L'homme était toujours là, mais il était plus jeune encore que je ne

l'avais d'abord cru. Un adolescent, presque un gamin, il m'adressait un sourire ignoble. Il me fallut un moment pour le comprendre, que c'était moi le « monsieur âgé » auquel ce jeune homme faisait des propositions au coin de la rue. Je m'étais cru dragué, on me prenait pour un client ! Je pivotai sur mes talons. Un miroir, placé dans l'angle de la vitrine, me renvoyait mon image d'homme désormais plus qu'entre deux âges, trop corpulent, bouffi, fatigué. Toute la belle humeur, l'exaltation de la soirée étaient retombées. Ma solitude me pesa brusquement, je poussai la porte du café d'à côté.

Il y régnait une atmosphère lourde, enfumée, d'autant plus oppressante que les barres de néon du plafond émettaient une sale lumière verdâtre, qu'on aurait crue sortie d'un film des années cinquante. Beaucoup d'hommes et de femmes, des jeunes surtout, buvaient et parlaient fort. On aurait pu croire que tous ceux qui avaient quitté pour la nuit les rues de la ville, si étonnamment désertes à présent, s'étaient donné rendez-vous là. A la manière de beaucoup de cafés italiens, il s'agissait d'une salle en longueur, dont un bar occupait à peu près toute la partie de gauche. Seules quatre ou cinq petites tables, alignées le long d'une glace écaillée face au bar, et une autre table, plus grande dans le fond de la pièce, permettaient de s'asseoir. La musique, vaguement swing, était plus en accord avec le décor qu'avec les goûts de notre époque. Une seule table, plutôt dans le fond, était libre, je m'y

assis et commandai un café. A nouveau, et comme je le faisais depuis si longtemps, je remâchai quelque chose, la déconvenue qui avait précédé, l'horrible sentiment d'être à présent un vieillard, ou presque, égaré au pays des jeunes, auxquels j'aurais tant voulu ressembler encore. Il n'était jusqu'à mon dîner avec Michaela De Chiari dont les impressions que j'avais pu avoir alors m'apparaissaient à présent fausses, bousculées... La jeune femme avait voulu m'aguicher ? Allons donc ! Elle avait besoin de moi, voilà tout, la fin du repas l'avait prouvé. J'étais amer, dépité, triste, en somme...

Et puis, peu à peu, l'espèce de métamorphose qui se déroulait autour de moi depuis que j'étais à Ferrare a repris son cours. Les gens, les conversations, cette musique venue d'ailleurs... J'ai vidé à petites gorgées ma tasse de café et j'ai commencé à mieux regarder autour. A écouter, aussi. A la table juste devant moi, dans l'étroit couloir de bois, un couple parlait à voix basse, et cependant aucun mot de leur conversation ne m'échappait. La femme était la même que celle aperçue un peu plus tôt dans la soirée à la pâtisserie proche de mon hôtel et qui, penchée vers son compagnon, donnait l'impression d'une ombre chinoise, d'un papier découpé. La pâtisserie avait fermé, le couple avait dû se rabattre sur l'unique bar encore ouvert à cette heure tardive de la nuit. C'était surtout elle qui parlait maintenant. Je l'entendis répéter la même phrase, à plusieurs reprises : « Pierre, oh ! Pierre, dis-

moi la vérité, toute la vérité. » Mais l'autre se taisait. Il me tournait le dos, je ne le voyais pas, seulement sa tête rentrée dans les épaules, buté, replié sur soi-même. Et elle qui répétait : « Pierre, dis-moi la vérité... » Sans un mot, le serveur leur apporta deux autres verres, remplis d'une boisson rosâtre. « Pierre, oh ! Pierre. » La jeune femme continuait. Elle en avait si gros sur le cœur qu'il lui fallut un moment avant de préciser : « Dis-le, c'était moi que tu épiais, l'autre nuit... » Et de la même manière que le « Pierre, oh ! Pierre », elle répétait cette fois : « Dis-le : c'était moi que tu épiais ? dis-le... » J'entendis l'homme pousser un soupir. Puis il parla enfin : « Tu le sais bien, que ce n'était pas toi. C'était Lida que je regardais. Tu le sais bien. » Je vis les yeux de la jeune femme se remplir de larmes. « Ma sœur ! O mon Dieu... » Elle répéta encore plusieurs fois : « Ma sœur, ma sœur... », puis je n'entendis plus rien. Le couple parlait toujours, mais leur dialogue avait été absorbé par les autres conversations, la musique, la rumeur qui emplissait la salle. Je voyais seulement les lèvres de la femme remuer doucement, comme à travers la vitre de la pâtisserie, et des larmes coulaient sur son visage.

Par-dessus le couple, mon attention se concentra ensuite sur la grande table du fond de la salle où les étudiants du restaurant, Massimo qui lisait Jünger, Gina et les autres, étaient maintenant rassemblés. Ils buvaient de la bière et parlaient assez fort pour que je comprenne tout ce qu'ils disaient. Leur conversation

n'avait pas grand sens, pourtant. Ils évoquaient des noms d'amis, peut-être, d'autres étudiants, des professeurs, et quand l'un ou l'autre prononçait un nom trop fort, les autres le faisaient taire, regardant autour d'eux comme si on risquait de les espionner. Le nom d'un professeur revenait souvent. L'homme aurait été témoin de quelque chose. « Il sait, lui, il sait que ces salopards étaient d'ici. Mais il ne dira rien. » Ils faisaient allusion à un événement qui s'était déroulé peu de temps auparavant. On parla aussi d'un professeur qu'ils aimaient et qui avait dû suspendre ses cours. Je vis encore Massimo, le grand garçon blond qui ressemblait à mon fils, refermer lentement *Les Falaises de marbre* qu'il lisait pour interpeller ses camarades. Il les apostrophait calmement, sans lever la voix, mais avec vigueur. « Et vous n'avez pas honte, vous... » Que leur reprochait-il exactement ? De rester assis sur leur derrière quand d'autres prenaient d'autres risques ? Je pensai aux Brigades rouges dont on ne parlait plus guère ; aux terroristes d'extrême droite qui avaient fait sauter la gare de Milan et dont on ne parlait plus ; Toni Negri, encore sous le coup d'une condamnation : le ton toujours très calme du jeune homme avait quelque chose d'un peu solennel. Les deux filles, Gina et l'autre, plus masculine, qui les accompagnaient toujours, le regardaient avec tendresse. Lorsqu'il se fut tu (c'était un vrai discours qu'il leur avait tenu, en somme), les autres ajoutèrent des commentaires. Gina, la plus proche des deux jeunes filles, voulut même

l'applaudir avec un sourire malicieux, mais le garçon la fit taire. Au swing des années cinquante avait succédé un air d'accordéon, beaucoup plus ancien. Gina se leva pour inviter Massimo à danser, mais celui-ci secoua la tête. Il s'était déjà replongé dans sa lecture. Alors, dédaignant les autres garçons, Gina s'approcha de la seconde jeune femme qui se leva aussitôt. Bientôt, dans le fond de la salle, je pus voir les deux jeunes filles qui dansaient, enlacées. Leurs camarades les regardaient aussi. L'un d'eux se pencha vers Massimo et je l'entendis distinctement murmurer au garçon : « Méfie-toi, cette fille est une vraie salope. Elle est très liée à... » Il prononça un nom que, cette fois, je ne pus entendre. Tous deux regardaient la jeune fille brune, que Gina serrait contre elle en pouffant mais qui, elle, prenait le jeu beaucoup plus au sérieux. Joue contre joue avec Gina, on devinait son souffle un peu court. Elle avait fermé les yeux, elle savourait la danse. C'était devenu une valse-musette. Lorsque la musique s'arrêta, la jeune fille brune me faisait face. Elle rouvrit les yeux et son regard se posa sur moi, sans surprise, comme si elle s'était attendue à me voir là, assis à cette place, à travers toute la longueur de la salle enfumée.

Un autre garçon du groupe aurait dû attirer mon attention, mais lui me tournait carrément le dos. Lorsqu'il se leva pour demander un jeton de téléphone au bar, nos regards se croisèrent. C'était le plus jeune des hommes vêtus de noir qui, au milieu de l'après-midi, assistaient à l'enterrement, ou du moins à la

cérémonie que j'avais pu observer du haut du mur, dans le cimetière juif. Lui non plus ne parut pas surpris de me voir là. Il esquissa même un sourire avant de composer son numéro. Puis il revint et prit place sur la chaise libre en face de moi, de l'autre côté de la table. « Vous connaissiez Camaioli ? » me demanda-t-il en faisant signe au serveur de lui apporter un café à ma table. Je secouai la tête : ce Camaioli était-il le mort auquel on rendait hommage dans le cimetière ? L'autre acquiesça. L'un de ses amis, qui montait la garde au sommet du mur (ce devait être le jeune soldat que j'avais aperçu au moment où je m'en allais), lui avait dit que j'avais paru ému pendant la cérémonie. Je secouai à nouveau la tête : j'étais ému, oui, par le chant que j'avais entendu, la beauté du brouillard, cette brume qui flottait. « La brume, oui... » C'était au tour du jeune homme de secouer la tête, comme si la brume à laquelle je faisais allusion appartenait aux cent clichés, mille fois répétés, qui servaient à définir la ville. « La brume, oui... » Mon interlocuteur se tut un instant, puis me tendit la main en se penchant. Il s'appelait Bruno Lattes. Je savais que je n'étais pas seulement venu à Ferrare pour convoyer un tableau que j'avais trop aimé. Et si je ne pouvais encore comprendre tout ce qui se déroulait autour de moi, ces visages et ces ombres surgis du passé de la ville et du mien, je commençais peut-être à deviner que j'étais convoqué à une manière de rendez-vous. Pouvais-je imaginer que ce rendez-vous, c'était moi-même qui

me l'étais fixé et avec moi-même ? Et que Bruno Lattes, double de livre en livre de Bassani, allait peu à peu devenir le mien ?

« Cette ville doit vous surprendre... », me dit-il enfin, après un nouveau silence. Puis, sans vraiment attendre de réponse il commença, comme l'avait fait Michaela De Chiari, à me parler de Ferrare. Mais quand la fille du poète avait seulement discouru sur une ville métaphysique, toute de lumière et de raison, patrie bien connue de poètes et de peintres, Bruno Lattes évoquait, lui, une Ferrare différente, plus sombre, endormie et cependant secouée de violences subites. Il parlait de la peur qui avait régné là pendant la guerre, de crimes. « Ainsi, en face de vous, de l'autre côté de la rue, cette plaque sur le mur au-dessus des douves... » La plaque qui portait des noms que je n'étais pas parvenu à lire, onze hommes qu'une nuit de 43 on avait alignés contre le parapet, devant le château, pour les fusiller. « Personne n'a rien dit : personne, je vous le dis... » Une vieille femme, d'une corpulence inattendue pour une femme de son âge, était affalée sur une chaise, près de la porte du bar. « Vous la voyez, celle-là, la femme du pharmacien... » Le ton de Bruno Lattes était haché, rauque, insistant. Il voulait me convaincre qu'à Ferrare comme ailleurs, la guerre avait été cet abîme de haine, de lâchetés, de trahisons. « Cette femme, oui... » Voilà qu'elle ressemblait maintenant à Madame Irma. Elle avait assisté, elle, à l'exécution, devant le château. Elle ou son mari,

qui dormait à l'époque au-dessus de sa pharmacie, à côté du Caffè della Borsa, ou qui, plutôt, ne dormait pas. Avait-il eu le courage de parler, lui ?

« Il faut savoir cela, oui... », répétait à présent Bruno Lattes, comme répétait son « Pierre, dis-moi la vérité » la jeune femme qui me faisait face tout à l'heure et qui avait disparu, remplacée maintenant par la femme du pharmacien qui, lourdement, s'était transportée de l'entrée du bar à la table un instant vide : « Il faut savoir cela... » Sa voix haussa ensuite d'un ton pour se souvenir de la grande rafle qui avait eu lieu, en 1943, et de plus d'une centaine de victimes, toutes juives, parties pour ne plus revenir. « Plus de cent ! Plus de cent ! » Le chiffre revint deux fois, dix fois dans le monologue qu'il me tenait, allumant cigarette sur cigarette, buvant café sur café. Il fallait savoir cela, aussi... Je le savais, oui. Bassani avait tout raconté. Bruno Lattes ne s'était assis en face de moi, cette nuit, que pour marteler le chiffre, plus d'une centaine, que j'avais peut-être oublié, comme celui des onze fusillés de cette nuit de 43. Lui-même, Lattes, avait certes quitté ses camarades, changeant simplement de table dans cette salle enfumée de café, mais il avait aussi surgi de la nuit, du passé, de l'histoire, du plus profond de cette ville. Nous nous étions à peine aperçus, l'après-midi, dans le cimetière juif, mais il avait, comme moi, le sentiment que nous nous connaissions de longue date. J'avais six ans, sept ans pendant la guerre, je ne me souvenais même plus de l'étoile jaune qu'avaient sûrement dû porter quelques-

uns de mes camarades. L'une de mes institutrices avait toujours refusé d'assister à ce qu'on appelait « le goûter du Maréchal », quelques biscuits au goût de poussière et un demi-verre de lait qu'on nous servait chaque jour en classe : il m'avait fallu longtemps avant de comprendre pourquoi. « Mais te voilà de retour ! » conclut soudain Bruno Lattes. S'il avait élevé un moment la voix, il était de nouveau très calme. Il a repoussé sa chaise, se préparant à me quitter. C'est alors qu'il a vu (je ne l'avais pas remarqué non plus) que ses amis étaient partis. Tous les clients, en fait, avaient quitté la salle. Un seul serveur était resté, qui empilait les chaises sur les tables. Il a fermé la porte à clef derrière Bruno Lattes et moi. A peine en avions-nous passé le seuil que le bruit du rideau de fer qu'il tirait a retenti. Le magasin de disques avait lui aussi éteint ses lumières. « Je suppose que vous allez retrouver votre amie Mathilde... », m'a dit Bruno Lattes en me serrant la main. Mathilde, c'est vrai, je l'avais oubliée... Le jeune homme a disparu vers le corso della Giovecca, je suis revenu lentement vers le château, les douves, la plaque qui porte le nom des onze morts. Levant les yeux de l'autre côté de la rue, il m'a semblé voir la vieille grosse femme, l'épouse du pharmacien, qui m'épiait à travers les volets à demi fermés de son balcon, au premier étage.

Sous la lune, la place du château semblait, plus que jamais, sortie d'un tableau à la lumière froide, bleue et figée, de De Chirico.

2

Je me suis levé vers les neuf heures. Toutes les cloches de la ville sonnaient à mon réveil. Par la fenêtre que j'ai tout de suite ouverte, le château se découpait, rouge sombre à peine délavé de la brique sur un ciel de printemps. Et les tours, et les créneaux, et les bannières qui flottaient au-dessus du port, les douves d'un vert presque frais. Sur la grande place en dessous de moi, du côté de la petite église de San Tomaso, deux passants, deux seulement sur toute la place comme sur toute la longueur du Largo Castello qui la prolongeait, se croisaient lentement, venu chacun d'un angle opposé de l'esplanade pavée qu'ils traversaient en diagonale. Un homme et une femme que j'ai vus d'en haut, en poussant mes volets. Ils sont arrivés à la hauteur l'un de l'autre sans échanger un signe, probablement pas un regard. L'homme a disparu plus loin, du côté du viale Cavour. La femme, petite, boulotte (mais c'était peut-être parce que je la voyais ainsi, d'en haut) s'avançait en sens inverse vers l'arche de maçonnerie

qui sépare la place du château de la piazza Savonarola mais, arrivée à la hauteur de la pâtisserie qui fait face aux douves, elle est brusquement revenue sur ses pas. Je l'ai vue alors marcher un peu plus vite en direction, précisément, de mon hôtel puis s'y engouffrer. La place, les places étaient redevenues totalement vides. Au loin, viale Cavour, on voyait quelques voitures rouler dans les deux sens. Des corneilles, deux ou trois mouettes tournoyaient autour de la tour la plus proche. J'ai quitté mon poste d'observation, on frappait à ma porte, c'était une bonne qui m'apportait le plateau du petit déjeuner avec une enveloppe (que j'ouvrirais quelques instants après) et un mot griffonné par Michaela De Chiari qui me donnait rendez-vous pour onze heures au palais des Diamants. « Il faut que nous parlions sérieusement... », m'expliquait-elle. Elle avait joint à sa lettre une carte postale reproduisant *Mathilde aux bras levés*. C'était la première fois que j'autorisais ainsi la publication (ailleurs que dans un ouvrage scientifique) d'une reproduction de mon tableau.

Mais j'en reviens au plateau du petit déjeuner, franchement assez peu appétissant, apporté par la bonne de l'hôtel. Celle-ci était courte et boulotte, comme la femme que j'avais observée l'instant d'avant de ma fenêtre. Mais elle était sûrement beaucoup plus jeune, dix-sept ou dix-huit ans, au plus. C'est depuis mes dix-sept ou dix-huit ans à moi que je caresse ce que je peux appeler le rêve de la femme de chambre, la bonne de l'hôtel qui vient, le matin, vous apporter

votre petit déjeuner. Tant de Despinette de comédie et autres Fanchon ont glissé au fil de nos théâtres amoureux que je crois le partager, ce rêve-là, avec beaucoup de mes amis. Une fois seulement, je l'avouerai, le rêve en question a débouché sur quelques pouces de réalité. Mais c'est parce que la nostalgie de la soubrette qu'on aura peut-être un jour nous a tous plus ou moins taraudés que je ne peux m'empêcher, à chaque petite bonne qui toque à ma porte d'hôtel, d'espérer, vaguement.

La seule fois où quelque chose se passa, c'était en Autriche, à Salzbourg, dans une pension de famille du côté du cimetière Saint-Pierre, où Nannerl Mozart est enterrée. La petite bonne avait toqué à ma porte, pour me dire qu'il n'y avait plus de croissants, pas de pâtisserie, c'était dimanche, il était tôt encore, la pension n'avait pas les moyens de s'offrir deux domestiques pour à la fois servir les clients et courir à l'autre bout de la ville chercher des croissants, il y avait seulement du pain noir et de la confiture. La jeune fille m'avait débité son explication d'une haleine comme, je suppose, elle devait le faire dans chaque chambre. De fil en aiguille, nous avions tout de même parlé d'autre chose. Elle avait vu ma photo sur un magazine que j'avais laissé traîner par terre, elle m'avait reconnu, elle était impressionnée. La légende sous la photographie était en français, elle ne la comprenait pas : étais-je une vedette de cinéma ? Je ne pouvais pas aller jusque-là mais, comme la petite fille ne se décidait pas à

quitter la place, je lui ai fait croire que j'étais moi-même photographe, pourquoi pas ? C'était un temps où je hantais les musées, les galeries, pour y photographier (avec ou sans permission) les œuvres que j'aimais. Je conservais par-devers moi ces clichés pour m'inventer ensuite mon propre musée idéal. Il m'est arrivé, par la suite, d'écrire quelques pages à ce propos. Photographe ? La jeune fille est donc restée puis, comme on l'appelait de l'escalier, a d'elle-même suggéré que nous nous voyions le soir, après son travail. Je l'emmènerais dans un bon restaurant, n'est-ce pas ? Après le dîner dans la salle à manger de l'Ostereichisherof qui l'impressionna comme il fallait et quelques verres de sekt, la jeune fille hésitait encore à revenir à mon hôtel et à me suivre dans ma chambre. Était-ce qu'elle avait peur d'être vue sur les lieux mêmes de son travail ? Elle avait haussé les épaules : il s'agissait bien de cela. Enfin, rougissant, elle m'expliqua qu'elle ne me demandait qu'une seule chose : ne pas lui demander moi-même de se déshabiller tout à fait. Embarrassée, elle m'expliqua encore qu'elle « n'était pas vraiment faite comme les autres », ce qui, naturellement, provoqua ma curiosité. Une heure après, cédant à mon insistance, elle accepta ce qu'elle refusait avant et je pus constater que ses seins présentaient la singularité d'avoir les pointes retournées à l'intérieur. Un peu gênée, elle finit par se laisser aller et tout se déroula le mieux du monde puis, dans la liberté qui suit ces instants-là, elle m'avoua que son anatomie

particulière avait beaucoup intéressé « un grand
artiste », pour qui elle avait posé. Non, l'artiste en
question n'était pas Jerzy, ç'aurait été trop beau ! Il
s'agissait d'un jeune photographe qui m'était alors parfaitement inconnu et qui avait pris des clichés d'elle.
Elle m'en montra un ou deux que, prévoyante, elle
avait glissés dans son sac avant de me rejoindre. Ces
photos étaient intéressantes, gros plans de sa poitrine
en noir et blanc, pris sous différents angles, différents
éclairages. Comme elle avait de gros seins sur un corps
encore enfantin et surtout un visage de très jeune fille,
bonnes joues rondes, quelques boutons d'acné et de
jolies lèvres pulpeuses sur des dents de petit lapin,
l'effet n'en était que plus saisissant. La petite Eva
(c'était son nom) refusa pourtant de me donner une
photo. Je proposai de l'acheter, mais elle demeura
intraitable. Avec un rire malicieux, elle me fit remarquer qu'elle ne vendait pas son corps. Lorsque je voulus moi aussi prendre une photo d'elle, elle refusa de
même. Avait-elle éventé ma supercherie ? « Toi, un
photographe ! » : elle avait éclaté de rire. Nous nous
quittâmes au milieu de la nuit. Pour des raisons qu'elle
refusa de me révéler (et qui ne m'intéressaient en
somme guère) elle devait être chez elle avant l'aube.
Toute l'aventure (sans que je susse pourquoi) semblait
l'avoir beaucoup divertie. Le lendemain, c'était une
vieille femme triste et moustachue qui m'apportait
mon plateau. Il y avait cette fois des croissants. Mais,
quelques mois plus tard, dans une galerie du côté de

Saint-Sulpice, où j'étais entré par hasard, j'ai pu voir la série des photos qu'avait prises le « grand artiste ». L'exposition avait d'ailleurs un certain succès, le photographe se fit un nom puis disparut aussi vite. J'ai, pour ma part, acheté deux photos des seins d'Eva, les plus surprenantes, où la posture de la jeune fille, photographiée d'en dessous, paraît tout à fait irréelle, difforme. Puis j'ai fait cadeau à mon fils de ma collection de photos, qui ne m'intéressait pas vraiment, mais je n'ai pas oublié les seins de la petite Eva. Hélas, je n'ai jamais retrouvé d'Eva ni rencontré d'autre soubrette d'hôtel qui, les tétines à l'intérieur ou non des tétons, me permît, comme y avait si bien réussi la bonne de la pension de Salzbourg, d'avoir aussi joyeusement concrétisé le fantasme de la servante en jupe noire et tablier blanc. Quant à la femme de chambre qui m'a apporté, ce premier matin, mon petit déjeuner, face au château rouge sang de Ferrare, elle était loin de ressembler à l'image que je m'en faisais. Et si, parmi les mille et une raisons qui m'avaient amené à Ferrare, il y avait le besoin de me démontrer à moi-même l'absolue vanité des médiocres plaisirs dont j'avais jusque-là tissé ma vie ?

J'examinai ensuite avec soin la reproduction de *Mathilde aux bras levés*. Michaela De Chiari me demandait ce que j'en pensais. Je n'en pensais guère de bien. Les couleurs étaient trop sombres, la jupe ouverte de la jeune fille, le tapis, le rideau et le vêtement de l'avorton qui le tenait se confondaient dans

148

une même tonalité marronnasse qui passait complètement à côté des superbes sang-de-bœuf, des terres de Sienne, des verts presque noirs qui faisaient de la partie inférieure du tableau un camaïeu inquiétant. Surtout, à regarder le corps étiré de Mathilde, son épaule, le creux sous les bras et l'attache des seins naissants, je ne retrouvais qu'imparfaitement ces signaux lancés par le peintre sur la toile et qui constituaient pour moi autant d'appels précis. Bien sûr, le format ridicule de la carte postale ne pouvait qu'en anéantir les détails, et cependant Mathilde avait beau lever les bras sur son bout de carton, je ne ressentais rien de ce que j'avais si souvent éprouvé jusque sur des photographies prises par moi de la toile. Déçu, parce que j'espérais tout de même, devant la première carte postale (destinée au commerce !) jamais tirée de Mathilde, avoir ce pincement du cœur que je ressens chaque fois que je m'installe sur le canapé de cuir clair face à la vraie *Mathilde aux bras levés*, je laissai tomber à terre son image ratée. Il me fallait encore attendre onze heures et mon rendez-vous avec Michaela De Chiari pour retrouver mon Jerzy.

Je me suis donc promené en ville. Comme la veille, les rues en étaient à peu près désertes ce samedi matin. Quelques rares passants déambulaient, attendant peut-être l'ouverture des magasins. Il faisait très beau, un peu frais. Je n'avais pas apporté d'écharpe et je ressentais un picotement de la gorge très désagréable. J'avais commencé à longer les fossés du château en direction

du corso dei Martiri puis de la place de la Cathédrale quand j'avisai une pharmacie, ouverte, elle, et j'y achetai des pastilles pour la gorge. J'en suçai tout de suite une ou deux, errant parmi les stalles d'un joli marché installé sur le bat-flanc de la cathédrale. Accolées à l'édifice, il y avait des petites boutiques d'un autre temps, merceries, marchands de couleurs, un herboriste. Je remarquai aussi un chapelier à la vitrine encombrée de superbes borsalinos et voulus y entrer – acheter un chapeau ! moi qui n'en portais jamais... – mais, comme les autres, le magasin était encore fermé. Une vieille femme qui m'avait vu secouer le bec-de-cane de la porte me lança une phrase, en dialecte de la région. Je compris plus ou moins qu'elle me disait qu'avec un chapeau, un beau chapeau, oui, j'aurais vraiment l'air *senioriale*, l'allure d'un seigneur ! Sur cette affirmation, elle me tendit une main ridée où je ne pouvais faire moins que déposer un billet de dix mille lires qu'elle reçut avec émotion et moult bénédictions. Bien décidé à revenir plus tard chez le chapelier, j'ai continué à avancer au hasard. Sans réellement m'en rendre compte, j'ai fait ainsi le tour de la cathédrale puis, reprenant encore une fois à gauche, je me suis à nouveau retrouvé dans une rue qui conduisait au château. J'avais envie d'un café et le premier café que j'ai aperçu était celui où j'avais passé la fin de la soirée de la veille. La porte en était ouverte et une jeune fille, vêtue du même tablier rose que les employées du restaurant faussement rustique, en lavait

comme elles le sol à grande eau. Pour le reste, l'établissement était désert, hormis un serveur et la caissière. Je la reconnus dès que je m'approchai pour acheter le ticket qui me donnerait droit à mon café. C'était la femme blonde de la veille, celle qui suppliait son compagnon, « Pierre, dis-moi... » D'ailleurs, le serveur lui-même n'était autre que Pierre. Mais tout ce qu'il y avait pu avoir de tragique dans leur tête-à-tête de la nuit était complètement dissipé. La caissière, souriante, bonasse, écoutait l'autre lui commenter les résultats d'un match de football : « Tu sais bien que tout cela ne m'intéresse pas ! » Et lui riait de même, l'air d'un gamin, beaucoup plus jeune en tout cas qu'elle derrière sa caisse. Il me tendit un café, indifférent. Je vis que la salle était plus petite que je ne l'avais cru et, surtout, que la table du fond, celle où se tenaient assis les étudiants, avait disparu. On voyait du reste mal où elle aurait pu loger, tant l'espace y était restreint, à plus forte raison pouvait-on se demander comment les deux filles avaient pu danser dans la pièce. Au-dessus du comptoir, une radio diffusait une sirupeuse chanson italienne. En ressortant, j'ai levé les yeux vers le balcon où j'avais cru voir la veuve du pharmacien, la fenêtre en était large ouverte, une femme, jeune encore, secouait un balai dans la rue. En face, quelqu'un avait accroché un petit bouquet de fleurs rouges sur la plaque de marbre qui portait les noms des fusillés de cette nuit de 43.

Les passants se faisaient un peu plus nombreux.

La nuit de Ferrare

C'étaient surtout des ménagères qui se dirigeaient vers le marché de la cathédrale ou en revenaient, les sacs chargés de légumes, de fruits. Tout cela vous avait une atmosphère détendue de province bon enfant. Devant la statue de Savonarole, une petite fille habillée de rose avait une ficelle accrochée au doigt. Un ballon rose comme sa robe de vichy se balançait au-dessus d'elle. Comme je passais à sa hauteur, elle m'a fait un bonjour, riant de toutes ses fossettes. Je suis revenu à mon tour vers le marché. Cette fois, la boutique du chapelier était ouverte. C'était d'ailleurs une chapelière, une femme lourde, assise dans un fauteuil de bois, qui ne se leva pas à mon arrivée. L'intérieur du magasin était très sombre. J'avais encore une heure à perdre avant mon rendez-vous, j'avais vraiment envie d'un vrai borsalino. La vieille femme m'écouta, pour me répondre ensuite qu'il existait de nombreux types de borsalinos. En voulais-je un qui coiffe haut, un modèle traditionnel, l'un de ceux que l'on peut plier et mettre dans sa poche ? Chaque fois, et toujours sans bouger de son fauteuil, elle me désignait du bout d'une très longue canne, une sorte de longue baguette plutôt, un exemplaire du type qu'elle décrivait. C'était moi qui allais ensuite chercher chaque chapeau pour le lui remettre. Elle le prenait dans une main, le tapotait pour lui redonner sa forme et m'en vantait les avantages, la beauté, l'élégance, le prix. Lorsque j'eus fixé mon choix sur un modèle particulier, larges bords et coiffure pas trop haute, semblable, mais en moins foncé, à celui

152

que portait Bruno Lattes au cimetière, elle me désigna la pile où je trouverais mon tour de tête et ce fut encore moi qui cherchai, parmi les quinze ou vingt couvre-chefs emboîtés l'un dans l'autre, celui qui correspondait à mes mesures. Lorsque je l'eus trouvé, la vieille femme m'arrêta dans le geste que j'avais de vouloir m'en coiffer aussitôt. Il fallait d'abord qu'elle le remette en forme, ce qu'elle fit comme avec ceux que je lui avais présentés précédemment, mais en prenant plus de temps, on aurait dit qu'elle remodelait la coiffe, qu'elle en affirmait presque les bords, retendait le ruban. Elle me le tendit enfin et m'indiqua une glace, placée dans la partie la plus obscure du magasin.

Il me fallut quelques secondes pour m'habituer à l'absence de lumière, paradoxale à l'endroit précis où le client est censé admirer son choix ! Peu à peu, mon reflet sortit de l'ombre et je pus me voir. Ou plutôt, voir à quoi je ressemblais, ce chapeau sur la tête. Avec trente ans de plus, mon visage était bel et bien devenu celui de ce Bruno Lattes auquel j'avais voulu ressembler. On aurait dit que les larges bords du chapeau allongeaient mes traits et m'alourdissaient le menton. Jusqu'à mes sourcils qui, dans la glace, apparaissaient plus foncés, plus marqués. De la main, je déplaçai légèrement le chapeau, en tirai le bord vers l'avant et ce fut comme si mes traits se modifiaient. Ainsi, mes lèvres, dans cette pénombre, paraissaient plus épaisses. Un demi-sourire que je ne me connaissais pas y flottait. Je m'approchai du miroir pour vérifier que je ne

153

me trompais pas quand celui-ci renvoya, au-dessus du reflet de mon épaule, celui de la porte d'entrée qui s'ouvrait, découpant un carré plus clair sur l'espace de la glace. On y distinguait une silhouette de femme dont la voix interpellait la chapelière, encore une fois dans ce dialecte de la plaine du Pô dont je ne comprenais que peu de mots. On aurait dit qu'elle me saluait comme un client qu'elle aurait reconnu. Je saisis seulement le nom de Lattes dans la réponse que lui fit la boutiquière, vigoureuse, affirmée sur un ton tranchant. Manifestement, la marchande de chapeaux ne voulait pas être dérangée. Je voulus mieux voir l'intruse, autrement que dans le miroir, mais, lorsque je me retournai, la porte s'était déjà refermée sur elle. Ma chapelière ne s'occupait d'ailleurs plus que de moi et, du bout de sa baguette, me désignait dans le miroir les reflets du chapeau, comme un conférencier de musée peut le faire des détails d'un tableau sur l'image projetée devant ses auditeurs. Je me regardai à nouveau dans la glace et me reconnus de moins en moins. Pour tout dire, me trouvant également une certaine ressemblance avec le Léonard Weill de ma jeunesse, c'est un type sémite que je me découvrais, à peine prononcé, certes, et dont le moins qu'on pût dire est que je l'ignorais.

« Bravo ! » s'écria alors la chapelière : « Bravo ! Cette fois, c'est parfait. » Béat, mon visage me souriait dans la glace. Je ne voulus pas quitter mon chapeau neuf et refusai le superbe carton rond que la grosse femme

me proposait. Comme elle n'acceptait pas les cartes de crédit, je la payai en liquide, épuisant à peu près toute la monnaie italienne dont je disposais.

Il était trop tôt pour me rendre à mon rendez-vous. Je décidai d'avancer lentement vers le palais des Diamants et, longeant la partie nord, plus anonyme, des fossés du château, je me dirigeais vers le corso Ercole Iᵉʳ quand l'envie me prit d'un nouveau café. Le Café des Sports, au début du viale Cavour, tout en largeur, ouvert sur le trottoir par des vitres modernes, était bien différent de celui du corso de la Libertà. Le bar lui-même en était sans cachet particulier, les seuls clients, un groupe de touristes. La caissière était une petite femme maigrichonne aux yeux verts. Elle leva sur moi un regard soupçonneux. Je payai mon café, mais elle me regardait toujours de la même façon, avec surprise. Je crus comprendre que c'était mon chapeau neuf et ma physionomie sous ce chapeau qui l'éton-naient. Je voulus sourire d'un air naturel, la femme ne me rendit pas mon sourire. Le même étonnement, de l'incompréhension même, semblait se lire sur la face de paysan du serveur qui me préparait mon café. Je surpris ma silhouette dans une glace au-dessus du bar sans lui trouver rien d'anormal. D'ailleurs, c'était à nouveau moi qui apparaissais entre les bouteilles de Martini et de Fernet-Branca, et plus du tout ce mélange de Bruno Lattes et de Léonard Weill que j'avais cru déceler dans la maison de la chapelière. Je me rendis compte que les touristes qui trempaient des

cornetti dans des cappuccinos n'étaient autres que les quatre Français du restaurant. Ils me firent un petit signe de reconnaissance : eux au moins ne semblaient pas étonnés de ma silhouette coiffée de mon chapeau neuf.

J'avais faim moi aussi et je retournai à la caisse pour payer mon croissant. Mais, agacé par le regard de la caissière, je préférai retirer le borsalino, ce qui était, en somme, plus conforme aux lois du savoir-vivre : n'ayant jamais ressenti jusque-là le besoin, ou l'envie, d'un couvre-chef, j'ignorais tout des canons qui régissent l'art de porter un chapeau. Je commandai du coup un second café et commençai à manger en regardant du côté des Français. La jeune fille, je l'ai dit, avait quelque chose de ma sœur à son âge. Elle me regardait avec un demi-sourire. Le père, dont j'avais pu croire qu'il ressemblait à mon père, était maintenant plus corpulent que lui. Sa moustache était mouillée de cappuccino : lui qui souriait si finement, m'avait-il semblé, la veille, riait à présent trop fort, imité par son fils, petit et râblé lui aussi. Seule la mère donnait l'impression d'échapper à la vulgarité certaine qui se dégageait de toute la famille, par trop « Français en vacances », avec tout ce que l'on peut redouter qui va avec. La femme me regardait, l'air gêné. J'imaginai que l'attitude de son mari l'embarrassait, qui parlait la bouche pleine et faisait de fines plaisanteries sur les « ritals » en général et les gérants du bar en particulier. Mais elle finit par s'avancer vers moi : « N'êtes-vous

pas... » Elle prononça mon nom. « Et vous ne me reconnaissez pas ? » poursuivit-elle. Je dus avouer que non, pas plus que le nom sous lequel elle se présenta (« Mon nom de jeune fille, pourtant... ») ne me rappela quoi que ce soit. « Vous ne vous souvenez vraiment pas ? » Elle insistait. Elle parla alors d'un dîner à la Closerie des Lilas, d'une fin de soirée au Luxembourg, devant la fontaine de Carpeaux, et, lentement, le visage d'une Sandrine me revint à la mémoire. La femme secoua la tête, cette Sandrine-là, en effet... Elle était à la fois heureuse puisque je l'avais « remise », dit-elle, et un peu triste que je l'aie si bien oubliée. « J'ai donc tellement changé ? » Lui dire que la mère de ces deux gamins blonds aux shorts trop courts debout ce matin-là devant moi ressemblait peu à la Sandrine du Luxembourg, un soir de printemps et voilà tant d'années ? Elle baissa la tête. « J'ai changé, oui... »

Elle s'était détachée du reste de sa famille, le père et les deux enfants semblaient avoir disparu dans une sorte de demi-obscurité, loin derrière elle, à l'autre extrémité du bar. La voix sourde, elle reprit : « C'est vrai que nous nous sommes très peu connus... » Nous nous connaissions peu, en vérité. Elle était la fiancée, jeune fille forte et solide, bien en chair et pleine de santé, d'un de mes amis, plus jeune que moi, qui était peintre. François habitait une petite maison, dans une cité d'artistes, quelque part dans le XIVe, du côté de la porte d'Orléans. Sandrine vivait alors chez ses

157

parents, rue d'Assas, près, justement, du petit Luxembourg. François Lesage était un peu fou. Il peignait de grandes toiles trop surréalistes où des hommes-machines faisaient l'amour à des pin-up de magazine. C'était le temps où un Labisse était encore un peu connu, où un Courmes n'avait pas encore de public. François Lesage avait son public, curieusement des écrivains, des poètes même, que j'estimais et dont j'aurais cru qu'ils n'auraient eu pour ses œuvres qu'une curiosité un peu amusée. Léonard Weill avait même accepté qu'il illustre un de ses livres, une dizaine d'eaux-fortes presque pornographiques qui répondaient mal, me sembla-t-il à l'époque, à l'intensité quasi mystique que mettait déjà Weill à célébrer la Femme plutôt que les femmes, Esther ou Judith en filigrane de ses vers. Sandrine avait une admiration sans borne pour François mais elle avouait aussi haïr sa peinture. Elle n'aimait pas les femmes qu'il peignait, disait-elle. Les femmes peintes par François étaient toujours longilignes, fluides, sexy mais évanescentes alors que Sandrine était sexy, elle aussi, mais aux hanches plus fortes, les seins qu'on devinait lourds. Souvent et par jeu, François avait dit devant sa « fiancée » (puisque tel était le terme dont ils usaient l'un et l'autre) qu'il aurait aimé qu'elle posât pour lui, puisqu'elle était si mécontente de celles qu'il peignait, souvent de mémoire, de chic ou d'imagination, d'ailleurs. Sandrine avait toujours refusé. J'avais compris que, fiancés, ils l'étaient peut-être parfaitement puisque San-

drine n'avait jamais voulu coucher avec lui. Il me l'expliqua un soir où, dans son atelier, nous étions tous les deux gravement occupés à vider une bouteille de whisky pur malt vieux de vingt ans au moins. « Mais vois-tu, m'avait-il dit, je m'en accommode, au fond, très bien. » Ce dont il s'accommodait moins bien, en revanche, et cela me parut beaucoup plus curieux, c'était le refus de sa fiancée de se laisser peindre par lui, même sans qu'elle posât vraiment pour lui. Elle disait à François qu'elle était d'une « nature trop saine » pour accepter de figurer parmi les monstres qui copulaient avec ces pin-up. Et puis, répétait-elle, c'était « contre ses principes ». « Vois-tu, m'avait dit François, je suis convaincu que si je parvenais à peindre Sandrine, tout serait différent. » Mais comme Sandrine n'était, en somme, pour moi qu'une jeune fille sage que je ne croisais jamais ailleurs que dans le sillage de mon ami, je n'avais pas d'opinion sur la question. En réalité, je voyais mal comment cette grande fille au sourire placide, le geste un peu brusque, aurait pu être une source d'inspiration pour quiconque. Puis, un beau jour, un triste matin, plutôt, François s'était suicidé. Il fallait vraiment qu'il eût voulu mourir ! Il s'était jeté par une fenêtre de sa maison qui n'avait que deux étages, mais il était tombé (il avait dû lui falloir sauter pour y arriver !) sur les pointes acérées de la petite grille de métal peint un peu écaillée, très 1900, qui entourait la maison à la façon d'un pavillon de banlieue aux allures trop coquettes, à deux mètres

au moins du perron. Il lui avait fallu sauter et sa mort avait dû être horrible, empalé ou déchiré comme les monstres de ses peintures, après l'amour. J'avais assisté à son enterrement. Sandrine n'y était pas. On racontait que ses parents, professeurs à Louis-le-Grand ou à Saint-Louis, je ne sais pas, l'avaient presque séquestrée après la mort du jeune homme.

Des mois avaient passé. Un jour, à la Closerie, j'étais tombé par hasard sur elle. Elle paraissait plus jeune, un peu plus lourde. Elle prenait un café avec une amie, pour quelle raison lui avais-je suggéré de dîner avec moi le jour même ? Nous nous étions donc retrouvés à cette même Closerie des Lilas, une belle soirée de juin. Nous avions mangé des langoustines, ce n'était plus la saison, elles étaient encore au menu, avec un rire fêlé Sandrine avait dit qu'il fallait prendre des risques. Et nous avons parlé. Je n'ai pas gardé le souvenir de notre conversation, ce soir-là. Le nom de François y est revenu souvent, bien sûr. Je sais que la jeune fille m'a presque lancé au visage que, tout de suite après la mort de son fiancé, elle avait « pris un amant, deux amants ! » pour revenir ensuite sur cet aveu, m'affirmer que ce n'était pas vrai, qu'elle ne voulait, au contraire, ni n'aurait jamais d'amant. Le mot « amant » sonnait aussi faux dans sa bouche que celui de « fiancée », jadis, dans celle de François. Elle ne me le dit à aucun moment, mais il était évident qu'elle se sentait responsable de la mort de mon ami. Je me souvenais de la remarque qu'il m'avait faite :

« ... si je parvenais à peindre Sandrine... » J'avais bu un peu de gamay, la jeune fille aussi, nous avions commandé une autre bouteille, je commençais à la regarder autrement. Elle me rappelait une autre fille, bien en chair comme elle (c'est cela qui qualifiait le mieux cette Sandrine à vingt ans : elle était bien en chair, au sens le plus joli, le plus doux, le plus ferme de l'expression), qui avait été, le temps d'un mois d'août en Provence, la compagne de l'un de mes amis. Universitaire sérieux, pince-sans-rire, admirable conteur, cet ami avait eu, un jour où nous nous promenions sur le plateau de Vaucluse, un geste fou que j'avais trouvé magnifique, envers sa petite amie. Comme celle-ci avait dû hésiter à traverser un éboulis broussailleux par crainte des vipères, mon ami l'avait prise dans ses bras, lui le prof à qui je n'aurais jamais soupçonné cette énergie, il l'avait transportée sur plusieurs centaines de mètres, bien en chair comme elle était, sûrement assez lourde. Ce n'était pourtant pas seulement l'élan de mon ami que j'avais admiré ce jour-là, mais aussi les cuisses, oui, les belles cuisses solides et dorées de la jeune fille, troussée en quelque sorte et sans que personne ne l'ait voulu, jusqu'aux hanches, et dont les jambes de Sandrine, ce soir-là à la Closerie des Lilas, avaient la même belle couleur de pain d'épice. Ma main, mon bras glissèrent par-dessus les épaules de la jeune fille, assise à côté de moi sur la banquette, tandis que je l'écoutais me dire son intention de rompre avec tout le reste, d'aller peut-être en

Inde rejoindre les fidèles de Mère Teresa. Sans que j'aie su à quoi elle faisait précisément allusion, elle soupira soudain : « Je me dégoûte tant moi-même. »

Nous avons ensuite marché en direction du Luxembourg. Je la tenais par la taille. Tout devenait très tendre, mais lourd, presque pesant. Je devinais que si Sandrine se laissait aller ainsi (parce qu'elle se laissait aller, c'était certain), elle le faisait pour mieux se souvenir de François, pour se faire peut-être pardonner à elle-même je ne sais que trop quelle intransigeance. Dans le même temps, j'avais une incroyable envie de ses seins, que je devinais sous le soutien-gorge blanc qu'on apercevait dans l'échancrure de sa robe d'été. J'avais envie de ses cuisses aussi. Nous avons fait ainsi le tour du petit Luxembourg puis nous nous sommes assis derrière la grande fontaine aux belles statues dressées vers toutes les aventures. Je parlais doucement à Sandrine. Je lui disais probablement combien elle m'avait toujours paru si loin de moi, si sage, si grave. « Si lointaine ? » Elle avait un sourire triste : « Si lointaine ? Si vous saviez, cependant... » Je n'ai pas osé, ou pas eu la présence d'esprit de l'interroger : si je savais quoi ? Elle parlait à nouveau de François, de ses tableaux qu'elle détestait ; des femmes telles que François les voyait, qui lui faisaient horreur. C'est Olivia, peu suspecte de sentiment pourtant, qui, me parlant un jour des femmes, des nus aux attitudes si crues et néanmoins jamais obscènes qu'avait peintes ou dessinées toute sa vie Egon Schiele, m'avait affirmé, comme

la pauvre Sandrine, qu'elle éprouvait en face d'elles du dégoût, une répulsion véritable. Très jeune, m'avait-elle dit, elle avait véritablement vomi sur le pavé de Vienne au sortir d'une exposition consacrée à Schiele. Olivia m'avait dit aussi que les deux photographies que j'avais achetées de la petite bonne de Salzbourg aux seins retournés à l'intérieur « lui faisaient mal ». Et Isabelle elle-même, la jeune Isabelle des côtes d'Amérique, du temps que Léonard Weill était un étalon et moi un étudiant timide, m'avait longuement expliqué qu'elle-même et sa petite amie Valérie ne pouvaient supporter la vue des poupées de Bellmer qui non seulement les mettaient toutes deux mal à l'aise, mais provoquaient chez Valérie de véritables crises de nerfs, proches de l'épilepsie.

A deux ou trois reprises, Sandrine est encore revenue sur le rejet que lui inspiraient les peintures de son fiancé. Ce n'était pas sa faute, répétait-elle. Puis elle s'était tue et, après un long moment, j'ai à nouveau passé un bras autour de son épaule. Je respirais son parfum, qui était une eau de toilette célèbre ; je devinais bien qu'elle s'abandonnait contre moi. Je pensais aussi, douloureusement, à François, que j'avais beaucoup aimé. Et à sentir ce corps un peu lourd, « bien en chair », qui se laissait aller si aisément contre moi, quand bien même c'était moi qui continuais à l'attirer, j'éprouvais une émotion mêlée de désir, et aussi (même si jamais le mot ne m'est venu à l'esprit alors, ni plus tard) de répulsion. J'avais envie de cette jeune fille,

oui, dont je sais aujourd'hui qu'elle m'avait menti en parlant de ses deux, de ses dix amants ; et dans le même temps, je n'osais plus la presser davantage contre moi. Elle s'est redressée : « Il faudrait peut-être que je pense à rentrer chez moi... » Je n'ai pas protesté. Elle m'avait dit que, depuis la mort de François, elle avait quitté l'appartement familial pour louer une chambre de bonne dans la maison voisine. Je l'ai accompagnée jusqu'à sa porte, et l'ai embrassée sur la joue. Mais à peine arrivé chez moi, je me suis précipité sur le télé-phone. Elle m'avait donné un numéro, je l'ai appelée, j'avais envie de la revoir, sur l'instant. Alors la belle fille bien en chair a eu un vilain rire, à l'autre bout du fil : c'était trop tard ! Elle riait ou pleurait, je ne sais plus, et répétait : « Trop tard ! trop tard ! » Tout d'un coup, j'ai eu peur. La mort de son fiancé, sa propre fragilité, j'ai eu une phrase idiote : elle n'allait pas faire de bêtise, au moins ? Son rire est devenu plus méchant, plus douloureux. Des bêtises ? « Mais à cause de quoi, mon vieux, à cause de vous ? » J'ai raccroché. Je n'avais jamais revu Sandrine jusqu'au dîner de la veille où je ne l'avais même pas regardée, et ce matin, au Café des Sports du viale Cavour, à Ferrare. Ces pauvres histoires de filles que j'égrenais l'une après l'autre, grandes espé-rances et souvenirs tristounets : il ne me restait donc que cela d'une vie entière passée à chercher, chercher autre chose... L'air de Ferrare avait pour moi de bien étranges vertus.

« J'ai donc tellement changé... » Ce n'était plus une

question, la femme, pas même « bien en chair », qui se tenait en face de moi, ayant relégué le reste de sa famille loin à l'arrière-plan de la scène, m'invitait à constater avec elle qu'elle était loin, à présent, la Sandrine de la Closerie des Lilas et du petit Luxembourg. Elle a encore soupiré : « Vous aussi, vous avez tellement changé... » Ce n'était pas une vengeance, non, une sorte de constat à l'amiable, au plus. L'espace des quelques instants qu'avait duré notre tête-à-tête, nous aurions sûrement voulu si fort, l'un et l'autre, revenir à cette soirée de juin, voilà tant d'années, à Paris. Mais nous étions devenus, l'un et l'autre, ce que nous étions. J'ai failli lui demander si elle était vraiment allée en Inde aider Mère Teresa. Elle m'a seulement regardé dans les yeux pour me dire qu'avec ses économies (ses parents lui avaient laissé un peu d'argent) elle avait acheté cinq toiles de François Lesage. Son mari savait qu'elle avait été sa fiancée. Voilà : me disant cela, je devinais qu'elle espérait tenter là ce qui serait peut-être l'ultime provocation de sa vie. Puis elle s'est retournée tout d'une pièce, la lumière est revenue sur le mari, sur la fille au tee-shirt blanc comme les chemises Lacoste de ma sœur et qui me regardait d'un drôle d'air ; sur le fils aussi, sans intérêt, et celle qui avait été Sandrine s'est écriée un peu trop fort qu'allez ! il fallait y aller ! On avait encore Padoue et Vérone à faire ! Mes parents et moi les avions visités dans l'ordre, Padoue et Vérone, lors de ce voyage que j'avais oublié. Le mari m'a adressé un salut timide ; la fille au tee-shirt

165

blanc m'a jeté une dernière fois ce drôle de regard. Sandrine ne s'était pas retournée.

Avant d'arriver au palais des Diamants, je me suis encore arrêté en chemin. Je venais de m'engager, comme la veille dans l'après-midi, sur les petits pavés ronds du corso Ercole Ier. Devant moi s'étendait la belle perspective, si droite, si claire, des palais et des maisons Renaissance, toutes bâties selon le même alignement, si simple, si évident. A deux cents ou trois cents mètres (l'étendue de la place du Château, en fait) des quartiers médiévaux et de l'enchevêtrement tortueux et obscur des ruelles du ghetto, j'avançais à présent au sein d'un paysage urbain à peu près parfait. Mieux que Sabbioneta, construite également d'un seul élan quelque cinquante ans plus tard près de Mantoue par un prince de Gonzague épris d'ordre et de beauté mais qui reste une minuscule cité, une espèce d'échantillon d'un urbanisme parfait, c'est cette partie de Ferrare, avec ses larges artères aux demeures égales, les grandes cours de pierre, ses jardins délimités par des murs réguliers, qui pourrait évoquer ces villes idéales qu'un Alberti, faute d'un Piero della Francesca, a pu imaginer. Dès que l'on s'avance dans cette moitié de Ferrare, sa partie solaire, on ne peut qu'éprouver une espèce d'euphorie quand bien même (et je le savais) tous les drames, toutes les tragédies de la terre ont pu, là comme ailleurs, se dérouler. Comme pour me le

rappeler, je n'avais qu'à imaginer le groupe de ces garçons et filles aperçus la veille un peu plus bas, vêtus de blanc, qui attendaient devant le portail d'un grand jardin. Les rencontrer à nouveau ne m'étonnait plus : ils étaient là pour moi, comme moi-même, en somme, j'étais venu ici pour les retrouver. En un temps de haine et de douleur, ils s'étaient donné rendez-vous jadis pour une dernière partie. J'entendais encore le bruit régulier des balles sur le court mal entretenu qui était le dernier où il leur soit permis, et pour si peu de temps, de jouer. Mais le sourire de la jeune fille qui les attendait de l'autre côté de la muraille était si lumineux...

Je m'avançais donc, au cœur de cet univers romanesque et obsédant, sous un soleil printanier, à travers la double rangée des palais et des longs murs. Un peu de brume, puisque c'est l'usage, flottait loin, du côté du mur des Anges, quand, tout de suite à ma gauche, j'ai aperçu une minuscule plaque de cuivre sur une porte dont l'un des battants était ouvert. C'était le siège d'une hypothétique « Société des amateurs de photographie de Ferrare », une exposition y était organisée qui aurait du mal, je l'imaginais, à concurrencer la grandiose rétrospective Jerzy qui, plus bas sur le corso, devait ouvrir ses portes un peu plus tard dans la journée. J'ai cependant eu envie de la visiter.

Il fallait d'abord traverser une belle cour carrée aux pavés réguliers, du même gris pâle, lumineux, que la pierre des murs, envahie d'une herbe claire elle aussi,

qui faisait de ce quadrilatère pourtant laissé à l'abandon un espace gai et ensoleillé. On voyait que les hautes fenêtres qui donnaient à l'étage sur la cour avaient été condamnées depuis longtemps, la poussière, des planches appliquées contre les vitres accentuaient l'aspect délaissé de ce qui était un palais du XVIe siècle. Seul était ouvert, en face de moi, le rez-de-chaussée du corps central du bâtiment. Une jeune femme un peu épaisse, très brune et l'ombre d'une moustache au-dessus des lèvres, était assise à l'entrée, derrière une table de bois blanc, un carnet à souche et de minces brochures photocopiées disposés devant elle. Je fus surpris du prix du billet d'entrée, trente mille lires. La gardienne s'en rendit compte qui, me donnant la monnaie sur un billet de cinquante mille lires, remarqua que c'était, ce samedi, « une journée spéciale ». Elle devait être spéciale, en effet, cette journée car, au début, je me trouvai complètement seul dans les trois salles. Je ne regrettai pas pour autant d'être venu. L'exposition ne ressemblait à rien que j'aie vu jusque-là et que ce fût ici, au fond d'une cour (fût-ce à un tarif d'entrée de trente mille lires !) qu'on la présentât était étonnant. D'abord, l'opération avait dû coûter cher, puisqu'on avait recréé de toutes pièces les trois salles d'exposition à l'intérieur d'un grand salon baroque que l'on avait cloisonné pour ajouter ensuite, aux trois volumes ainsi créés, un faux plafond grossier. Puis, sur trois des quatre cloisons de chacune des trois salles, on avait accroché, à touche-touche et

du sol au plafond, des centaines de photographies polaroïd. Dans chaque pièce, une chaise était placée au milieu de la cloison restée nue, qui permettait d'avoir une vue d'ensemble de l'installation, sans pour autant en distinguer le détail puisque, de format polaroïd habituel, les photographies étaient trop petites pour être vues de si loin. Qu'on s'approchât d'elles, et on découvrait que toutes représentaient des bustes de femmes, pris pour la plupart dans les rues de Ferrare (on en reconnaissait souvent un monument précis, les murailles, les douves du château), parfois aussi dans des intérieurs ou simplement devant des parois nues et blanches. Quelques femmes étaient dénudées jusqu'à la ceinture.

La note photocopiée remise par la gardienne indiquait que toutes les photos avaient été prises par des membres de l'Association organisatrice de l'exposition, qu'il s'agissait uniquement d'habitantes de la ville et de touristes qui avaient accepté de se prêter au jeu. Mais le vrai jeu, ce devait maintenant être, pour les visiteurs, de scruter ces visages pour y reconnaître qui une amie, qui une simple connaissance. C'est ce que je mis à faire, fasciné par ces centaines de regards de femmes, saisies dans l'urgence de l'instant, car il avait fallu que les photographes travaillent vite pour amasser ce formidable butin. Il était précisé dans la note que tous les clichés avaient été pris l'année précédente pendant la semaine de l'équinoxe de printemps. Je me promenai donc le long de ces trois fois trois murailles

d'images, me disant que je pourrais peut-être y reconnaître la caissière du café où j'avais passé une partie de la nuit, une serveuse, Michaela De Chiari elle-même, pourquoi pas ? Je ne reconnus naturellement personne, ou presque. Pourtant, peu à peu et de même que l'œil s'habitue à trop, ou pas assez, de lumière, j'eus le sentiment curieux d'avancer en un monde qui me devenait plus familier. C'étaient seulement des impressions fugitives, un regard que j'avais peut-être croisé, un sourire... L'effet se fit bientôt plus aigu. Ainsi, cette jeune femme au visage allongé, les seins menus aux aréoles très brunes devant laquelle je pouvais m'attarder à présent comme je le voulais, j'avais la certitude que c'était le visage entr'aperçu la veille, alors une fraction de seconde à peine, à la lumière d'une lampe à pétrole dans la rue la plus noire du ghetto, lorsque le vieux petit bonhomme à la kippa luisante avait, semblable à l'avorton de la peinture de Jerzy, soulevé un rideau pour rentrer chez lui, las d'appeler un Leonardo qui ne lui répondrait sûrement jamais. Un vers de Léonard Weill afflua en moi, tel un refrain désolé : « Toutes elles ont tué car dans notre cœur et sans jamais le dire, nous les désirions toutes. » A laquelle des femmes de l'Ancien Testament pensait alors mon ami d'Amérique ? La jeune femme de la photo me lançait un coup d'œil presque narquois, un défi. Ses formes grêles, ses tout petits seins et ses épaules pointues que je replaçais à l'intérieur de la pièce à peine éclairée, à peine devinée du ghetto où la jeune

fille avait, les bras levés, l'attitude de Mathilde, formaient à présent un contraste étrange avec la Mathilde de mon tableau, aux formes pourtant à peine plus graciles : laquelle des deux était la plus provocante ?

Mais elles étaient dix, vingt autres qu'allant de salle en salle il me semblait maintenant retrouver, les étudiantes du café, la patronne du restaurant où nous avions dîné, la petite fille en rose qui jouait au ballon ou la monstrueuse veuve du pharmacien qui avait accepté, elle aussi, de poser les seins nus, plus monstrueuse encore. Jusqu'à la jeune femme qui tenait la caisse, à l'entrée, dont le visage épais rayonnait ici d'une espèce de joie secrète qu'elle savourait seule, à interroger le visiteur, les seins nus elle aussi, mais sûrement très beaux, faits pour les baisers, pour les caresses comme pour la maternité. Bien plus, par une sorte d'effet d'optique intérieur dévoyé, parmi ces photos de femmes de Ferrare saisies dans l'instant, au coin d'une rue ou, pourquoi pas ? après l'amour, je savais que je retrouvais aussi des images venues de mon passé à moi, quand bien même la ressemblance avec Isabelle ou, pourquoi pas ? avec Olivia, ne durait qu'une fraction de seconde.

Dans la dernière salle, le mur du fond était en partie consacré à des jeunes filles en robes blanches, tee-shirts Lacoste ou tenues de tennis. L'une d'entre elles était à coup sûr l'actrice qui avait tenu le rôle de Micòl, la jeune fille juive de la grande propriété du corso Ercole Ier, dans le film qui rassemblait pour moi Fer-

rare tout entière et tous ses habitants. Son sourire était rayonnant. A la fin du film, Micòl partirait vers les camps, comme les cent autres emprisonnés avec elle. Mais pour l'instant, debout sur la photo, dressée pour attraper une balle, elle était plus fine encore, plus vivante, blanche sur l'herbe verte du jardin fabuleux. Puis, lentement, son sourire se figeait, l'image devenait fixe, peut-être un peu de brouillard entre elle et nous, l'image était complètement immobile, tout se brouilla, le temps avait basculé.

Je revins lentement vers la sortie. Ce que je pourrais appeler avec ironie ou cynisme une vilaine pensée me traversa, l'idée que ces milliers de photos prises à la va-vite sur de petits carrés de gélatine et présentées toutes ensemble, dans ce fulgurant assemblage, pouvaient inviter à d'autres promenades que la seule contemplation de ma Mathilde, sur son grand carré de toile clouée sur un cadre de bois. Bien plus, pour n'en rester qu'au visage déjà oublié de la jeune fille à la lampe à pétrole, peut-être simplement inventée par le photographe ou, plus simplement encore, par moi, quelque part au milieu du ghetto tel qu'il existait il y a plus d'un demi-siècle, celui-ci ne me posait-il pas ce matin des questions autrement neuves et graves que celles que je ressassais sans fin pendant les heures que je passais sur le canapé de cuir clair, face à mon tableau ? La lumière de la rue m'éblouit. J'avais quitté le monde de la mémoire de Ferrare pour revenir au plein jour, dans la rue. C'est à ce moment que la

douleur ressentie au fond de ma gorge est devenue brusquement plus vive et que je me suis rendu compte, aussi, que je n'avais plus mon chapeau sur la tête. Une pastille tirée de ma poche a provisoirement calmé le véritable élancement que j'avais ressenti, mais je n'ai retrouvé mon borsalino ni à l'exposition de photos (où je n'avais aucune raison de l'avoir laissé) ni au café, où je pouvais l'avoir posé sur le comptoir, pendant que je parlais avec Sandrine. La femme de la caisse m'a lancé le même regard que lorsque j'y étais entré pour la première fois. Un chapeau ? Elle ne comprenait pas, quel chapeau ? Pour finir par me dire qu'elle ne se souvenait pas, vraiment pas, de m'avoir vu avec un chapeau sur la tête. Le serveur renchérit sur elle : non, vraiment, il n'en avait pas le souvenir, au contraire : j'étais tête nue, il en était à peu près sûr, lors de mon passage au Café des Sports. Après tout, je n'avais aucune raison de porter un chapeau pareil : je n'étais ni Bruno Lattes, ni aucun de ses camarades, à quoi avais-je voulu jouer ? Les touristes français n'étaient plus là, quatre garçons vêtus de cuir noir me regardaient, goguenards. J'ai très vite quitté l'endroit. C'était l'heure de mon rendez-vous.

Il fallait bien que j'en revienne à mon tableau. Michaela De Chiari m'attendait d'ailleurs à l'entrée du palais des Diamants. Elle paraissait fatiguée, plus âgée aussi que la veille, les traits tirés, préoccupée. Elle

s'avança vers moi dès qu'elle me vit. En quelques mots, elle me demanda d'abord de l'excuser pour sa conduite de la veille. « Je n'étais pas tout à fait dans mon assiette », remarqua-t-elle très vite. Pour m'entraîner aussitôt à l'intérieur du palais.

Nous passâmes devant la caisse et le comptoir de vente, où le catalogue de l'exposition n'était pas présenté. Je m'en étonnai, la jeune femme eut un geste vague, oui, l'imprimerie avait du retard, mais quelques dizaines d'exemplaires devaient arriver en fin d'après-midi, avant le vernissage. Les cartes postales de l'exposition étaient, en revanche, déjà en bonne place. J'y remarquai la mienne, parmi deux versions des *Cousines*, une *Jeune fille turque* et deux ou trois paysages plus anciens de Drago et des bords du lac de Côme. Je n'eus cependant pas le temps de m'attarder plus, manifestant toujours son impatience, Michaela m'avait pris le bras. Nous nous avançâmes alors dans les salles.

Rarement l'œuvre de Jerzy ne m'est apparue aussi riche, foisonnante en même temps que remarquablement homogène, de bout en bout dominée par une seule ligne de force, qu'au cours de la déambulation pourtant si rapide que je fis ce matin-là parmi les grandes toiles si superbement accrochées aux murs blancs d'un palais de la Renaissance, dans cette petite ville de l'Italie du Nord. Chaque œuvre semblait répondre à la précédente et en appeler encore une, comme si la Blanca déjà un peu lourde des *Cousines*

au tapis d'or (deuxième version du tableau célèbre, plus épurée, étrangement plus sensuelle que les *Cousines jouant sur un tapis d'Orient*, également disposé en regard) tendant la main à la Blanca d'avant, tellement plus enfantine, que dévisageait avec surprise un gros chat gris dans le *Portrait d'enfant au chat qui rit*. Dans le même temps, elle esquissait déjà un geste familier (la main de Blanca refusée aux autres cousines, en un mouvement d'humeur) envers ce *Paysage d'Auvergne*, très rare dans l'œuvre de Jerzy, où nous étions quelques-uns à savoir que c'était précisément près de là que Blanca avait vu le jour. Au-delà de ce réseau de signes qu'en quelques minutes je déchiffrai entre les toiles du vieux maître, jamais l'espèce d'harmonie chromatique qu'il avait si tôt inventée pour la développer, la décliner en somme tout au long de ses plus de soixante ans de carrière, ne m'avait paru si parfaite. Traverser l'espace des huit ou dix salles consacrées à Jerzy dans ce palais silencieux, c'était remonter le cours du temps (et d'une belle tranche de ma vie !) à travers le spectre d'un arc-en-ciel revisité par le genre humain. De même que l'accumulation des images présentées par la « Société des amateurs de photographie de Ferrare » donnait à tel cliché isolé une autre force, ainsi la vision en continu d'une si grande partie du travail de notre cher prince Jaeger de Jerzy accentuait-elle la force intrinsèque de chaque peinture qui, s'inscrivant dans un tout, le transcendait chaque fois.

Comme je l'avais souhaité, ma *Mathilde* occupait

un panneau nu, dans la cinquième salle. Curieusement, Michaela l'avait légèrement décalée par rapport au milieu de la cimaise, si bien que l'avorton de droite qui tire un rideau donnait l'impression d'avoir encore à dévoiler la moitié de la surface au bel enduit couleur de sable sur lequel était accrochée la toile. Je félicitai la jeune femme pour cette idée qui répondait, me sembla-t-il, au fameux souci permanent de déséquilibre que la critique s'accordait à reconnaître à Jerzy comme l'une de ses principales qualités. Michaela parut gênée de mon compliment. Elle remarqua seulement que « ça s'était trouvé comme ça… » mais que, si cela me plaisait, elle en était heureuse. Au moment où nous quittions la salle, deux garçons y entraient, portant une lourde caisse carrée qui ressemblait tout à fait à celle dans laquelle j'avais amené *Mathilde*. Michaela parut mécontente : « On ne peut vraiment pas compter sur certains prêteurs : des toiles qui vous arrivent le matin du vernissage ! » Elle fit signe de déposer la caisse n'importe où pour le moment, là, à côté de mon tableau. C'est plus rapidement que nous sommes revenus à l'entrée de l'exposition. Je me suis souvenu du message que m'avait fait passer Michaela au début de la matinée : elle avait quelque chose à me dire ? Ce ne devait pas être le bon moment. Elle haussa les épaules. Oui, il fallait qu'elle me parle de Jerzy, de Suzan Jerzy surtout, la troisième femme du peintre, qui était « plus emmerdeuse encore que la réputation qu'on lui prêtait ». On ne savait toujours pas si elle

viendrait pour le vernissage, probablement que oui. Et elle faisait des histoires... La fille de Michele De Chiari avait reçu un fax d'elle. Elle haussa à nouveau les épaules. « Tout cela est assommant... » Il était visible qu'elle était agacée, inquiète peut-être d'un éclat de l'Américaine, qu'on savait très à cheval sur « le droit moral de l'artiste » auquel elle se référait dans toutes ses correspondances, sinon sur ses droits tout court, dont elle attendait qu'ils lui rapportent toujours un peu plus que ce qu'on avait l'intention de lui abandonner. Le message qu'avait à me passer Michaela était clair : si Suzan Jerzy entreprenait le voyage de Ferrare, nous devions tous nous attendre au pire. Mais déjà un employé faisait signe à la jeune femme, un vigile attendait à l'entrée, j'ai compris que ma présence sur les lieux n'aurait fait qu'accroître l'agacement d'un commissaire d'exposition dans les affres d'un vernissage et décidai de ne pas importuner davantage notre amie. J'avais du reste envie de profiter de la fin de la matinée pour retourner voir les fresques du palais Schifanoia. Une jeune femme brune qui avait achevé de mettre en place les cartes postales et les dépliants de la rétrospective m'entendit le dire à Michaela. Elle n'était pas sûre que le palais fût ouvert ce week-end, observat-elle. La municipalité y préparait un dîner officiel pour le lendemain. Bien que préoccupée par son vernissage, Michaela eut tout de même la gentillesse de demander à la jeune femme de m'accompagner et de veiller à ce qu'on m'ouvrît. Je lui en fus reconnaissant

mais elle avait quitté la salle d'entrée. Mon guide bou-
clait ses vitrines, enfilait une veste, elle m'entraînait
déjà. C'était une jeune femme d'une trentaine d'années, sans charme particulier.

Nous nous sommes retrouvés au milieu du corso
Ercole Ier. Le soleil était un peu plus haut, toujours
brillant, mais flottait déjà la brume de midi, légère,
qui vient presque chaque jour donner à la ville sa
luminosité particulière, comme si la nature s'inspirait
de la technique des « luministes » vénitiens qui avaient
eux-mêmes redécouvert à la fin du XVe siècle une
manière différente de raconter la nature. C'est ainsi
que la silhouette du château, à l'extrémité sud du
corso, semblait cette fois non plus sortie d'un De
Chirico, aux contours si nets, aux couleurs si fraîches,
mais d'une peinture beaucoup plus ancienne, aux marges des architectures ambiguës qui habitent les arrière-
plans d'un Giorgione ou des premiers Titien. Mal
attifée dans une jupe trop large et trop longue qui lui
battait les mollets, mon guide (elle s'était présentée
comme Maria-Elena) eut un geste en direction du
château. « Tous les jours, c'est un peu plus beau »,
remarqua-t-elle. Puis elle m'entraîna dans l'autre direction, pour couper par le corso de la Porta Mare et la
piazza Ariostea en direction de la Giovecca. Le sourire
qu'avait à ce moment Maria-Elena faisait oublier
l'ingratitude de ses traits. Nous fîmes donc demi-tour
et c'est au moment où nous traversions en diagonale
le carrefour des deux rues dont le palais des Diamants

formait l'angle que, j'en ai la certitude, j'ai revu la silhouette claire de la jeune actrice entraperçue une heure avant sur la photographie du film que j'aimais. Vêtue de blanc, comme si elle courait une fois encore vers une nouvelle partie de tennis, la jeune fille a traversé la rue d'un pas rapide mais si léger, surtout, si léger, pour se diriger sans une hésitation vers le long mur qui bordait à droite le corso. Et là, je l'ai vue se fondre littéralement dans la maçonnerie de courtes briques d'un gris rose. Mais avant de disparaître, elle s'est retournée, le temps d'une fraction de seconde, comme pour me lancer le même regard interrogateur, vibrant d'inquiétude, aussi, d'attente. Elle était à contre-jour, dans une belle nappe de soleil et ses cheveux lui faisaient autour de la tête une sorte de casque doré. C'est les yeux toujours tournés dans ma direction qu'elle a ensuite été avalée par la muraille. Mais alors que nos deux regards se croisaient, ce n'était pourtant plus la belle actrice que je voyais, ni le personnage si émouvant qu'elle avait interprété, sur le trottoir même où elle se tenait dans l'instant, mais la petite Laure, blonde du même blond, ma jolie voisine de la rue de Varenne, au jeune mari gentil, aux trois enfants qu'elle traînait toujours, radieuse, avec elle.

Laure, oui... Qu'on comprenne que, dans l'univers étroit et confiné que je m'étais moi-même bâti avec les années à coups de livres rares et de tableaux pour lesquels j'éprouvais la dévotion que d'autres ont pour des femmes, dans ce monde trop précieux où j'avais

fini par me confiner, ma voisine de palier, aussi tri-
viale que l'expression puisse paraître, avait apporté un
courant d'air frais. Elle était si bien tout ce que je
n'étais pas, ressemblait si peu à toutes celles que
j'avais connues que j'en avais eu, au fil des jours, le
souffle coupé. Je le lui disais parfois, sur le ton de la
plaisanterie, et Laure avait, dans ces moments-là, un
rire gêné. D'ailleurs, ce que j'éprouvais pour elle ne
ressemblait à rien que j'aie ressenti jusqu'à aujour-
d'hui pour aucune femme. S'il y avait du désir, c'était
dans l'émotion que j'éprouvais à contempler de loin
ses formes fragiles, la minceur du buste, les longues
cuisses bien dessinées, j'éprouvais surtout pour Laure
une très grande tendresse : la ferveur, peut-être aussi
que je ne savais plus accorder qu'à des toiles,
Mathilde ou la petite fille de Balthus achetée quinze
ans auparavant à Rome. Ferveur donc, et puis admiration pour son énergie, sa formidable gentillesse :
tout cela mêlé au besoin d'effleurer son visage, son
front. Elle me regardait alors par en dessous, incré-
dule, étonnée probablement de m'en accorder autant
(c'était si peu : c'était tellement, pour elle !), auréolée
de la même lumière blonde, vaporeuse, irisée de
rouge, de rose, de jaune vif ou d'orange profond, que
la jeune actrice qui, voilà tant d'années, avait joué le
personnage de Micòl dans les heures les plus noires
de Ferrare. Aussi improbable que ce pût paraître,
c'était bien la silhouette de Laure (je l'appelais le petit
elfe, maman de trois petits, elle restait si bellement

une jeune fille...) qui s'était glissée par la porte étroite dans le mur du corso Ercole Ier (il y avait là une porte, je pus le vérifier ensuite) qu'avait ouverte devant elle la belle joueuse de tennis morte à Auschwitz ou à Ravensbruck. Et c'était elle qui, avant de disparaître, m'avait adressé ce regard, un signe, un avertissement peut-être.

Ma jeune guide, la Maria-Elena que m'avait prêtée Michaela, n'avait rien remarqué de ces quelques secondes que dura notre entretien muet, la jeune fille et moi. Et puis, tout s'était passé si vite... Nous longeâmes ensuite en silence la belle façade, ocre, d'un grand palais silencieux où avait vécu un peintre qui avait été l'ami de D'Annunzio et de Pirandello. De nombreuses toiles de lui, des portraits mondains surtout, constituaient au premier étage un petit musée consacré en permanence à son œuvre. Maria-Elena me proposa de le visiter, mais la vision que j'avais à nouveau eue de cette Laure qui, depuis quelques mois, aussi mariée, aussi fidèle qu'elle soit, formait pour moi l'objet de mes plus secrètes rêveries, m'avait troublé. D'ailleurs, c'était le palais Schifanoia que je voulais voir avant le déjeuner. Nous avons au contraire pressé le pas et traversé en diagonale la belle piazza Ariostea, aux grandes pelouses si vertes qu'on dirait que la ville tout entière, non contente d'abriter tant de jardins secrets derrière de larges murs de brique, offre encore à ses habitants les beaux espaces calmes, verts et fragiles de tant de places aux épais

181

gazons, de jardins publics, de parcs ouverts à tous. De l'un des côtés de la place, abrité d'arcades, un petit chien nous a rejoints en jappant, se frottant contre ma jambe. Il ne nous a plus quittés de la matinée. Des vélos, rares encore, arrivaient vers nous. Ils avaient peu à peu remplacé les passants, peu nombreux dans cette partie silencieuse de la ville, très calme, comme endormie dans la sérénité d'une vie de province où tout ce qui pouvait se produire de grave ou de tragique appartenait au passé. Maria-Elena m'adressait parfois un regard, presque timide, pour me faire remarquer la beauté d'une cour intérieure où elle m'entraînait, l'harmonie des façades d'une église, d'un couvent. L'un d'entre eux, que nous dépassâmes, avait été transformé en école des beaux-arts. Une partie était devenue un foyer d'étudiants. Une plaque de métal à la porte fermée d'une grille portait une trentaine de noms de jeunes gens qui avaient des chambres là. Il y avait une Margherita, une Paola, une Maria-Giovanna Del'Arco. Une notice indiquait que, rentré après dix heures et demie du soir, il fallait passer par une conciergerie. J'imaginais la vie que pouvaient mener là des jeunes filles, étudiantes en peinture ou en dessin, qui, dans leur chambre après dix heures du soir, travaillaient à la lampe, lisaient. C'était Léonard Weill, du temps de sa splendeur, qui racontait mieux que quiconque ce qu'il appelait « la vie secrète des dortoirs de filles », l'odeur des démaquillants sages et celle du savon frais, les serviettes qui

traînaient au grand jour avec les chaussettes sales, les petites culottes usées, tout ce qu'on n'exposerait pour rien au monde aux garçons des dortoirs à côté mais que lui, affirmait-il, avait vu cent fois. Il décrivait aussi la manière dont ses étudiantes l'aidaient à s'introduire le soir dans les chambres après le couvre-feu, organisant pour lui des pique-niques qui pouvaient s'achever en lecture de poésie autant qu'en carambolages avec l'élue du moment sous la garde farouche des camarades qui savaient éviter à leur professeur préféré les périls des rondes de nuit des surveillantes et les risques de renvoi qui auraient pu en découler. « Mais le plus doux, dans tout cela (Léonard disait *sweet*, en anglais), c'est la vue de toutes ces petites filles dans leur pyjama de pilou-pilou ou leur nuisette à volants... » Le cher Léonard Weill avait même, à l'époque, publié sous un nom d'emprunt dans la *Transatlantic Review*, une nouvelle qui racontait l'émoi suscité chez un professeur quadragénaire (ce qu'il n'était pas encore !) par les ébats nocturnes des pensionnaires d'un collège de jeunes filles et il n'avait pas paru choqué, loin de là, lorsque, dans le petit discours que j'avais prononcé en lui remettant sa rosette, j'avais cité deux lignes de ce texte en regard d'une longue citation de l'une de ses plus brillantes et profondes réflexions sur le livre des livres, d'où il tirait désormais toute sagesse et énergie.

Mais nous avons dépassé le couvent devenu dortoir pour le plus grand bonheur de mon imagination et,

nous rapprochant du palais Schifanoia, nous avons commencé à parler davantage, Maria-Elena et moi. Elle m'apprit ainsi qu'elle était née à Ferrare, de l'une des rares vieilles familles juives à avoir survécu à la rafle de 1943. Comme le héros du roman de Bassani, son arrière-grand-père avait acheté à la veille de la Première Guerre mondiale une vaste maison délabrée entourée d'un immense jardin, en bordure précisément du corso della Giovecca vers lequel nous nous dirigions, mais la famille avait tenu à garder l'ancienne maison de la via Saracino, au cœur du ghetto, où tous venaient parfois retrouver pour une semaine ou deux quelque chose qui ressemblait à un parfum : celui de leur jeunesse, en somme. C'est précisément parce que les fascistes ne soupçonnaient pas qu'ils aient pu se trouver ailleurs que dans la belle demeure du corso della Giovecca que les grands-parents de la jeune fille avaient échappé à la rafle. Ils avaient pu ensuite se cacher dans une villa amie, sur la plage de Comacchio. Maintenant, les Montoviani de Ferrare n'habitaient plus la belle maison identique à celle des Finzi-Contini, son tennis, les rhododendrons du corso, ni la vieille maison du ghetto, mais un appartement moderne donnant sur le viale Cavour. « C'est un peu comme si je m'étais séparée de moi-même quand mes parents ont décidé de vendre la via Saracino... », a remarqué Maria-Elena. La grande maison, elle, n'avait pas survécu à la guerre. La jeune fille m'en a montré l'emplacement, au-delà

d'une grille fermée. Elle avait un sourire triste, elle devenait presque belle. J'ai pris son bras. « Êtes-vous jamais entrée dans ce jardin ? » Le même rire, les traits du visage plus fins encore, le dessin délicat des lèvres que je n'avais pas remarqué : non, Maria-Elena Montoviani n'avait jamais voulu passer la grille du jardin où toutes ses jeunes grand-tantes roulaient en bicyclette dans les allées sablées sous des arbres précieux aux essences rares qu'on faisait venir de Rome des bords du lac de Côme.

La maison voisine de celle où avaient vécu les Montoviani (trois membres de la famille y avaient tout de même été arrêtés en septembre 1943, dont deux des si jolies grand-tantes) était un palazzino ouvert au public où avait vécu, parmi les poètes et les artistes, l'une des filles les plus illustres de la maison grand-ducale qui avait régné sur Ferrare. Elle y avait amassé une collection de livres et de manuscrits, beaucoup de musique qu'elle-même jouait au théorbe et à la viole de gambe, accompagnée par un cousin considéré comme simple et qu'on avait été trop heureux de reléguer dans le pavillon au fond du jardin mais dont les improvisations au clavecin étaient pourtant connues jusqu'à Mantoue et Venise. La jeune femme s'était-elle trop attachée au trop doux cousin ? Celui-ci avait fini par être empoisonné et, le reste de sa vie, qui avait d'ailleurs été fort courte, la princesse avait copié, de mémoire, les improvisations du génial jeune homme. Des musiciens venus de loin, de Milan

même, avaient joué ces œuvres et chanté leurs louanges à tous deux. Cependant, à la mort de la jeune femme, sa bibliothèque et les manuscrits qu'elle possédait avaient disparu. Ainsi, c'était la mémoire du musicien du pavillon au fond du jardin, la belle *camera verde* où des oiseaux peints avec un réalisme minutieux chantaient dans les feuillages d'une vaste tonnelle en trompe-l'œil qui avait été pillée lorsque le grand-duc régnant avait donné l'ordre qu'on saisisse les livres de sa nièce jugée rebelle. Avant que de retrouver les fresques presque familières du palais Schifanoia, j'ai voulu voir ce qu'il restait du salon de musique et de la « chambre verte ». Doucement, Maria-Elena me donnait d'autres détails sur les deux cousins morts trop jeunes. Étudiante en musicologie, elle préparait une thèse sur la musique du pauvre Borso, le doux Borsettino assassiné et dont on pouvait, semble-t-il, retrouver des traces dans les compositions des musiciens de son temps qui avaient effectué le voyage de Ferrare pour l'écouter. « La mémoire, remarqua l'arrière-petite-fille des propriétaires de la grande maison du corso della Giovecca, la mémoire est la vertu la mieux partagée du monde : il suffit de savoir écouter les voix intérieures qui s'époumonent à vouloir se faire entendre. Mais nous ne savons pas écouter... » C'était dans le fond du jardin, un peu à l'abandon, du palazzino. La jeune fille était appuyée au tronc d'un saule, l'index de sa main gauche jouait sur sa lèvre supérieure, dans la pénombre lumineuse

de cette partie d'un parc qu'on aurait dit en friche, les verts profonds de l'herbe haute et des feuilles de l'arbre qui se rejoignaient, elle était devenue très belle. Nous nous sommes encore attardés un moment, ma compagne parlait de musique et de mémoire. Aussi, quand nous y parvînmes enfin, le palais Schifanoia était-il fermé, la lourde porte aux vantaux cloutés tirée, et personne ne répondit à nos appels. Maria-Elena en paraissait désolée, c'était sa faute, nous avions trop tardé en route, se lamenta-t-elle. J'eus du mal à lui faire comprendre que j'avais déjà visité le palais, jadis, et qu'avec elle j'avais fait d'autres découvertes : ceci valait bien cela. Elle ne me crut pas tout à fait.

Longeant le corso sur le trottoir de gauche, en plein soleil, nous sommes revenus vers le centre de la ville. Il était plus de treize heures, les passants étaient moins nombreux qu'en début de matinée. Toujours, quelques cyclistes, deux couples vêtus de noir qui se déplaçaient ensemble, chaque couple d'un seul tenant, aurait-on dit, sur l'échiquier régulier des petits pavés ronds. Leurs ombres, parfaitement dessinées, les restituaient de guingois avec, sur la tête de l'homme, chaque fois, un couvre-chef à l'apparence démesurée. Il fallut le vrombissement soudain d'un groupe de motocyclettes dévalant le corso à toute allure en direction de la porta della Giovecca pour rompre l'équilibre étonnamment réussi, rigoureux, qui s'était si rapidement établi entre l'architecture civile d'une ville

idéale, les rares passants qui la sillonnaient, le visage maintenant radieux de ma jeune guide et la sérénité qui m'avait peu à peu pénétré depuis que j'avais quitté le palais des Diamants. Il n'était jusqu'au sentiment de révolte et d'horreur qui m'avait envahi lorsque Maria-Elena avait évoqué le destin de ses grands-parents, qui ne participât aussi à cet équilibre, parce que je le savais juste, équitable, salutaire. Cela faisait trop d'années que je vivais dans une espèce d'indifférence à l'endroit des sujets d'indignation dont mes contemporains savent si bien chatouiller leur mauvaise conscience de citoyens d'un monde où tout paraît dû, pour ne pas éprouver, sans vraiment m'en rendre encore compte, une sorte de joie nouvelle à pouvoir croire à nouveau démêler le bien du mal, la vérité de l'horreur : il me paraissait à présent presque doux de commencer à partager enfin la douleur de tous les Montoviani de Ferrare et de la terre entière. Léonard Weill me l'avait dit, un soir où il pestait pourtant lui-même contre la correction politique déjà en vogue sur les campus américains et dans la presse bourgeoise parisienne : « Un jour, et sans t'en être aperçu, tu deviendras des nôtres... » J'en avais été vexé, alors : n'étais-je pas déjà des siens, lui le poète, l'humaniste sceptique et tolérant, l'amateur de femmes aussi, pourquoi pas ? Mais la manière dont, depuis la veille, les paroles de mon vieil ami, ses poèmes, jusqu'à ses plus lourdes provocations, revenaient dans mes pensées, témoignait déjà du for-

midable rapprochement avec lui dont, toujours sans le savoir vraiment, j'éprouvais le besoin. Allons ! Je m'en rendais compte ce matin : peu d'hommes avaient autant marqué le cours de ma vie que mon vieux professeur juif et poète que j'avais l'impression de retrouver maintenant à chaque coin de rue.

C'est le fracas de motocyclettes sur les pavés ronds de la rue, le tonnerre absurde des échappements libres, l'odeur d'essence et de fumée qu'ils traînaient derrière eux qui m'a ramené sur terre. Instinctivement, la main de Maria-Elena s'est posée sur mon bras. Ce n'était cependant rien, les motos avaient déjà disparu, mais la jeune fille était devenue plus pâle. « Ces gens-là me font toujours peur », observa-t-elle. Après un moment, elle ajouta : « Ils ne nous aiment pas. » A ce moment-là (sa frayeur, probablement...), elle était réellement belle, le visage habité d'une grâce qui est celle des êtres fragiles et forts en même temps, telle la petite Laure qui vivait si près de moi et dont je savais que jamais, jamais, rien ne pourrait me rapprocher au-delà des quelques mots que j'avais osé lui dire. « Ils ne nous aiment pas », répéta la jeune fille. *Nous.* J'avais probablement dû penser la même chose des voyous qui avaient agressé la pauvre Valérie, devant l'aéroport. Mais mon guide voulait me montrer autre chose. Nous étions arrivés à cette partie du corso qui devient plus animée, des boutiques, un premier café. Elle s'arrêta devant une porte close, au milieu d'une maison plus étroite, qui datait au plus

du début du XIXe siècle. Maria-Elena paraissait doucement reprendre son souffle. Le rose était revenu à ses joues. « C'est ici », dit-elle. Elle désignait le seuil, la porte, la plaque qui indiquait que nous étions devant une synagogue. Une autre le précisait à l'entrée : l'arrière-grand-père de la jeune fille avait restauré le temple abandonné, en même temps qu'il faisait reconstruire la grande maison à l'autre extrémité du corso. C'est là que les policiers étaient venus chercher les trois dernières familles qui, prévenues par des âmes charitables la nuit de la longue rafle, n'avaient pas trouvé d'autre refuge. Léonard Weill, toujours lui, avait écrit dans son livre de souvenirs d'enfance publié quelques mois auparavant, que le fils du juste sait qu'il n'est d'autre refuge contre la haine que la poitrine du Tout-Puissant. On n'avait même pas eu à enfoncer la porte pour pénétrer à l'intérieur et arracher la poignée d'enfants de justes à l'étreinte de leurs pères, puisque la porte n'était pas fermée ; on l'avait cependant fracassée, parce que l'empreinte du mal serait plus visible de la rue. Après la guerre, la synagogue était restée fermée. Ce n'est qu'à la fin des années cinquante qu'on l'avait rouverte. Mais la famille qui s'occupait à présent de son entretien refusait toute visite, à plus forte raison celle de touristes tels que moi. « Je suis désolée, a murmuré Maria-Elena, je savais que vous ne pourriez pas entrer, je voulais seulement vous montrer cette porte... » C'était la même vieille porte que cette nuit de 1943.

Les charpentiers de Ferrare sont connus pour leur savoir-faire, on ne voyait plus la marque des coups de crosse de fusil qui avaient pourtant fait éclater un panneau.

Maria-Elena m'a encore raconté l'histoire du père de son arrière-grand-père, qui vivait via Saracino et qui, comme le cousin de la princesse probablement empoisonnée elle aussi dans son palazzino du corso della Giudecca, pouvait improviser des heures au piano, jouer Bach ou Scarlatti de mémoire mais qui avait dû payer très cher son épouse car il était petit, contrefait, toujours enfermé dans une chambre en sous-sol de la vieille maison du ghetto qu'une arche de maçonnerie rejoignait à celle de la jeune fille pour prix de laquelle son père avait demandé tant de belles pièces d'or frappées, toutes neuves, du profil barbichu du roi d'Italie. Elle m'a parlé d'une autre grand-tante qui s'était convertie pour épouser un frère de ce marquis qui, en 1943, avait signé la lettre adressée à tous les membres juifs du club des commerçants de la ville dont il était le président, les priant (« respectueusement » et avec une ou deux fautes d'orthographe en prime) de bien vouloir résilier leur affiliation à cette société si sélecte : on leur rembourserait la partie restant à courir de la cotisation de l'année en cours ! Elle me parla de sa propre mère, de sa sœur qui étudiait la peinture à Venise. Elle me parla d'elle. Si peu...

J'étais revenu sur la place du Château ; pour quelques secondes encore Maria-Elena, étudiante en histoire de

la musique à la faculté de Ferrare, allait me paraître très belle puis elle me quitterait, me serrant simplement la main, en camarade, et je ne saurais jamais si la jeune femme qui m'avait accompagné en cette fin de matinée dans les rues de la ville était celle aux traits ingrats, qui avait enfilé à la va-vite une veste avant de quitter le palais où Michaela De Chiari organisait la rétrospective de Jerzy, ou si c'était la jeune fille qui souriait devant la porte de la synagogue restaurée par les soins de sa famille et où, là non plus, elle n'était (m'avait-elle dit) jamais entrée. Lorsque je suis revenu à mon hôtel pour déjeuner, le concierge me dit qu'un *avvocato* était venu me demander. Je ne m'en inquiétais pas, ce ne pouvait être que pour formaliser mon accord de prêt de *Mathilde*...

Après le déjeuner, je suis vite remonté dans ma chambre. Le repas avait été rapide, j'étais seul dans la salle à manger, servi par la même femme, maussade à présent, qui m'avait apporté mon petit déjeuner. La *pasta* était rustique, la viande sèche et avaler m'était devenu presque douloureux, tant ma gorge me faisait mal. Après un gargarisme, un peu d'eau chaude et du Synthol (j'ai toujours eu la gorge fragile et ne voyage pas sans médicaments), je me suis étendu sur l'étroite couchette de navire qui me tenait lieu de lit. Je me suis endormi tout de suite. Ou plutôt, j'ai sombré dans une curieuse somnolence ponctuée d'une marée

de souvenirs qui me revenaient en grandes vagues bienfaisantes. Car c'étaient des souvenirs heureux. Comment là, à Ferrare, au milieu d'une ville dont le moins qu'on pût dire est que, bruissante de tant d'histoires, elle m'était de prime abord totalement étrangère, comment et pourquoi donc me suis-je ainsi, dans cette chambre d'hôtel, trouvé envahi par des souvenirs qui étaient ceux de mon enfance ? Et non pas ceux de mes années d'Angoulême puis de Paris, où j'avais suivi toute ma scolarité, mais les souvenirs précis de cette demi-année de presque vacances passée dans le Cantal pendant le printemps et l'été 44 ? Jusque-là, comme par la suite, la maison des Arcs avait toujours signifié pour moi ces quelques semaines de vacances d'été. Pêche aux écrevisses et baignade au lac voisin et surtout longues promenades dans ce que j'ai toujours appelé la « montagne », les hauts plateaux au-dessus des derniers villages, à mille deux cents, mille trois cents mètres d'altitude, que je parcourais comme un immense domaine face au ciel dont j'étais le seul arpenteur. L'été 44, nous avions quitté Paris et les bombardements dès la fin du mois de mars pour nous installer en Auvergne avec armes et bagages autant que la guerre allait durer. Ma mère nous donnait quelques leçons ; pour le reste, j'avais retrouvé des cousins, des gamins du village, si bien que le souvenir de cet été de bruit et de fureur avait été pour moi celui d'un paradis très vert. Bien sûr, on nous parlait des maquis qui descendaient parfois dans les fermes pour se pro-

curer des provisions. Le fils de la fermière, Justin, qui était mon ami, avait aussi disparu depuis plusieurs mois. Il était revenu une fois aux Arcs, mitraillette au poing, héroïque. Mais la guerre était si loin ! Ma grand-mère s'inquiétait de tous ces gens qui portaient préjudice au Maréchal, elle avait de fortes altercations avec ma mère qui, depuis l'autre guerre (elle était belge, petite fille elle avait entendu parler des enfants de Gand et de Namur à qui les boches avaient coupé les mains...), cultivait au contraire une germanophobie exacerbée mais limitée à d'ardentes professions de foi. Mon père avait un vieux fusil, qu'il avait refusé de « rendre », lorsque l'ordre avait été donné aux particuliers de déposer à la mairie toutes les armes dont ils pouvaient disposer ; l'arme était sous les combles, on en parlait à voix basse, « tu veux tous nous faire fusiller ! » fulminait mon grand-père. La grande affaire du coin avait été les coups de feu échangés dans les prés au-dessus du village par une poignée de maquisards qui festoyaient à l'hôtel Julliard et s'étaient enfuis comme des lapins devant un détachement allemand qui remontait vers le nord. Il y avait eu trois morts. C'était leur faute, après tout, à ces gamins qui s'en mettaient jusque-là aux frais de Mme Julliard : on n'a pas idée de faire des banquets, comme ils disaient, quand les boches sont dans le coin ! Nous avions été remués, aux Arcs, d'autant qu'un cousin de Justin, précisément, avait été tué. Mais j'étais plus occupé à pêcher le vairon sous le petit pont du ruisseau, au bas

du pré, ou la truite à la main, comme mon père, dans la montagne, que par la guerre. Mon père, qui avait fermé boutique à Paris, peignait des aquarelles de jeune fille dans le jardin.

Cette après-midi de sieste lourde à Ferrare, je revoyais si bien le jardin des Arcs, avec sa charmille et le terrain de boules, devant le portail blanc conduisant directement à la route mais qu'on n'ouvrait jamais, que je ne sais plus si c'était le jardin lui-même qui me revenait à la mémoire, ou les aquarelles de mon père, redécouvertes quelques semaines auparavant, en rangeant le contenu d'un cartonnier. Les arbres y étaient blancs de fleurs. Quelles fleurs, d'ailleurs ? Dans mon demi-sommeil, ce n'étaient pas les chandelles blanches des marronniers, mais des pétales plus légers, qu'un souffle soulevait. Je voyais des rangées de pommiers, de pruniers, je ne sais plus, la route serpentait parmi les vergers, elle montait, descendait, en pentes un peu raides, de jolis tournants bien ronds que je prenais en freinant un peu, à vélo. Car c'était à vélo que je me promenais, sac au dos, un livre dans le sac, à travers cette campagne de printemps où un clocher qui émergeait au-delà de la colline, n'était pas non plus celui du village des Arcs mais, plus élégant, le clocher d'une église dont je découvrais à présent qu'elle piquetait de rouge un ciel bleu où se promenaient de petits nuages blancs comme des moutons. Devant la porte de la maison où je m'arrêtai pour souffler un peu, il y avait un tilleul, une table et des bancs de bois, c'était une

auberge au bord du chemin, on y buvait de la bière et le grand-oncle Isaac de Léonard Weill, assis tout droit, le dos contre le mur blanc, essuyait sa moustache en racontant comment, là-bas, à Colmar, il vous avait mis en cloque la fille d'un pharmacien pas vraiment kasher mais, fichtre, que c'était bon ! La mousse de la bière s'envolait dans sa moustache comme les fleurs des pruniers, sur la route de Heimwiller où Léonard revenait à toute allure, pédalant comme un dératé car il y avait la belle cousine Annie qui l'attendait à la porte de la grange. Un peu plus tard, j'ai vu une tante au grand corsage bouffant qui sortait du four une tarte fumante, des prunes, des quetsches, une odeur de sucre brûlé et de vin blanc.

Je me suis réveillé en sursaut parce que, je venais de m'en rendre compte, les souvenirs de Léonard Weill m'avaient si bien envahi, le temps de cette sieste face au château de Ferrare, que l'enfance de mon vieil ami me semblait devenue la mienne et le récit qu'il en avait fait dans son beau livre de souvenirs se superposait jusqu'à balayer mes petites enfances auvergnates : l'Alsace après le Cantal, son grand-oncle Isaac aux moustaches si semblables à celles de mon propre grand-père devenait mon aïeul qui, lui aussi, s'était longtemps vanté (et jusqu'à un âge avancé de sa longue vie, je l'avais oublié !) de ses bonnes fortunes. Je me suis redressé sur mon lit. Ma gorge me faisait souffrir. Une rumeur montait de la place en dessous de l'hôtel.

Quelques images demeurèrent encore un bref ins-

tant gravées en moi, un pont sur le Grand Ried, près de Colmar, dont le nom, jusqu'à ma conversation de l'avant-veille avec Léopold, m'était parfaitement inconnu mais devant l'eau dormante duquel je me revoyais, gamin de douze, treize ans en culotte courte, appuyé à une balustrade de bois, des arbres inclinés sur leur propre reflet ; ou, vu de très haut par l'oiseau sans frontière que j'étais devenu entre les plateaux d'Auvergne et les pruniers en fleur des petites enfances de Léonard (qui les chantait si bien), le long alignement des toits d'une grange à houblon où, à Heimwiller, rue des Rames ou ailleurs, j'aurais joué, pourquoi pas ? à épier les filles. C'étaient aussi des petites cousines aux jolies nattes blondes, Annie, Nelly, Sarah, que je n'avais pas connues et qui me souriaient pourtant, les yeux riant de lumière dans le grand soleil d'un matin de printemps, une prairie gorgée d'eau quelque part entre Seebach et Illkirshen : l'arrière-petite-fille peut-être du grand-oncle Isaac qui me lançait un dernier clin d'œil : reviens ! ne nous quitte pas ! Tu es des nôtres, tu le sais bien... Toutes les petites cousines que je n'avais jamais eues... La rumeur qui venait de la place en dessous de ma chambre était plus forte encore, les élancements de ma gorge devenaient insupportables, je me suis levé d'un bond.

A mesure que je descendais l'escalier anonyme de l'hôtel, le brouhaha indistinct qui paraissait avoir à

présent envahi toute la ville montait vers moi. Dans le hall d'entrée, il m'a frappé de plein fouet et je l'ai reconnu. Ç'avait d'abord été Florence, l'année que j'y avais passée seul. Je croyais pouvoir travailler là autrement. Je me disais que, dans la grande lumière du dôme et du campanile de Giotto, les mots que j'avais toujours cherchés en vain m'arriveraient peut-être plus aisément. J'avais quitté Hélène le temps de ce séjour ; Hélène, je crois, l'avait compris. Et puis nous nous revoyions un week-end sur deux, j'allais la chercher à la gare de Santa Maria Novella. Le reste du temps je parcourais la Toscane ou, enfermé dans le minuscule appartement que j'avais loué au dernier étage de l'une des maisons reconstruites après la guerre près du Ponte Vecchio, je lisais, j'écrivais un peu. J'étais arrivé en hiver, le silence était si beau sur la ville que j'en percevais les pulsations ; le chant d'amour des pigeons sales, sur ma fenêtre, m'était une bénédiction. J'avais acheté à Jerzy un dessin qui représentait déjà Mathilde, que j'avais pourtant perdue de vue depuis longtemps et les lèvres de Mathilde, dans les matins très purs de Florence, me parlaient parfois. Croyais-je. Mais, un matin, la rumeur que j'ai dite m'est parvenue, de loin, en bas : en dessous de moi. C'était un bruit confus, une sorte de moteur qui tournait sans trêve très fort, coupé çà et là d'un éclat plus aigu, mais à peine. Il m'a fallu quelques minutes pour comprendre que nous étions le samedi des Rameaux, la semaine pascale commençait et, avec elle, c'était l'arrivée massive des tou-

ristes. En quelques heures, mon silence béni s'est effrité. Encore, parfois, la nuit, oui... Pour le reste, et jusque dans les quartiers les plus reculés de la ville, c'était le redoutable tohu-bohu d'une foule uniforme, résolue, une cohorte unique d'insectes ravageurs qui écrasaient toute beauté sur leur passage. Les mots qu'auraient pu murmurer les lèvres de Mathilde se sont éteints. Je suis cependant resté à Florence envahie par les foules déchaînées, moi-même envahi par la fatigue, la paresse, l'inaction, des maux de tête, même, une espèce de sinusite chronique que j'osais à peine attribuer à l'humidité du centre de la ville, l'Arno au milieu des collines. Comme le mal de gorge lancinant qui, ce jour-là, à Ferrare, allait subitement de pair avec les foules du samedi après-midi qui avaient envahi la place, les rues, l'esplanade du château, le temps qu'avait duré ma sieste.

Car c'était bien, là encore, une foule redoutable. Elle était partout et constituait une masse unique, uniforme, plutôt sombre, noire, qui se mouvait lentement et, semblait-il, toujours dans la même direction. Un flux, un flot très large qui s'écoulait, enveloppait, recouvrait les rues, débordait dans les ruelles, les impasses. Elle avait aussi quelque chose de dangereux, cette foule, je pensais aux images d'inondations dans le Midi de la France vues à la télévision, la rivière qui emporte tout un village sur son passage. Aussi, avançant à contre-courant au milieu d'elle (puisque j'étais sorti de l'hôtel et que, pour tuer le temps, jusqu'à

199

l'heure du vernissage, j'avais eu l'idée stupide de faire quelques courses), j'avais la certitude d'un risque, le danger à peu près inéluctable d'être enlevé comme un fétu de paille. Et j'allais de l'avant, fendant presque des bras et des mains, comme on nage, cette chape humaine qui m'enveloppait de partout.

Ils se ressemblaient tous, ces hommes et ces femmes, jeunes pour la plupart, qui ne faisaient pourtant que flâner dans la surprenante tiédeur d'une après-midi de printemps, profitant de leur samedi de liberté. Les garçons, tous vêtus de noir, comme les tueurs de films américains à la télévision, lunettes noires enveloppantes, les cheveux gominés, luisants : l'uniforme, en somme, de tueurs. Et les filles étaient leurs complices, en noir aussi, avec çà et là une pointe de blanc, la poitrine, par exemple, ronde, solide, agressive sous le tee-shirt tendu. Mais les cheveux luisants de même et les mêmes lunettes, le visage fermé, farouche. Parfois, une boucle de métal dans une narine percée, sinon la lèvre elle-même : elles ne souriaient pas, de peur, sans doute, de donner à croire qu'elles riaient d'elles-mêmes : c'était un formidable raz de marée de jeunesse à laquelle je n'appartenais pas et depuis longtemps, que la beauté de cette journée de mai avait projeté sur la ville, ce matin si calme...

Çà et là, une tête émergeait, portée comme un débris de naufrage, on l'aurait dite étrangère, un reste de radeau sur l'océan hostile ; c'était un visage de vieillard, je veux dire celui d'un homme ou d'une

200

femme plus âgé que les autres, souvent un couple, qui flottait, de travers. Ou ç'aurait encore pu être la tête, au bout d'une pique et tranchée, de l'un de ceux qui ne leur ressemblaient pas, à ces jeunes vainqueurs débarqués d'une autre planète. Et j'avais l'impression de reconnaître l'un de ces fétus de paille qui dérivaient au loin, si près aussi. Ainsi, ce visage fermé, la peau blême, marquée par l'âge, ressemblait si bien à un ami éditeur rue de l'Université, à qui j'avais rendu visite, dans sa chambre mortuaire à l'odeur de fleurs déjà pourries : pourquoi celui-là, et à ce moment ? Ou, hagard, un long vieillard dont la tête dépassait celle de tous les autres, c'était ce baroudeur, soldat un jour vainqueur et qui ne s'en était pas relevé, remâchant ensuite ses défaites, amer et sardonique, en qui j'eus si peur, longtemps, de trop me reconnaître : nos regards se sont croisés, dans la houle noire des autres, mais son regard aussi était celui d'un mort, d'ailleurs cela faisait dix ans que le pauvre Robert était mort et quinze au moins que nous ne nous étions revus. Pourquoi me parut-il à Ferrare, cette après-midi-là, si plein de sa vieille morgue d'officier foudroyé ? Il en alla bientôt ainsi de tous : ceux qui dépassaient un peu de cette marée noire, dévorante, avaient, me semblait-il, déjà croisé ma vie. Sans qu'aucun n'ait jamais été un ami vraiment proche, je savais les reconnaître et c'était une impression d'autant plus curieuse qu'elle s'aigui-sait d'elle-même, une tête grise en appelant une autre,

un mort un autre mort dont j'avais, jusqu'à ce jour, souvent oublié les traits, jusqu'au nom.

Nageant péniblement à contre-courant, j'avais gagné la place de la cathédrale et les rues commerçantes qui l'entourent mais je ne retrouvais pas, non plus, aucune des boutiques vieillottes ou pittoresques qui avaient attiré mes yeux, la veille ou le matin même. Jusqu'au magasin de la chapelière qui donnait l'impression d'avoir été, lui aussi, englouti par les vitrines voyantes et colorées où l'on affichait des fringues à la mode, des néons, les fast-foods américains de rigueur, les bottes à talons, les armureries entières de lunettes de soleil toutes semblables et les costumes noirs des jeunes tueurs, les tee-shirt blancs de leurs compagnes. Même la librairie où je me souvenais d'avoir vu en vitrine un bel ouvrage sur le palais Schifanoia avait cédé la place à un étal entier de livres aux couvertures agressives sur lesquelles mes tueurs à lunettes noires souriaient à belles dents sous le nom des vedettes dont ils faisaient leur actualité, musique à eux, sportifs de tous poils qui ressemblaient si peu à mes Léo Ferré, à mes Louison Bobet, lorsque j'avais leur âge. Et pourtant, j'ai porté, moi aussi (je l'ai retrouvé : il avait quand même une bande verte, et était tricoté) un pull-over noir à col roulé...

Bien sûr, la sensation que j'ai tenté de décrire ici n'a pas été si violente, si absolue, ce fut une impression, seulement. Mais à mesure qu'elle se développait en moi et que, de moi-même, je lui inventais des

prolongements, elle s'enrichissait et c'était prodigieux que de voir comme le souvenir d'amis morts, leurs traits, leur indifférence, aussi, remontaient en moi, se fixant avec une surprenante précision. C'était comme si je me créais progressivement, très vite, une grande panique personnelle qui m'effrayait mais que je voulais désespérément me raconter davantage. Des vivants, d'ailleurs, flottaient parfois eux aussi, ballottés sur les épaules solides de ces jeunes damnés et de leurs petites putes, de vieux vivants dont le regard, à eux aussi, évitait le mien. Après Charles, après Claudius mort, ce fut donc Jerzy lui-même, son bec d'aigle, qui revint deux fois, trois fois, au-dessus des cheveux gominés des gamins. Jusqu'à la monstrueuse Madame Irma de l'aéroport, qui n'hésita pas, elle, à me dévisager. Et tout cela, les vivants et les morts, mes amis disparus ou mes ennemis intimes, passait au milieu de ces jeunes gens vêtus à la manière de soldats d'une nouvelle guerre et qui arboraient si fièrement leur terrible jeunesse : tout cela bruissait à la manière des escadrilles d'étourneaux qui s'abattaient le soir sur un seul arbre du jardin, à Rome, pour ne laisser au matin, lorsqu'ils s'étaient envolés et que je ne l'avais pas vu, que des branches dépouillées jusqu'à la dernière feuille.

De même ai-je reconnu, à la terrasse d'un café, les quatre touristes français, Sandrine qui m'avait interpellé : « Dis, toi que voilà, qu'as-tu fait ? Qu'as-tu fait de ta jeunesse ? » Ils étaient assis, eux, à la terrasse d'un café entourée d'une barrière de bois peinte en blanc,

presque au milieu de la chaussée, mais qui les séparait de la foule, d'énormes coupes glacées bigarrées devant eux. Leur regard, pourtant, et comme celui des autres, a fui le mien. Ils paraissaient moins vulgaires qu'au Café des Sports et le mari ressemblait à nouveau à mon père, il souriait en parlant, il expliquait, il voulait convaincre, c'était moi qui glissais devant eux dans cette marée humaine : les distinguèrent-ils, eux, les bribes d'autrefois dont je faisais moi aussi partie, flottant parmi les autres ? Dans un fracas de moteurs emballés, j'ai vu alors un groupe de motocyclistes fendre la foule, roulant à peine plus vite que son pas. Ils étaient comme elle vêtus de noir mais plus lourds, plus carrés que les jeunes tueurs anonymes aux lunettes noires, ils étaient les voyous pétaradant dans l'odeur de cambouis qui, à la porte de l'aéroport, m'avaient déjà troublé. J'ai cru voir, en croupe sur la moto de l'un d'eux, la petite Valérie qu'ils avaient agressée comme elle montait dans son car, ce ne fut qu'une image fugitive. Ils étaient les vainqueurs, elle avait été victime, elle avait pu pactiser avec l'ennemi. D'autres fétus de paille dérivaient encore avec moi, des épaves, d'autres vivants et des morts, des vieux. Je devinais que beaucoup d'entre eux portaient à présent des noms que j'avais lus gravés sur la pointe de marbre fixée au parapet des douves, là où les fascistes de la dernière heure avaient assassiné une partie de leurs concitoyens, une nuit de 1943. J'étais revenu devant le château. Amical, de loin, le visage d'un Bruno Lattes souriait

quand même. Sorti droit d'un roman que j'avais aimé, lui seul avait visage humain.

Le soir était tombé. Peut-être simplement par crainte de cette foule noire, j'avais quitté les rues commerçantes du centre et m'étais engagé dans les quartiers ouest, les longues rues finement pavées qui, du corso della Giovecca, remontent vers les murs et le cimetière, via Montebello ou via Mantova. Et très vite, la foule s'était en effet égaillée. Très vite, la masse compacte qui déambulait si férocement entre les rangées de magasins aux vitrines provocantes s'était éparpillée en petits groupes, bientôt trois, quatre personnes, puis des couples seulement, des passants solitaires à mesure que je m'avançais plus loin du périmètre sacré de la promenade du samedi. Et la formidable rumeur s'était elle aussi tue, on aurait dit d'un coup. Dans le même temps, via Mantova ou via Mascherato, le brouillard qui donne à Ferrare ses couleurs propres, ces dégradés de teintes pâlies, l'opalescence qui flotte dans l'air comme une odeur, avait repris ses droits sur la ville. On aurait dit que la masse serrée des promeneurs en noir, si vulgaires et si gras, le vacarme qui se dégageait d'eux avaient eu raison de ces brumes délicates aux camaïeux précieux, jusqu'à les chasser loin du château et de ses environs, la place de la cathédrale pourtant si noble, désertée, le matin encore. C'était une jeunesse sans âme qui avait eu raison du climat

éternel de la ville, j'ai pensé aux escadrons de tueurs de ces nuits de guerre dont la fureur sanglante avait éclaté à Ferrare comme dans l'Europe entière : étaient-ils vraiment moins redoutables, les gamins en noir, lunettes fumées, qui battaient le pavé dans leur ronde lente, implacable, dévoreuse ? La brume, donc, ondoyait à nouveau entre les hautes façades des palais, au-dessus de ces murs qui abritaient des jardins, d'autres jardins encore. Elle n'était pas uniforme, plutôt des nuages cotonneux qui n'assourdissaient la lointaine rumeur que de manière inégale, avec des percées qui, le temps du regard, permettaient parfois d'apercevoir l'extrémité d'une rue, la façade en proue, ici, d'une église. Et puis la lumière vert pâle des réverbères ponctua cet espace indéfini de repères fragiles et incertains. C'est alors que j'ai commencé à distinguer d'autres silhouettes, des visages surtout, qui allaient et venaient, de loin, de près, dans cette soirée d'entre chien et loup où, après le grondement du tonnerre qui avait pollué un silence dix fois centenaire, tout Ferrare était redevenue la ville de son passé. Des hommes portaient de hauts chapeaux mous, comme Bruno Lattes ou comme moi, dans le reflet du miroir du matin, chez le chapelier devant la cathédrale. Les femmes, plus loin, avaient les cheveux blonds, on le devinait plus qu'on ne le voyait, et des coiffures en hauteur. Ma mère, sur les vieilles photographies que j'ai retrouvées voilà peu dans l'armoire de sa chambre, portait les cheveux ainsi pendant la guerre. Elles avaient sou-

vent des foulards noués sous le menton, quand bien même je ne faisais, de très loin, que les apercevoir. Et leur pas sonnait drôlement sur les pavés ronds, c'étaient les chaussures à grosses semelles de bois des années de guerre pieusement conservées dans la même armoire de la chambre de ma mère.

Qu'on ne se méprenne pas : je les distinguais à peine, ces passants qui surgissaient, flottaient mollement autour de moi, pour « croiser », si j'ose dire, à la manière de nefs vaguement familières mais bientôt disparaître dans un océan qui était à la fois l'espace et le temps de même que, je le devinais peu à peu, la mémoire de la ville où il me semblait inéluctablement revenu. Ainsi, Bruno Lattes et ses amis étudiants, jeunes joueurs de tennis, son père qui serait du même voyage que la jeune fille qu'ils avaient tous aimée passaient, hors de portée, mais je les reconnaissais : ceux-là étaient, sans conteste, des miens. Et c'était ce miracle d'avant la nuit et d'après le soir : ces personnages épars sur mon chemin, si peu nombreux, à peine un passant parfois, mais qui revenaient, surgissaient ici ou là à intervalles irréguliers, me frôlant ou lointains, à la dérive, pouvaient être un moment de parfaits inconnus et, l'instant d'après, se révéler les acteurs familiers d'une scène très ancienne qui avait eu pour théâtre cette ville telle que je croyais, à présent, la connaître depuis toujours. Bruno Lattes, donc, ou le docteur Fadigati, le malheureux médecin homosexuel,

héros des *Lunettes d'or*, du même Bassani, et qui osait enfin ne plus frôler les murs...

Tous venaient vers moi ou s'éloignaient, via Belloria ou sur la petite via Ocabaletta qui s'arrêtait net à buter sur un mur, et je ne savais plus si leur passé n'était pas en train, lentement, de devenir le mien. Quand je suis parvenu à un vaste espace ouvert entre les palais, une sorte de cuvette rectangulaire, des arbres, mes fantasmes sont devenus plus monstrueux. Je devinais que la peur montait en moi. C'était là qu'ils avaient choisi de converger, la belle piazza Ariostea que je n'avais pas tout de suite reconnue, les premières arcades de la via Palestro et la haute façade un peu délabrée du palais Massari. Je m'arrêtai un moment, ils se figèrent, à distance de moi, je les avais surpris. Puis sans doute se concertèrent-ils d'un regard, un signe, comme des oiseaux, des bêtes sauvages surpris par l'étranger et qui, la première inquiétude passée, reprenaient leurs habitudes. Ils repartirent ainsi dans leur déambulation incertaine. Pendant un moment, j'eus même l'impression qu'au lieu de continuer à marcher sans but précis, ils avaient amorcé autour de moi, gardant pourtant leurs distances, une espèce de ronde, une promenade giratoire inégale, trouée de vide, d'espaces nus ou simplement de brumes. La carrure chaleureuse, complice, de Bruno Lattes, qui s'éloignait quand même. Et le sourire, une dernière fois, de la jeune fille blonde qui ressemblait à la petite Laure, sa tenue de tennis qui ne pouvait plus me surprendre malgré l'humidité tom-

bée avec le soir : un sourire qui voulait dire – et c'était peut-être déjà Laure, ma petite voisine... – que rien n'était encore fini. La silhouette de la jeune fille est demeurée figée quelques secondes, suspendue dans le brouillard où, lentement (mais c'était un voile qu'on tirait), elle s'est fondue. J'étais seul au milieu de la piazza Ariostea déserte. Il était à peu près l'heure de gagner l'exposition dont les portes n'allaient pas tarder à ouvrir. Alors, sans raison, une espèce de panique m'a saisi, je pensais à mon tableau, à Mathilde que j'avais à nouveau si bien oubliée le temps de cette tumultueuse et étrange après-midi.

Le palais des Diamants n'était qu'à quelques centaines de mètres de la haute grille de fer forgé devant laquelle je m'étais arrêté. Celle-ci était fermée, cadenassée. A travers les barreaux, on distinguait une cour où des arbustes, un gros hêtre, plus loin des saules, poussaient à l'abandon. Toutes les fenêtres du palais qui donnaient sur cet espace lugubre étaient sombres. Une seule, en haut de l'aile en retour par-dessus des arbustes, était violemment éclairée. L'angoisse qui m'étreignait m'avait laissé là un instant, haletant, comme accroché aux barreaux de fer. Je regardais vers la fenêtre quand celle-ci s'est brusquement ouverte et une silhouette de femme s'est découpée dans le rectangle de lumière. La femme criait. L'instant d'avant et la fenêtre close, tout était silence, mais il a suffi que

la femme en ouvrît violemment les deux battants pour que sa voix me parvienne avec une incroyable acuité. Ses mots étaient presque ceux de la femme du bar, la veille, près du château. Elle suppliait de même un homme que, cette fois, je ne voyais pas : « Tu m'as toujours traitée par le mépris, Pietro, toujours... » Je voyais que la femme regardait le vide au-dessous d'elle : « Mais je ne suis pas seulement une putain, Pietro, tu le sais bien... » La voix était aiguë, haut perchée. « Je t'en supplie, Pietro... », continuait-elle. Elle se penchait encore davantage, on aurait dit qu'elle inspectait la cour et, à l'impression première que j'avais eue que la femme s'adressait à un interlocuteur muet, dans la pièce et qu'on ne voyait pas, se substituait celle d'un homme dissimulé quelque part dans la cour, près de moi qui sait, puisque c'est vers le porche du palais et vers la grille à laquelle j'étais agrippé que l'inconnue semblait tournée. « Sors de là, finit-elle par crier : sors de là, ou je fais un malheur ! » Je retenais mon souffle. Il m'a semblé, alors, devant moi, dans la pénombre humide de la cour à l'abandon, entendre un bruisse-ment, un pas, qui s'éloignait des arbres pour se rap-procher de la grille. La femme a encore crié : « Oh ! Pietro, tu ne changeras donc jamais ? » L'ai-je quittée des yeux pour suivre à la trace ce Pietro qui était peut-être près de moi ? La voix s'était tue. Lorsque j'ai relevé la tête vers la fenêtre, celle-ci était à nouveau refermée, noire, je n'aurais d'ailleurs pas su la recon-naître parmi les quinze ou vingt fenêtres de cette

210

grande aile du palais autour d'une cour nue. Je me suis hâté vers le corso Ercole Ier.

Et, tout de suite, j'ai deviné la foule... Elle était différente de celle qui coulait une heure auparavant à travers les rues du centre-ville. Cette fois, obstruant entièrement le corso à la hauteur du palais des Diamants, c'était une masse floue, silencieuse, d'où, vu de loin, rien ne se détachait de la grisaille cotonneuse. J'imaginai que c'étaient les invités au vernissage qui attendaient l'ouverture et je ne me trompais pas. Pas vraiment. La petite foule tassée au milieu du corso était quand même plus importante que celle qu'on aurait pu attendre des invités d'un vernissage et, à mesure que je m'en approchais, on aurait dit qu'elle se soudait davantage, tous les visages tournés vers la porte du palais pourtant ouverte. Et, surtout, cet énorme essaim qui barrait la route était étonnamment silencieux. Ou, s'il s'en échappait un bruit, c'était une rumeur sourde, une masse d'hommes et de femmes agglutinés les uns aux autres qui bourdonnerait comme un chœur chanté à bouche fermée. J'ai dit grisaille : tous et toutes étaient gris. Au noir brillant, violent, de la foule agressive des jeunes gens de l'après-midi, durs et impurs, avait succédé une masse humaine sans âge où les visages mêmes auraient pu être si nus que les traits s'en seraient effacés. Tous et toutes avaient le faciès ovoïde et indistinct du personnage terrible qui hurle sa terreur dans *Le Cri*, le tableau de

Munch. Mais aucun, ici, ne criait. Ils attendaient. Et aucune terreur ne régnait parmi eux.

Le temps, une fois de plus, s'étirait. Entre le moment où je devinai la masse confuse de cette foule au milieu du corso Ercole Ier et celui où je distinguai enfin un visage, très peu de minutes s'écoulèrent et, l'instant d'après, j'avais déjà rejoint le groupe des invités à qui l'on interdisait de pénétrer à l'intérieur du palais. De brèves remarques fusaient, qu'on entend dans ces occasions-là : « Ce n'est pas possible... », « Ils exagèrent ! » Les visages nus s'animaient. Ils étaient tous des hommes et des femmes entre deux âges ou plus vieux, souvent. Je reconnus d'ailleurs vite un premier visage, le Français de la veille, celui du restaurant et le mari de Sandrine. Il n'était plus déguisé en touriste mais portait, au contraire, un costume sombre, une chemise blanche. La chevelure de Sandrine émergeait plus loin, comme si un mouvement de la foule les avait séparés. Un vieux monsieur lançait près d'elle, d'une voix forte : « C'est indigne ! C'est indigne ! » Et je devinais qu'on l'approuvait. Mais lorsque j'interrogeai autour de moi (je m'étais agglutiné à mon tour à la foule) pour savoir ce qui se passait, personne ne me répondit, tant chacun paraissait avide de suivre ce qui devait se dérouler au-delà de la porte et dont on ne devinait rien.

Comme on s'habitue à une demi-obscurité, de même, je reconnaissais à présent – autant de déclics soudains d'un appareil photo qui enregistre l'un après

l'autre des visages... – d'autres visages dans cette file
d'attente écrasée en plein milieu de la plus large et de
la plus belle rue de la ville. J'aperçus d'abord la face
méchante et épanouie de Madame Irma, dont je
n'avais même pas compris, la veille, qu'elle se rendait
comme moi à Ferrare. Elle portait un chapeau ridicule,
agressif. Plus loin, je reconnus de même la Marocaine
de l'aéroport et aussi, me sembla-t-il, la petite Valérie
que j'avais invitée, comme ça, à me rejoindre, mais
qui n'avait pas eu le temps d'en entendre plus. On
aurait pourtant bien dit ma petite voisine de l'avion
de Bologne, sa grosse chevelure blonde frisottée.
Comme les autres, impatiente et silencieuse, elle attendait. Surtout, ces instantanés qui se succédaient, ces
gros plans sur des visages repérés devant moi dans la
foule m'amenèrent en quelques secondes de plus
étranges surprises. La jeune femme qui détournait
brusquement un regard vide vers moi, sans me voir,
c'était la petite Isabelle d'Amérique, quand j'avais
vingt ans. Et Mathilde elle-même, la vraie Mathilde
de vingt ans, était là elle aussi, plus près que les autres
de la grande porte ouverte. Et Charles, qui était mort ;
et Anita, et Hélène elle-même, Hélène qui m'avait
quitté à Ferrare et qui était morte. Je rêvais, bien sûr,
ce n'étaient que des mirages surgis d'une foule uniforme massée dans le soir devant une porte qu'elle ne
pouvait franchir. Et pourtant j'avais reconnu, en chair
et en os, Mathilde, Charles, Hélène... Léonard Weill,
même, dont je pus croire, tant il regardait au-dessus

213

de mon épaule, que c'était à dessein qu'il refusait de me voir... Et la deuxième femme de Jerzy, l'Italienne d'Alexandrie : j'avais couché avec elle dans l'appartement du peintre, un soir qu'il était en voyage et que sa jeune épouse, rencontrée par hasard à la Closerie, avait voulu me montrer les dessins qu'il avait faits d'elle. J'étais monté par le grand escalier de faux marbre de l'hôtel particulier payé à leur illustrissime gendre par ses beaux-parents d'alors et, déjà, j'avais senti son odeur. C'est elle qui avait balayé d'un geste désinvolte la douzaine de dessins pour lesquels des collectionneurs du monde entier se seraient disputés pour rendre nette la table de marbre sur laquelle je l'avais troussée. Elle haletait, traitait son vieux mari de *fake* (nous ne nous parlions qu'en anglais), d'impuissant et de *fake* encore, ce qui, dans sa bouche, voulait surtout dire truqueur. Lorsque nous nous étions relevés, moi tout de même un peu honteux, elle s'était moquée de moi : quoi ? J'avais baisé la femme d'un des peintres les plus célèbres de son temps ? Et alors ? Lui-même ne s'était pas gêné pour coucher avec Hélène ! La voix de cette femme, mal rhabillée, cette nuit-là : un cri de rage et de vengeance. J'avais fait comme si je n'avais rien entendu, j'ai dû rire bêtement, je m'aimais déjà si peu, alors. C'était il y a plus de vingt ans. Je n'avais jamais revu la deuxième femme de Jerzy jusqu'à cet instant : au beau milieu de la foule grise et silencieuse qui ne me voyait pas, elle seule m'a adressé un regard. Avec l'un de ces clins d'œil ironiques, appuyés, qui

voulaient dire : et ce n'est pas fini, mon vieux ! Tu ne perds rien pour attendre ! Mais le visage de Léonard Weill m'apparaissait à nouveau, à dix mètres peut-être de là où je l'avais d'abord aperçu, et il me fixait, indifférent. Dix Léonard Weill, également vieux et les traits haves, paraissaient d'ailleurs disséminés de la sorte dans la foule. Puis, brusquement, des sirènes de police ont déchiré cette grisaille molle. Trois voitures, deux paniers à salade, ont failli foncer dans la masse humaine qui s'est ouverte devant eux comme une vague lourde et la suite s'est déroulée très vite. On a extrait du palais un groupe d'hommes tassés les uns contre les autres, qu'on a projetés à l'intérieur des véhicules, le choc des corps sur le plancher métallique, quatre garçons en noir qu'on a tirés aussi, des éclats de voix, l'un d'eux riant à belles dents, c'était toujours le voyou de l'aéroport, les cinq véhicules étaient déjà repartis. J'étais l'un des premiers dans les salles, pour m'assurer que Mathilde n'avait souffert de rien.

On m'a expliqué, plus tard. Un groupe d'ouvriers agricoles était venu manifester devant ces richards qui allaient se goberger de peintures de bon goût et de tableaux vaguement obscènes. Ils s'étaient barricadés à l'intérieur de l'exposition, rejoints par une poignée de casseurs montés des banlieues voisines, toujours prêts à profiter d'un mauvais coup possible. Les manifestants n'avaient touché à rien, l'un des loubards en

blouson noir avait fait mine de lacérer (il s'en était tenu là...) un grand portrait de Blanca, la *Blanca aux seins nus* qui appartenait à Jerzy. Il y avait eu plus de peur que de mal, Michaela avait gardé son sang-froid, elle avait écouté les paysans et tenu tête aux voyous. D'ailleurs, c'étaient deux ouvriers agricoles qui s'étaient chargés d'empêcher de nuire le motard de l'aéroport, celui qui riait si fort, quand les flics l'embarquaient. Ce qui n'avait pas empêché la police d'emmener aussi les manifestants. Je les voyais si bien, ces hommes silencieux, venus de la plaine du Pô qui pataugeaient dans des rizières grises au lendemain de la guerre. Leur meneur s'appelait Soldati, il avait passé deux ans à la prison de Reggio. On le disait capable d'assommer un bœuf d'un coup de poing, il avait arraché le couteau des mains du garçon au crâne rasé qui avait failli éventrer *Blanca*. Toute retournée, maintenant, l'émotion qui vous vient après coup, Michaela De Chiari racontait et racontait encore la scène aux deux Japonais arrivés par le même avion que moi. M. Yoshima l'écoutait en roulant des yeux ronds. Que des choses semblables arrivent dans une ville comme Ferrare, si policée, à la si noble tradition de goût et de délicatesse, il n'en revenait pas. Il n'était cependant pas plus surpris que moi, face à Mathilde. Face aux deux portraits de Mathilde, devrais-je dire.

Rien ne m'avait, en effet, préparé à voir pour la première fois, côte à côte, les deux versions de *Mathilde aux bras levés*, la mienne et celle qu'avait conservée

Mathilde elle-même, jalousement gardée par son Giorgio Claremont de mari qui, lui, avait pourtant bel et bien refusé, croyais-je, de la prêter à Michaela. Néanmoins, elle était là : la mienne à gauche du grand pan de mur, là où, précisément, je l'avais vue le matin même ; et la *Mathilde* de lord Claremont sur la partie droite du panneau, nue le matin, et qui, je l'avais fait remarquer à Michaela, donnait par cela même un tout autre équilibre à ma toile. Debout au milieu de la salle je ne voyais plus qu'elle : elles. Trop décontenancé encore pour me poser la moindre question, je contemplais les deux tableaux, sans un regard pour les autres invités qui, de plus en plus nombreux (la foule grise amassée au milieu du corso avait repris ses couleurs), me frôlaient, me bousculaient. Une femme s'arrêta à mes côtés, me tendit la main, je ne la vis pas. Figé devant les deux *Mathilde*, je demeurais littéralement bouche bée.

Après quelques minutes, un curieux malaise commença à m'envahir. D'abord, ce ne fut rien. Un simple pincement de cœur, peut-être, alors que mon regard glissait d'une toile à l'autre, de la mienne à celle de Claremont. Je ne comprenais pas. Parfois, devant un animal vivant, un chat souvent, j'ai ressenti cette espèce d'émotion indéfinissable, une sorte d'alerte que je n'ai jamais pu mieux identifier, un signal venu de l'animal en face de moi comme du plus profond de moi, un frisson, un malaise... C'était cela, ce soir, et ce n'était pas cela. Peut-être devinais-je seulement les

imperceptibles différences qui existaient entre les deux tableaux. Lorsque j'avais interrogé Jerzy à ce sujet, il m'avait répondu qu'il lui était désormais impossible de me dire laquelle des deux toiles avait été peinte la première. Il avait travaillé simultanément sur les deux, m'avait-il répété, passant de l'une à l'autre. Mais il y en avait bien une, pourtant, que... Il souriait, un peu hautain, ironique, de cet air qu'il a d'être le seul à savoir certaines choses, pour secouer la tête : non, vraiment... Et devant les deux versions, les deux visions de la même Mathilde de quinze ans que j'avais, dix ans plus tard, tenue dans mes bras, je faisais comme Jerzy lui-même, je passais de l'une à l'autre. Un détail, ici, de la mienne, que je n'avais pas remarqué (ou que j'avais oublié...) ; et si Michaela avait intentionnellement confondu les deux tableaux, apparemment identiques où je découvrais, subitement, dix, vingt différences ? La couleur de la petite mule grise qui se balance au bout du pied gauche de la jeune fille... Le reflet avorté dans le miroir oblique... Le pli du rideau dans la main de la naine (ou du nain) : autant de questions que je me posais mais que d'autres, autrement plus pessimistes, balayaient soudain. Ainsi le sexe si bien dessiné de Mathilde, entre les longs pans de la jupe ouverte, ces petites lèvres closes dont on devinait la redoutable, la désespérante sécheresse qui faisait d'elle une déesse de Tanagra impassible jusque dans le don fasciné qu'elle s'exigeait d'elle, ce coquillage très fin qui – elle avait juste un peu plus de quatorze

ans... – tenait dans la paume de la main (m'avait dit Jerzy, qui affichait un détachement d'entomologiste face à un joli coléoptère, voilà tout) : pourquoi le sexe nu, sans l'ombre d'un duvet, de la Mathilde de droite ne me fascinait-il pas comme celui de la mienne, à gauche du panneau ? Si ma toile était toujours à gauche... De même, le renflement minuscule du sein gauche de ma jeune fiancée, à peine dissimulé, lui, sous cette espèce de boléro qu'elle portait sur le buste et que ses bras levés soulevaient, était, rue de Varenne, comme pétri d'attentes ; à droite du grand mur blanc, je n'en devinais rien.

A la manière d'une immense bouffée de souvenirs, c'était tout ce que j'avais vécu ainsi face à Mathilde sur le canapé de cuir de la rue de Varenne qui me revenait à la mémoire, ces grands moments de veille et de silence intérieurs au milieu d'une vie dont jamais je ne m'étais aussi bien rendu compte que dans ce palais de Ferrare combien elle n'avait été composée que de brouhahas inutiles : c'était seulement devant Mathilde que je trouvais un peu de repos quand la présence d'Olivia, pourtant si loin de moi, me pesait encore trop. Quelquefois, sous le regard de Mathilde, je me disais que j'aurais un jour, sûrement un jour, le courage de claquer la porte, quitte, pourquoi pas ? à vivre seul dans une chambre d'étudiant, seul avec Mathilde pour tout recommencer. Mon âge et le fait que la jeune femme fût un morceau de toile peinte ne changeaient rien à l'affaire. Me revenaient aussi des

mots de Léonard Weill, de plus en plus présent, omni-présent en moi depuis la cérémonie de l'avant-veille, qui me battaient les tempes, comme une fièvre, il me parlait du seul amour qui emportait tous les autres et qui, face à Dieu, nous accordait notre part d'éternité. Et quand bien même, lors de la seule visite qu'il m'avait rendue rue de Varenne, Léonard s'était plus intéressé à l'*Eva Prima Pandora* de l'école de Fontai-nebleau qui déployait ses grâces (autrement plus lan-goureuses que celles, finalement austères, de Mathilde) au milieu du salon, c'étaient ces quelques vers cités ce jour-là par mon ami qui jouaient en moi leur musique insidieuse :

Bourreau plein de remords, je ferai sept Couteaux
Bien affilés, et, comme un jongleur insensible,
Prenant le plus profond de ton amour pour cible,
Je les planterai tous dans ton Cœur pantelant,
Dans ton Cœur sanglotant, dans ton Cœur ruisselant !

Baudelaire, bien sûr, qui agitait en moi, aux heures les plus sombres, ces sursauts de révolte. « Sept cou-teaux dans le cœur de celle-ci, de celle-là : toi, mon vieux, tu tueras tour à tour toutes celles que tu pré-tendras aimer mais, au bout du compte, tu t'en sortiras toujours », m'avait lancé mon ami en épilogue à la citation qu'il m'avait débitée avec une férocité nar-quoise : le rire de Léonard devenait alors une quinte de toux blasphématoire.

Seul à Paris devant mon tableau ; seul, ici aussi, dans la cohue mondaine d'un vernissage de province – l'épouse du *sindaco* et celle du *questore*, l'évêque de la ville qui, je l'imagine, se voilait la face : seul devant cette femme en qui (on aurait dit que je le comprenais mieux, à présent) j'avais placé ce que j'avais de meilleur – ou de pire. De pire, oui, car j'avais trop voulu oublier le visage ricanant de Jerzy, quand il avait appris que j'avais acheté sa toile : « Eh bien, faute de vraie femme à la maison, il aura toujours une Mathilde, pour se branler devant elle ! » C'était une bonne âme seulement de passage dans ma vie qui m'avait rapporté ses propos et je n'étais pas à Drago pour l'entendre, ce ricanement, mais je l'avais si bien imaginé qu'il m'avait hanté longtemps avant que je parvinsse à le chasser de mes pensées : seul ce soir-là, au palais des Diamants, le rire de mon ami me déchirait à nouveau et je ne m'en haïssais que davantage des débordements que la toile devant le canapé de cuir avait pu provoquer en moi. Il fallait toute la puissance du demi-sourire, si cruellement enfantin cependant, de la jeune femme peinte, pour me rassurer : eh quoi ? ce n'était ni ma faute ni la sienne, nous étions condamnés à ces face-à-face amoureux. D'ailleurs, comme tant de femmes après l'amour, Mathilde ne savait-elle pas ensuite me donner l'envie de tout recommencer, revenir aux poèmes de ma jeunesse, à ces quelques lignes noires sur du papier blanc qui en auraient dit (m'assurait Mathilde) autant que tous les barbouillages d'un Jerzy

aujourd'hui épuisé et malade qui jouait certes encore, mais seulement pour les magazines en couleur et sur papier glacé, son rôle de grand seigneur de la peinture, hiératique et hautain, mais n'était plus (du moins voulais-je le croire) qu'un pantin hors d'usage, un Don Quichotte en costume de cour dont les hardis moulinets du pinceau étaient depuis longtemps retombés.

C'était pourtant lui qui avait peint ce corps incomparable devant lequel, comme chez moi à Paris, j'étais peu à peu frappé, debout et figé, d'une sorte de catalepsie. C'était lui qui avait imaginé la nudité de ce sexe, qu'aucune ombre ne polluait et qui, au milieu de cette bourgeoisie peinturlurée d'une petite ville du nord de l'Italie en quête d'un zeste de la belle émotion qui animait jadis ses ancêtres, faisait monter en moi le désir que je connaissais si bien. Seule la petite Laure, rue de Varenne, si près, si loin sur le même palier, aurait pu m'apporter des émotions que j'aurais voulues désespérément *autres*, *différentes* (et je n'aime pas appuyer ainsi sur les mots, mais ce qui est ici en jeu, c'est cette fantastique différence entre ce que, pendant des décennies, m'ont offert toutes les Mathilde du monde, et ce que le regard par moments affolé, si bleu, si blond, de la petite Laure ne pourra jamais me promettre) ; mais ma jeune voisine appartient, je crois, à une sphère à laquelle je ne saurai jamais atteindre. Élue sans le savoir, elle ressemble trop à la jeune fille blonde en tenue de tennis debout devant le portail entrouvert du grand jardin sur le corso Ercole Ier : « Entrez, entrez,

vous êtes les bienvenus ! » ; combien d'entre nous ont pu s'avancer dans ses allées ombragées – et combien, surtout, en sont revenus ? Aussi, sachant qu'il me faudrait toute ma vie faire avec les moyens du bord, était-ce au corps ambigu et vénéneux de Mathilde de quinze ans que j'avais dévoué tant d'heures. Et c'était ce corps aux contours trop rudes qui, écrin inégal d'un sexe enfantin jusqu'aux larmes (qu'il ne pouvait verser), devenait plus que jamais ici l'unique objet possible de toutes mes attentions. Que j'aie pu l'oublier comme je l'avais fait depuis mon arrivée la veille au soir pour suivre d'autres fantômes, m'apparaissait aberrant, impossible. D'ailleurs, que mon regard glissât vers l'autre Mathilde, celle de droite, et je me rendais compte avec une incroyable évidence, à présent, que la mienne, ma *Mathilde aux bras levés* était unique. Même si les différences que j'avais pu un moment percevoir (ou croire percevoir) entre les deux toiles s'étaient rapidement estompées, l'une (la mienne) était pétrie de souvenirs, d'échos « corrompus, riches et triomphants » qui étaient, oui, de toute éternité, depuis vingt ans pour moi, ces « transports de l'esprit et des sens » qu'évoqua un jour Baudelaire, toujours lui. Il y avait l'original et la pâle copie que le critique ou le marchand, le spécialiste de l'œuvre de Jerzy, Jerzy lui-même (figé, aujourd'hui, dans son armure roide), ne saurait deviner mais qui, à moi, apparaissait dans l'instant. Le reste n'était qu'un simple paragraphe de l'histoire de la peinture.

223

J'ai sursauté. Michaela De Chiari se tenait devant moi. Beaucoup de visiteurs devaient déjà être repartis, quelques prêteurs, les deux Japonais, des gens que j'avais croisés à Paris ou ailleurs continuaient à aller et venir à travers les salles. « Vous devez être surpris, n'est-ce pas ? » La jeune femme me montrait l'autre tableau, peut-être un peu plus éclairé que le mien pour lequel j'avais fait régler l'intensité de l'éclairage avec le même soin maladif que je mets à veiller, chez moi, aux menus besoins de ma Mathilde à moi. J'ai tout de suite remarqué que la fille de Michele De Chiari était embarrassée. Elle craignait mon mécontentement : après tout, elle aurait pu avoir la délicatesse de me prévenir que la toile de mon vieil ennemi Giorgio Claremont ferait aussi partie de sa rétrospective. Mais Michaela a secoué la tête : justement, non, la « version anglaise » de *Mathilde aux bras levés* n'appartenait plus au mari de Michaela ! Jerzy la lui avait rachetée, très cher, paraît-il. « Il est devenu maniaque, ces derniers mois, vous le savez peut-être : il essaie de racheter tout ce qu'il peut de ses œuvres anciennes », m'expliqua encore Michaela. D'ailleurs voilà, précisément : elle était chargée « par Jerzy lui-même », de me dire que M. Yoshima serait trop heureux de servir d'intermédiaire si j'acceptais de me défaire du tableau à un prix qu'Olivia avait jugé plus que raisonnable.

Que ces informations me soient ainsi assénées au

milieu de l'une des plus grandes expositions qu'on ait consacrées au prince Jaeger de Jerzy (c'était ainsi que son nom figurait sur le catalogue et sur les invitations) était d'un goût détestable. Mon mécontentement était d'autant plus grand que mes douleurs de gorge avaient repris, très fort à présent, et que j'éprouvais une vraie difficulté à parler. Et puis il y avait les deux Yoshima qui tournaient déjà autour de nous, comme attirés par la chair fraîche de ma Mathilde. « Mais il y a autre chose... », poursuivit Michaela. Cette fois, elle détourna le regard, vraiment gênée. « Voilà, Jerzy lui-même aurait affirmé que... » Cela faisait plusieurs fois que la fille du vieux poète déshonoré usait de la formule « Jerzy lui-même » pour étayer une argumentation détestable. Car c'était détestable ce qu'elle affirmait, du bout des lèvres, entourés que nous étions d'invités, de prêteurs, de conservateurs des musées de la ville : « Voilà, Jerzy lui-même... » En un mot comme en cent, l'artiste aurait (aurait peut-être ! Michaela utilisa toutes les précautions oratoires possibles) contesté l'authenticité de ma version de Mathilde, qui pourrait n'être qu'une copie réalisée par les soins de mon ami Claudius, de qui je la tenais, et qui aurait déjà vendu l'original, sans en prévenir qui que ce soit, à un marchand japonais. Les deux Yoshima aux aguets près de nous, toujours aussi souriants, béats, approuvaient du regard, d'un hochement silencieux de la tête. Michaela avait beau s'emberlificoter dans de nouvelles hésitations, d'autres précautions (« Après tout, tant qu'on

225

n'avait pas retrouvé la trace du vrai tableau... »), elle osait tout de même évoquer devant moi le « vrai tableau » ! Je sentais la fureur bouillonner en moi (la jeune femme ne précisa-t-elle pas que c'était justement à cause de cela que la carte postale qui m'avait déplu représentait en réalité la Mathilde « anglaise », Jerzy ayant refusé qu'on reproduisît la mienne : je comprenais au moins mon désappointement devant le petit rectangle de bristol !) mais, au moment où j'allais répondre vertement à celle qui avait osé s'autoproclamer commissaire de l'exposition, mon regard croisa celui de Mathilde, telle que je l'avais si souvent contemplée rue de Varenne. Elle me souriait, de côté, et devait hausser les épaules : que je la regarde encore, une fois, une seule ! Que je lui fasse confiance, que diable ! Est-ce qu'elle pourrait jamais me tromper, moi à qui elle avait déjà tant donné ? Aussi éclatai-je de rire ! Tout cela n'était réellement pas sérieux. Et, si mon tableau était faux, pourquoi, diantre, Jerzy et sa clique (car je ne doutais pas que Suzan, la troisième épouse, l'Américaine, ne fût l'âme du complot) auraient-ils jugé utile de me proposer une somme qu'Olivia elle-même, dure en affaires et rapiat, il faut le dire, estimait fort convenable ? Michaela voulut bien reconnaître que c'était pour le moins paradoxal, mais mon mal de gorge devait me contraindre, pour le moment, à me taire. La tension qui régnait dans la salle retomba brusquement. Avec un sourire navré, M. Yoshima (comment l'avait-il deviné ?) me tendit

une boîte de pastilles pour la gorge, « au goût japonais », me prévint-il ; la pastille était immonde mais elle m'apaisa un peu. Ma seule fureur demeurait dirigée envers Olivia : de quel droit ma femme (mais Madame Irma ne m'en avait-elle pas prévenu ?) avait-elle pu donner l'impression de s'engager dans la négociation et la vente de mon tableau ? Un dîner était prévu pour vingt et une heures, dans un restaurant à l'autre bout de la ville, du côté du palais Schifanoia, la pastille offerte par M. Yoshima avait vraiment trop mauvais goût, je la recrachai et décidai de repasser d'abord à mon hôtel. Je crois que j'avais déjà de la fièvre, j'avais besoin d'aspirine, d'un peu de repos et d'un gargarisme avant de rejoindre les autres invités. Lorsque je les quittai, je les vis se réunir tous autour de Michaela, gesticulant et se retournant pour vérifier que je m'éloignais. Une voix de femme s'exclamait seulement : « *Poverino !* », on parlait de moi mais Mathilde, au-dessus de ces requins, veillait au grain.

Je ne suis ressorti qu'un peu après neuf heures. Ma gorge n'allait pas mieux. J'éprouvais de plus en plus de difficultés à avaler, ne fût-ce qu'une gorgée d'eau. Me regardant dans une glace, j'avais trouvé le bas de mon visage gonflé, les élancements me remontaient jusqu'aux oreilles. En outre, le concierge m'avait remis une nouvelle carte de l'*avvocato* Alfieri qui était repassé me voir en fin d'après-midi. Je commençais à me dou-

ter que cette visite avait à voir avec les « révélations » de Michaela. Mais l'insistance de cet inconnu m'agaçait : après tout, s'il voulait tant me rencontrer, il aurait dû savoir que j'étais à l'exposition !

Il m'a fallu une bonne dizaine de minutes pour gagner l'*osteria* où avait lieu le dîner de vernissage. Le brouillard avait achevé de tomber, toutes les rues de cette partie de la ville, entre le corso Ercole Ier et celui della Giovecca, étaient enveloppées d'une admirable chape de brume qui donnait aux contours des palais, à l'angle de chaque rue, un aspect plus vaporeux que jamais, incertain. C'était le silence, aussi. Jusqu'à mes pas sur le pavé qui en étaient amortis. Lorsque j'ai poussé la porte du restaurant, le vacarme, au contraire, m'a frappé au visage. Avec la chaleur qui régnait déjà là, la fumée, d'épouvantables buées grasses qui mêlaient les rires et les odeurs de vinasse et de jus de viande, c'est une vieille odeur trop connue de ripaille épaisse et provinciale qui me saisissait. Et l'on riait encore plus fort. Impassible, une hôtesse en tailleur gris, joli d'ailleurs, a voulu me débarrasser de l'écharpe dont j'avais pris soin de me munir avant de quitter l'hôtel, j'ai vu son regard exaspéré lorsque j'ai refusé. Je me suis ensuite avancé.

La première salle du restaurant était remplie de dîneurs, disséminés à des tables de deux ou trois, quatre personnes. On ne me prêta aucune attention. C'était en revanche une table tout en longueur, au fond de la pièce et devant une large baie vitrée, basse,

qui occupait toute l'arrière-salle du restaurant. Là étaient réunis les invités de Michaela De Chiari et des organisateurs de l'exposition. On parlait haut, des rires fusaient, il se fit un grand silence lorsqu'on remarqua mon arrivée. J'étais en retard, tout le monde était à table, le silence ne fut pas immédiat. Deux dîneurs, au moins, qui tournaient le dos à la salle et ne m'avaient pas vu entrer, continuaient à parler. J'entendis mon nom. Quelqu'un, Michaela, qui leur faisait face au centre de la table ? dut leur adresser un signe de se taire. Je ne savais subitement que dire. Étais-je vraiment attendu ? Aucune place n'était libre autour de la table, et j'eus quelques secondes d'hésitation. Le silence se prolongeait. Il se rompit brusquement, un serveur arrivait avec une chaise, un autre avec une assiette, des couverts, on me faisait place au milieu des convives, en face de Michaela dont le visage exprimait un fort mécontentement. Mais, des deux côtés de la longue nappe à carreaux, je reconnaissais des visages, les deux Duval, les deux Hahn, le jeune Baudin qui présidait aux destinées de l'auguste galerie Baudin dont j'avais dû dix fois me défendre des assauts à l'endroit, précisément, de mon Jerzy, au temps où c'était un oncle du garçon qui dirigeait l'affaire. Car c'était là le plus remarquable dans ce dîner dont, en un coup d'œil, je devinais l'intérêt de la moitié des invités : tous marchands de tableaux, ils avaient tous succédé à un père ou à un oncle. Claude et Vénus Hahn avaient remplacé Daniel Hahn à la tête de la

galerie de la rue La Boétie, comme Prune Duval, la femme d'Antoine qui levait son verre vers moi, en guise de salut, était la fille de Vivecca Langford, qui avait créé la galerie qui portait son nom, avenue de Messine. Seule Nelly Barbatane semblait demeurée elle-même, petite, posée, un visage de musaraigne qui souriait sans cesse : il me fallut attendre qu'elle me parlât pour me rendre compte que, Nelly pour Nelly, cette Barbatane-là était tout de même la fille de la Nelly Barbatane que j'avais connue (un soir d'égarement, j'avais failli coucher avec elle) mais, comme le prénom était aussi fameux sur le marché de l'art que le patronyme de la grande collectionneuse devenue marchande dans les années soixante, la fille avait repris, passez muscade, le prénom de la maman et, vogue la galère, elle ne s'était pas trop mal tirée des tourments qu'elle avait, comme tant d'autres, affrontés les années passées.

Ainsi, c'était parmi les fils ou les neveux de ceux et celles qui, tant d'années, avaient été mes interlocuteurs de tous les jours, des enfants que j'avais connus boutonneux puis vaguement étudiants, traînant la patte comme tant de gosses de riches, que j'étais donc tombé. Ils m'avaient fait de la place, avaient entendu parler de mon arrivée à Ferrare, me regardaient un peu comme une bête curieuse. On se chuchotait des paroles que je n'entendais pas. A intervalles réguliers, comme Antoine Duval, mais un peu plus haut, M. Yoshima avait levé son verre à mon intention.

Assise à ma droite, Prune Duval (quel nom ! on raconte que Vivecca l'avait conçue à l'ombre d'un prunier avec un artiste qu'elle avait, dit-on encore, « tué sous elle » !) n'y alla pas, elle, par quatre chemins, pour demander si c'était vrai que le triptyque de Bacon que j'avais vendu pour acquérir un Jerzy était lui aussi un faux. Et allez donc ! Elle n'avait même pas bu, elle avait entendu quelqu'un raconter que quelqu'un avait dit que quelqu'un... N'avais-je pas été inquiété lors de l'affaire de la succession de N. ? On me pardonnera de ne pas citer ici le nom du peintre médiocre dont l'héritage donna lieu à un combat de veuves acharné : je n'avais jamais possédé ni touché de près ou de loin à une toile de N. Je crus amusant de demander en retour si les ennuis de Dennis Langford, le frère de sa mère, marchand à Duke Street, Saint James, avaient connu une fin moins sinistre que le laissait entendre la profession, elle me foudroya du regard : son oncle vivait à New York, il s'était reconverti dans l'art conceptuel (sourire légèrement méprisant) et avait gagné beaucoup d'argent en vendant sa galerie de Londres. Bref, c'était le café du commerce du marché de l'art, j'étais terrifié d'être venu jusque-là – les sublimes transparences du corso della Giovecca, tout à l'heure... – pour retrouver ceux-là mêmes que j'évitais avec tant de peine à Paris. Mais Michaela, sans jamais m'adresser la parole, veillait sur tout son monde, distribuant satisfecit et remerciements. Et puis, que je veuille l'admettre ou

non, ces greluchons n'étaient que le reflet du monde où je me vautrais chaque jour sans même m'en rendre compte : je ne retrouvais en somme à Ferrare que ce que je méritais.

Je compris que la plupart des convives autour de cette table avaient prêté un ou plusieurs Jerzy ; Balthazar Baudin lui-même avait prêté rien moins que quatre parmi les chefs-d'œuvre absolus du peintre. Ainsi deux des versions des *Cousines* exposées dans la salle voisine de ma Mathilde lui appartenaient-elles. Plus pour très longtemps, d'ailleurs. Comment cela ? Il eut un petit rire pour me faire comprendre que la discrétion lui interdisait de m'en dire davantage mais, aux sourires échangés à ces paroles, je devinai que la discrétion de rigueur recouvrait ce qui devait être, pour les autres, un secret de polichinelle. Je ne connaissais que trop les Baudin (les acheteurs du fonds Meyer pendant la guerre, mais c'était une autre histoire...) pour les avoir vu « inventer » en quelque sorte Jules Tallandier, un lointain arrière-grand-oncle dans le sillage de Chardin, dont ils avaient réussi à faire d'abord un petit maître, puis un maître tout court dont les natures mortes modestes, faisans déplumés et grappes de raisin, avaient suscité au lendemain de la guerre un engouement grotesque. Il n'était pas indifférent que le fonds Meyer ait compris bon nombre de ces petits formats qui, égrenés un à un sur le marché, avaient alimenté un feu de paille – mais qui avait duré ! Et les talents du jeune Balthazar Baudin, play-boy dont

nul n'ignorait les goûts secrets qu'il avait pu un temps assouvir, loin du quai Voltaire, dans les rues chaudes de Bangkok, étaient à la mesure de ses ambitions. N'est-ce pas lui qui finit par se lever pour, discrètement (dans la rumeur des rires, des éclats de voix et des fumées, tout se faisait, décidément, si discrètement autour de cette table), tirer une chaise et s'approcher de moi. Lui aussi voulait parler affaire ! Et le prix qu'il me proposait de mon Jerzy était sensiblement supérieur à celui qu'il avait paru décent à Olivia d'accepter. J'ai souri sans répondre : le sourire qui a flotté, en retour, sur ses lèvres, ressemblait à celui de l'épouvantable Madame Irma à l'aéroport, dont je m'étonnais seulement qu'elle ne fût pas de la fête. Qu'y serait-elle venue faire ? Je me gardai d'avouer que j'avais cru la reconnaître dans la foule qui attendait à la porte du palais des Diamants. C'était pourtant son nom que je crus entendre, au détour d'une conversation de Michaela avec sa voisine de gauche. A sa droite, un vieux monsieur aux cheveux d'une étonnante blancheur écoutait chacun de ses propos avec une attention presque trop respectueuse. La jeune Prune Duval m'expliqua que c'était l'adjoint aux affaires culturelles de la ville, « un vieux fou avec lequel cette pauvre Michaela avait eu beaucoup de fil à retordre ». Le *dottore* Fadigati, c'était son nom, m'adressa un sourire timide, il n'avait pourtant pas pu entendre la remarque que ma voisine m'avait faite à voix basse. Prune Duval, née Langford, sentait le vin blanc un peu aigre. C'était

une grosse fille, bonasse mais particulièrement méchante. Son mari, qui la trompait avec des garçons, l'avait épousée parce qu'elle était la fille de Vivecca.

On buvait beaucoup, à cette table. On mangeait aussi pas mal. Seuls les élancements qui continuaient à me brûler la gorge m'empêchaient de faire vraiment honneur à la fête. C'était cependant un repas haut en couleurs locales comme en calories et où défilèrent tous les plats dont peut s'enorgueillir une cuisine régionale particulièrement consistante, capable de fournir aux citoyens de Ferrare et de ses campagnes environnantes l'énergie susceptible de les aider à lutter contre les rigueurs de l'hiver, l'humidité, les brouillards. Apparemment, une cuisine d'été, voire de demi-saison (qui aurait été de circonstance), n'avait pas été prévue. Qu'on ne voie pas dans les demi-sarcasmes que je porte tant sur le repas qui nous fut offert par Michaela De Chiari que sur ses invités autre chose que le relâchement d'une tension qui avait duré tout le jour et la soirée précédente : tour à tour ému ou rempli de nostalgie, la tête pleine, aussi, de vieux fantasmes et de rêves enfouis, j'avais erré à travers Ferrare comme une sorte de somnambule qui absorbait, avec une intensité dont j'avais oublié qu'elle pût être si vive, chaque impression qu'il ressentait. Rencontres de la nuit passée (vraies ou fausses, qu'importait ?) ou vision diurne de ces rues lumineuses, les jeunes joueuses de tennis, la mélancolie des longues murailles, jusqu'au cimetière juif que j'avais vu de là : à peu près tout,

jusqu'ici, avait été embué de poésie, de rêves. Je retombais si brusquement sur terre, dans ce restaurant agité, que je ne pouvais qu'avoir envie d'en rire, fût-ce tristement, cruellement peut-être... On s'empiffra donc d'*antipasti* copieux, charcuteries grasses, ail et oignon dans toutes les salades, d'autres saucissons, d'autres jambons... Puis vint un premier plat de pâtes, le *pasticcio*, qui était une spécialité de la ville, servi brûlant dans une croûte molle, mais en abondance. La seconde *pasta* était aussi grasse et épaisse, le vrai plat de résistance des ouvriers agricoles de la plaine du Pô où deux lardons se perdent parmi des palanquées de grosses pâtes au jus de viande largement arrosé d'eau – mais on le mangeait ainsi, me fit remarquer timidement le docteur Fadigati. Tout cela était lourd, le jus vous coulait sur le menton, on parlait de Jerzy, de sa femme Suzan qui devait venir, mais qu'on n'attendait plus.

Une autre arrivée allait plutôt me surprendre. Ce fut celle, bras dessus bras dessous, ou presque, de l'élégante jeune femme brune de l'avion et de la petite Valérie que j'avais, en somme, invitée. Les deux femmes firent leur entrée dans un grand déploiement de foulards, de fourrures. Mirella, la fausse Marocaine, portait bien, sans l'ombre d'un doute cette fois, le manteau noir ajusté au col de fourrure frissonnante d'Anita, l'hiver où mon amie m'avait rendu visite à l'hôpital de Versailles. Accrochée à son bras, Valérie me jeta un bonjour, de loin. Sa nouvelle amie avait dû lui prêter une robe. Joliment un peu ronde, elle y

était à l'étroit mais ne s'en rendait pas compte. Michaela embrassa la belle Mirella – qui se révéla être grecque, comme Anita –, on me présenta trop vite, je compris néanmoins que le sosie de la petite Marocaine comme de ma douce amie perdue avait elle aussi prêté un Jerzy, bref, on était toujours entre amis. La conversation devint générale, j'y prenais de moins en moins part car ma gorge gonflée me donnait l'impression d'être prise dans un réseau de veines sur le point d'éclater. Toujours aux aguets, M. Yoshima ne pouvait que s'en rendre compte, qui traversa toute la largeur de la pièce pour me proposer à nouveau l'une de ses satanées pilules. Je commençai par refuser, mais le Japonais insista : ce n'étaient pas les mêmes pilules qu'à l'exposition, celles-ci étaient exquises ! Il prononça « exquises » en crachotant amicalement. La dernière gorgée d'eau que j'avais voulu boire m'avait déchiré la gorge, j'acceptai les pastilles. Elles étaient, en effet, d'un goût très supportable. Assez vite, d'ailleurs, je les trouvai même bonnes et le Japonais, qui était allé se rasseoir, revint gentiment me glisser la boîte entière dans la poche, « pour plus tard ». C'est alors qu'il regagnait pour la seconde fois sa place que je me rendis compte que sa voisine de gauche n'était autre que Sandrine, la Sandrine d'autrefois qui, maquillée à mort, la lèvre dure, affectait à présent de ne pas me reconnaître. A l'autre extrémité de la table, son imbécile de mari m'adressait en revanche des petits sourires complices.

On parlait donc de Jerzy. Les langues allaient bon

train. Passée la célébration du palais des Diamants, on vous en déchiquetait le pape à belles dents. Chacun de ces bons jeunes gens, qui avaient su si bien tirer profit du maître, y allait à présent de son anecdote railleuse ou, plus souvent, empoisonnée. On lui décochait des flèches mais on déversait aussi des tombereaux de boue. « Allons, nous sommes entre nous, n'est-ce pas ? Il n'y a pas de raison de prendre de gants, non ?... Etc. » Après tout, en son temps, Jerzy n'avait-il pas fait qu'emboîter le pas à un Balthus, qui avait superbement montré la voie ? Suivit, pour quelques minutes, un chant de louange à celui qui avait redonné vie à la villa Médicis avant d'entrer vivant dans la légende dorée de l'art de son temps. Ah ! Balthus, c'était autre chose, c'était une réelle rigueur qu'on trouvait chez lui ! Admirant, pour ma part, les deux artistes, je faillis tenter de voler au secours du peintre de Mathilde mais je commençais à comprendre que personne, ce soir, n'aurait écouté ma voix. Hahn ou Barbatane, chacun y allait de son couplet acide. Seuls les Yoshima, qui avaient aidé les Baudin à « redécouvrir » Tallandier, assortissaient leurs remarques de conseils empreints d'une sagesse orientale que, trafiquants, ils exprimaient en philosophes : allons ! le Jerzy se porte quand même encore bien au pays du Soleil levant. On n'allait pas reprocher au vieux coq de n'avoir plus de voix et tuer du même coup la poule aux œufs d'or ! On se récria : qui oserait affirmer qu'on n'admirait pas le grand Jerzy ? N'empêche que celui-ci

237

vieillissait, n'est-ce pas ? Le mot « sénilité » flottait dans l'air sans que personne ne se décidât à l'employer. Jerzy, il faut le dire, non ? et ce n'est pas lui faire insulte que le reconnaître, était tombé entre les mains d'une drôle d'équipe et sa troisième épouse, cette grande cavale de Suzan, était devenue redoutable ! Faute d'appeler vraiment un chat un chat, on pouvait dire que la belle Suzan était, elle, une friponne. Elle avait partie liée avec vous savez qui (un marchand dont les rejetons n'étaient pas autour de cette table) et c'était elle qui avait entrepris de racheter massivement toutes les œuvres de ce pauvre Jerzy, qui n'y voyait goutte, reconnaissons-le. Assis à côté de Mirella, la Marocaine devenue aussi grecque que ma chère Anita, Balthazar Baudin s'était penché vers elle. J'entendais tout mais je ne comprenais rien. Il lui parla peut-être à voix basse, peut-être lança-t-elle un rapide coup d'œil vers moi. Elle éleva, en tout cas, doucement, la voix : « Ne jetez pas la pierre à Jerzy, je vous en prie, il sait tout de même encore reconnaître ses vrais amis. » Son regard embrassait toute la table mais je crus qu'il s'attardait sur moi. M'adressa-t-elle réellement le rapide sourire entendu qu'il me sembla lire sur son visage ? Moi qui avais pensé qu'elle me snobait, à son arrivée... Mais les autres, les Hahn et les Duval, Balthazar Baudin à présent, d'une voix de fausset, reprenaient de plus belle : « Savez-vous ce qu'on raconte ? Qu'à Drago, il existe une cave aux trésors, une caverne d'Ali Baba remplie à ras le bord de Jerzy de la première

manière, celle que la belle Suzan veut étouffer pour mieux en écouler ensuite le cadavre exquis. » Car c'était de cela qu'il s'agissait. A mots de moins en moins couverts, on s'accordait pour constater que Suzan et ses loustics (« ceux-là, on ressortirait sur eux certaines affaires, tenez, l'exposition d'Osaka, M. Yoshima en sait quelque chose... ») spéculaient ni plus ni moins sur la mort du pauvre Jerzy. Attendez un peu qu'il ait passé l'arme à gauche : deux ou trois ans de deuil, pour tenir le marché en haleine puis, pfft ! vous verrez les prix flamber ! On riait, on buvait, on riait peut-être jaune, on buvait sûrement trop. Qui, alors, insinua que cette jeune modèle établie à Drago à l'année, une petite Polonaise pêchée à l'Académie des beaux-arts de Varsovie ou de Cracovie (s'il existe là-bas une Académie, d'ailleurs !) avait acquis un sacré doigté pour vous torcher du Jerzy que même Vivecca (sa fille baissa modestement les yeux) s'y laisserait prendre ? « Sans compter qu'elle est sacrément mignonne, la Polaque ! », s'exclama Vénus Hahn qui dut aussitôt baisser la voix, rougissant d'en avoir peut-être trop dit. Quelqu'un posa la question : au fait, qui l'avait vu récemment, ce pauvre Jerzy ? On se regarda, brusquement inquiet. « Il ne va pas bien du tout... », se contenta de remarquer sèchement Michaela qui dut avouer qu'elle n'avait pas pu le rencontrer lors des visites qu'elle avait faites sur les bords du lac de Côme, pour la préparation de son exposition. Suzan, un domestique aux allures de garde du corps montaient

la garde. « On t'a fait barrage, quoi ? » Eh oui, on avait fait barrage à Michaela quand elle avait voulu approcher le grand homme. Cependant, il y avait des choses dont il lui aurait fallu discuter directement avec l'artiste, non ? « Ma pauvre amie, tu ne comprends pas que c'est maintenant Suzan qui a tout repris en main ? » Michaela ne répondait pas. Son regard parcourait les dîneurs. L'un d'entre eux allait-il se décider ? Nelly Barbatane devina l'appel que lui lançait son amie. Un grand silence s'était installé. La voix de la musaraigne était pourtant très faible : « Je sais que je ne devrais pas poser la question, mais puisque nous sommes entre nous... » Elle acheva dans un brouhaha dont on n'aurait pu dire s'il était réprobateur ou inquiet. Jerzy mort ? Il fallait voir à ne pas pousser le bouchon trop loin. D'ailleurs, si Suzan avait décidé, même pour quelques semaines, de cacher la mort de son mari, ce ne serait pas un délit, non ? La belle humeur qu'on avait mise à déchirer le cadavre quand on le croyait un peu vivant avait fait place à une vraie panique. Les Hahn, les Duval, Baudin, Barbatane se posaient la même question : vendre ou ne pas vendre ? Au moment où la belle Suzan, négligemment, rachetait tout pour doubler la mise. A malin, malin et demi... Ce n'était pas cette Américaine venue de l'Oklahoma (une cambrousse juste bonne à servir de décor de carton-pâte à des comédies musicales !) qui allait apprendre aux jeunes singes qu'étaient les fils et les filles des vieux renards du marché de l'art à faire

un carré d'as ! Une voix s'éleva : une voix très gaie, prolongée d'un éclat de rire amusé : « Mort, le pauvre Jerzy ? Vous êtes fous, mes enfants ! » Mort, malade, et puis quoi encore ? L'ingénue polonaise qui faisait du Jerzy en douce par-dessus le marché ? Ces gamins disaient n'importe quoi ! Et Mirella, la Grecque arrivée la dernière avec la petite Valérie, d'éclater à nouveau de rire. « Je l'ai vu avant-hier, à Drago, votre Jerzy : il se porte comme un charme ! » Moi, je l'avais vue hier à Roissy, la fausse Marocaine en fourrure, mais je n'était plus à une dame de cœur près, dans la partie des sept familles qui se jouait autour de moi depuis, précisément, mon attente à Roissy, un jour et demi, deux siècles auparavant. On aurait dit, du reste, que Mirella Panandris s'adressait à moi, pour préciser que jamais la villa au bord du lac de Côme n'avait paru plus belle, toutes les fleurs du printemps, les plantes rares, des martins-pêcheurs qui fendaient l'air, à la hauteur des branches basses inclinées sur l'eau : « Vous devriez y retourner, vous savez : il y a des jours, des heures, où c'est le paradis ! » Elle me regardait, souriait... La première fois que j'étais allé à Drago, c'était en compagnie d'Hélène. Au retour, nous étions passés par Venise, puis ç'avait été notre dernière nuit à Ferrare. Les rhododendrons et les fuchsias de Drago dans le soleil couchant, Hélène qui tenait ma main : oui, aurait-elle soupiré, tout aurait pu être différent... Je crois qu'elle avait pleuré.

« A propos, vous avez bien été marié à Hélène

Reni ? » La voix de Nelly Barbatane avait percé une trouée de silence dans la conversation générale. Nous n'en étions qu'à la pintade trop cuite qui suivait avec force haricots blancs le *salamita* à la purée de pommes de terre. Tout le monde s'est tourné vers moi.

L'ombre d'Hélène, si présente depuis mon arrivée à Ferrare, a semblé s'arrêter au seuil de la porte, elle allait entrer, on parlait d'elle, elle attendait, retenant son souffle. « Je l'ai bien connue, votre Hélène (je devrais dire *notre* Hélène), à la fin. Nous parlions souvent... » Nelly Barbatane avait repoussé l'assiette posée devant elle à laquelle elle n'avait pas touché. « Je crois qu'elle avait quand même réussi, la pauvre, à vous oublier... » Le dernier jour, sur la muraille de Ferrare et dans cette lumière si verte que la nappe de brouillard, à peine un voile, pâlissait à peine, Hélène avait pris mon bras : « Ç'aurait pu être si bien, nous deux... » Mes impuissances... J'avais serré son bras, je n'avais rien à dire. Ma voisine de gauche s'est penchée vers moi, mais je savais que tous, à cette table, entendaient : « Comment avez-vous pu ! Comment avez-vous pu la faire souffrir ainsi... » Mes retours au milieu de la nuit, les bras rompus du corps d'une autre, l'haleine d'une autre, la sueur d'une odeur qui me collait à la peau : Nelly Barbatane savait tout. Le corps d'Hélène qui s'éloignait dans les draps tandis que, lâchement, je tentais encore de l'enlacer. Et ces voyages, la Colombe d'Or sans elle, l'autre folle qui avait exigé que je l'emmène faire une cure à Belle-Ile, le

séjour à San Francisco chez un cousin complice : il y avait le regard d'Hélène à mes retours. La voix d'Hélène au téléphone (parce que je lui téléphonais), plus hésitante chaque fois. Et toutes ces dames, autour de moi, de clamer leur indignation : « Humilier une femme, l'offenser de la sorte : comment avez-vous pu ? » En écho à Nelly Barbatane, Prune Duval, née Langford, ricana. Le visage de Michaela, de marbre, ses lèvres pincées : l'ai-je entendue siffler en face de moi quelque chose comme : « des salauds, vraiment des salauds, un salaud.... » ? Michele De Chiari, son père, m'avait dit d'Hélène : « Quand on possède un trésor comme celui que tu as... » Je savais que lui aussi faisait la cour à Hélène, tous la plaignaient, leurs mines tour à tour compatissantes (pour elle) et sévères (pour moi), la défiance qui s'installait. Aussi, ce dernier jour et la lumière bouleversante du soleil tamisé d'une ultime brume : « Tu sais, je vais partir demain... » Elle me tenait pourtant la main, Hélène, elle la serrait très fort, ce dernier soir au-dessus du cimetière juif où la silhouette de Bruno Lattes, son grand chapeau de feutre souple se détachaient parmi les tombes éparses. Dix ans plus tard, Hélène s'était suicidée, à cause d'un autre, que j'avais haï. Dans la petite église de Barrège (pourquoi Barrège ? où est donc Barrège en France ?), l'autre était là, le pestiféré, et le père d'Hélène s'appuyait sur moi, un bras passé autour de mon épaule, mon pauvre ami... L'odeur de l'encens, le murmure du prêtre, la voix de Nelly Barbatane sifflait à

son tour : cela ne fait pas oublier le reste ! Je regarde autour de moi, ils sont tous là, qui me dévisagent. Et si les Yoshima sourient, c'est que le sourire du couple fait partie de son costume de scène. Seul, à côté de Michaela, le professeur Leonardo Fadigati ne me juge pas. Il fait trop chaud, le goût doucereux de la dernière pastille que m'a donnée M. Yoshima m'écœure, une nausée, j'aurais dû boire un peu moins, peut-être.

« Il y a des gens qui sont comme ça : ils n'y peuvent rien et tant pis pour les autres ! » Je sursaute. L'éclat de voix subit, l'éclat de rire. Ce n'est pourtant qu'à son voisin de table, Claude Hahn, peut-être, à moins que ce ne soit Antoine Duval, je ne sais plus, que la petite Valérie s'est adressée, et rien qu'à lui. Mais puisque je l'entends si bien, tous l'entendent aussi, non ? Après ma femme, mon fils maintenant : « Vous savez que je connais son fils ? Je suis même sa copine ! », siffle la petite fille timide de l'avion, hier, qui s'est redressée, les cheveux à présent en corolle lumineuse autour du visage. L'espèce de châle gris qu'elle portait sur les épaules a glissé : ses épaules nues, un pull-over gris, collant, très à la mode, les bras nus, pas de soutien-gorge, bien sûr. Elle me considère à travers la demi-longueur de la table pour lancer, un vilain rire au bord des lèvres : « Déjà, quand son fils avait treize ans, son vieux, il matait ses copines, c'est tout dire ! » Le même éclat de rire, plus méprisant. Tout ce qui m'intéresse, en somme, c'est les filles, les bonnes femmes nues de mes peintures et les gamines que je drague

244

comme un vieux dégoûtant ! Et elle a beau se pencher vers son voisin de gauche, son voisin de droite, la petite Valérie que j'ai moi-même invitée à Ferrare, ce soir, sa voix haut perchée parcourt l'arrière du restaurant comme une onde maligne. Ils rient, les autres ; ils sourient, du moins. « Vous pensez ? Dans l'avion (parce que nous sommes arrivés par le même avion), il n'a pas arrêté d'essayer de me tripoter ! » Les rires se font plus gras. On comprend que mon fils ait foutu le camp à Londres, plutôt que de vivre près d'un type pareil. J'entends encore quelques mots murmurés à mi-voix par celui-ci ou celle-là, mais assez fort pour que je les devine. On parle de l'argent de ma femme, pourquoi pas ? Des tableaux auxquels je m'accroche, des putains que je paie : encore une fois, pourquoi pas ? Quand je n'ai rien d'autre sous la main. « Et quand je dis sous la main... » Les lèvres de Leonardo Fadigati esquissent pourtant un sourire, un clin d'œil vers moi : « Allons, mon vieux, ils ont tous un peu bu, non ? » Mais il n'est pas jusqu'à la femme un peu lourde, loin à l'extrémité de la table, qui n'ait aussi son mot à dire ! La première fois qu'elle a entendu parler de moi, c'était par Isabelle, la petite Isabelle du temps de l'Amérique, qui le lui a bien dit, à elle, comment je l'avais mise enceinte et l'avais faite avorter, « à l'économie : vous comprenez ce que ça voulait dire, dans les années cinquante ! », la nuit qui avait suivi, l'hôtel pouilleux de New York. « A l'époque, il se croyait poète... » Ils savent tout de moi, puisqu'ils sont

le reflet que je ne veux pas voir quand je me regarde dans une glace. La tête vous tourne, le vin, bien sûr, la pastille douceâtre de M. Yoshima, ma gorge, ces élancements. La femme lourde, au visage peint qui a subitement le sourire méchant de Madame Irma, a commencé de réciter quelque chose, il y est question de Gulliver, je ne sais plus, de mourir de sommeil, je trouve cela presque joli, soudain, elle s'arrête, la voix rauque, et j'interroge : c'est de qui, ce poème ? La voix rauque d'une femme qu'on embrasse éperdument, désespérément, dans un jardin mouillé, au petit matin : « Mais c'est de vous, mon cher... » Tous de s'esclaffer, nos deux corps enlacés roulent dans l'herbe, la terre grasse, le jour se lève. Je vacille sur ma chaise, je vais tomber à terre.

« Qu'est-ce qu'il vous est arrivé ? Vous ne vous sentez pas bien ? » On s'est levé autour de moi. Des visages, à présent, tous compatissants. La grosse femme aux lèvres peintes a un sourire navré : « Il me regardait, on aurait dit qu'il m'écoutait, pourtant je ne disais rien... et puis, d'un coup ! » La petite Valérie s'affaire autour de moi. Eh oui, j'ai bel et bien piqué du nez dans mon assiette. La jeune fille a jeté un châle effrangé sur ses épaules. « Moi qui croyais lui faire une surprise : il n'a même pas remarqué que j'étais arrivée. » Elle me donne à boire. « Vous ne voulez pas vous étendre un peu... » Nelly Barbatane, apitoyée par mon malaise. Seule Michaela De Chiari ne sourit pas. « On aurait dit qu'il entendait des voix. » Jusqu'à M. Yoshima qui

veut qu'on l'excuse : peut-être que le mélange du vin, justement, ah ! ces vins d'Italie ! avec la pilule qu'il m'a offerte... Il glousse : il a un fils, de l'âge du mien, qui avale une pilule comme ça, ou une autre qui lui ressemble, avec un verre de saké, un petit verre, pourtant, et ça suffit. Valérie sourit : il plane ? Il plane, oui... Moi, j'ai coulé à pic. J'ai entendu des voix, inventé des rires et j'ai sombré. La tête me tourne toujours un peu. On s'affaire encore, gêné maintenant, quand même... A mon âge, on devrait savoir se tenir. Seul le sourire fraternel (c'est cela, fraternel) du professeur Fadigati : « Il fait très chaud, dans cette pièce... » Le vieux monsieur est venu s'asseoir à côté de moi, Nelly Barbatane a pris sa place, de l'autre côté de la table. « Il y a des soirs, comme ça, sortant ici, à Ferrare... » Il me parle d'une voix très lente, avec l'accent qui était celui, jadis, de Léonard Weill.

Il y a des soirs, oui... On dirait qu'au fil du récit qu'il va me faire, le visage du *dottore* Fadigati va devenir peu à peu sans âge, hors d'âge, un masque de vieillard hors du temps, sillonné de mille rides, la peau transparente, les grosses veines bleues sur chaque tempe : « Il faut que vous le sachiez (mais vous avez déjà dû le constater) : il y a des soirs, ici, où le temps semble s'arrêter... », a répété le professeur comme une sorte de mise en garde ou, du moins, d'avertissement : je ne pourrais pas dire qu'il ne m'a pas prévenu. Mes voisins de table, remis de l'émotion que je leur ai, après tout, peut-être vraiment causée, ont entamé le

premier dessert, une purée pâteuse formée de crème, de miel et d'amandes pilées. Michaela De Chiari était déjà en train d'en porter à sa bouche une première cuillère, pleine à ras le bord : « Vous devez me goûter cela : ici, c'est presque un plat national ! » Le vieux monsieur a commencé alors à me raconter l'histoire qu'il tenait lui-même d'un rabbin de la via Vittoria qui la tenait d'un autre rabbin, né lui-même très loin, du côté de... C'était voilà longtemps en tout cas, quelque part en Europe. Un jeune homme était né là, d'une très bonne famille. « Nous l'appellerons Bruno, puisque ici tous les garçons s'appellent Bruno. » Bruno était beau, jeune, intelligent. Il n'était guère religieux mais on l'était peu, en ce temps-là, et nul ne lui en voulait. On ne lui en voulait pas non plus d'avoir quitté les ruelles tortueuses et sombres de la ville ancienne, ses passages couverts et la maison en contrebas où avaient vécu ses aïeux, pour une vaste demeure, lumineuse et claire au milieu d'un jardin dans la partie nouvelle de la ville. Là, il écrivait de la poésie, lisait l'Arioste et le Tasse, mais aussi Goethe, Schiller, Voltaire, le code Napoléon. Il voyageait aussi beaucoup, allait à Paris, à Rome, à Venise, partout où brillaient les soleils de la science, de la connaissance et de la poésie. Dans sa famille, on disait de lui (sans la moindre pointe de jalousie) qu'il était un homme des Lumières. Il était le premier à en rire : qu'y pouvait-il s'il préférait le soleil à l'ombre, les belles artères droites de la cité de la Renaissance aux ténébreuses ruelles du

ghetto ? Il aimait le ciel, les femmes, peut-être écrivait-il ses poèmes pour les séduire, à moins qu'il n'en aimât tant afin de pouvoir mieux écrire sur elles. La curiosité de Bruno était immense : on aurait dit, affirmait le vieux rabbin qui l'avait connu, un docteur Faust qui ne vieillirait pas. Et pourtant, le temps a beau s'arrêter parfois, comme à Ferrare, Bruno avait vieilli. Il s'était empâté avec l'âge, les femmes ne le regardaient plus comme avant, quand bien même lui les regardait toujours du même œil. Son esprit aussi s'était empâté. Les montagnes de livres qu'il avait entassés dans sa belle maison étaient peu à peu devenues une sorte de muraille entre le monde et lui. Oh ! la lumière à peine voilée de brume de cette partie de la ville était toujours très claire ; à Rome ou à Paris, à Genève, à Zurich où il se rendait encore souvent, Bruno fréquentait toujours des gens brillants mais lui-même n'écrivait plus depuis longtemps. Il s'attachait davantage aux choses de ce monde qu'à celles de l'esprit. Sa bibliothèque était désormais fameuse, il collectionnait des peintures rares, les vastes salons de sa maison étaient devenus un véritable cabinet d'amateur qu'on venait de loin pour visiter. Mais le jeune Bruno, qui était à présent un Bruno entre deux âges, plus proche de sa fin que de son commencement, s'ennuyait. Lui qui aimait tant jongler avec les idées, manier les paradoxes, il ne savait plus penser. Tout ce qui l'entourait était, en somme, trop beau, trop cher, trop lumineux : lequel de mes amis, vivant à Rome, à

la villa Médicis, et que la clarté de la ville éblouissait chaque matin lorsqu'il repoussait ses persiennes, m'a affirmé gravement, paraphrasant en quelque sorte Stendhal, que « trop de beauté tue... » ? Mon ami romain, venu là en écrivain, n'écrivait plus depuis des mois. C'était l'un des étranges effets de l'*aria di Roma*, tout de lumières. Bruno en était arrivé là : il aurait souhaité autre chose. Alors, de nuit, furtivement, il revenait de plus en plus souvent vers le quartier de ses pères, les ruelles silencieuses et sombres du ghetto. Il marchait dans l'ombre, le brouillard qu'il respirait comme d'autres se saoulent à la fumée d'opium ou à celle des cierges. Il fréquentait des étudiants sans le sou, de vieux professeurs qui n'avaient chez eux que quelques livres mais en possédaient chaque mot, lui qui ne possédait plus rien de tous les livres qui lui appartenaient. Il se glissait parfois, comme un voleur parce qu'il avait honte de l'avoir tant désertée, dans la minuscule synagogue de ses pères où le vieux rabbin qui l'aimait lui apprenait à lire et à comprendre des textes bien éloignés de ceux dont il avait jusque-là fait ses délices. Alors, lentement, difficultueusement, le vieux Bruno avait repris goût à la réflexion et à l'écriture. Il avait avec le rabbin des discussions qui duraient jusqu'à minuit et plus. Puis il rentrait chez lui, dans la nuit et le brouillard, ivre de tout ce qu'il avait retrouvé. « L'homme a plus souvent besoin de nuit et de brouillard qu'il ne l'imagine à vingt ans », se plaisait à dire le rabbin, citant Bruno en exemple. Le vieux

rabbin était mort trop tôt pour connaître la fin de l'histoire de Bruno, quand la nuit et le brouillard qu'il désirait tant avaient fini par l'engloutir, avec ceux de la ville qui étaient de sa race et qu'on avait embarqués dans des wagons à bestiaux pour une nuit qui n'aurait pas d'aube, et des brouillards mortels. Quant à ses livres, les milliers de notes qu'il avait accumulées dans son vieil âge, on avait tout saccagé, pillé. « Et pourtant, Bruno, comme chacun de nous, portait en lui le désir obscur du brouillard et de la nuit qui enveloppent si bien notre ville qui ne ressemble, vous le constaterez assez tôt, à aucune autre... »

Le récit du vieux professeur était achevé. A quelques détails près, Léonard Weill m'avait raconté la même histoire. Il la tenait du rabbin Levi, qui vivait dans un village près de Colmar, son Bruno à lui s'appelait Dany, il n'en était pas revenu non plus, abandonnant dans sa maison qu'on avait brûlée le livre qu'il aurait pu écrire et qui aurait dit tout ce qu'il n'avait pas su vivre. Lorsque je l'ai fait remarquer au vieux professeur, celui-ci a haussé les épaules : qui aurait songé à mettre en doute le caractère universel des contes d'un vieux rabbin amateur de paraboles capables, fussent-elles italiennes ou alsaciennes, d'arrêter le temps ? D'ailleurs, le professeur Fadigati ne me voyait plus, il m'avait souri, oui, puis il avait détourné le regard. Michaela De Chiari portait à sa bouche sa cuillerée de gâteau trop sucré : « Il faut que vous me goûtiez ça : ici, c'est presque un plat national. » Elle était assise en face de

moi, les Japonais se récriaient, les Duval, Baudin, les Hahn, on porta un toast à notre hôtesse. La fille du vieux poète mort souriait, modestement. Le vernissage avait été un succès, son dîner également. Suzan Jerzy entra en scène et la scène changea.

Un formidable silence est tombé. Tout le monde, autour de la table, s'est levé pour saluer l'épouse légitime du peintre. Celle-ci avait déjà passé un costume de veuve, fourreau étroit noir, bustier noir, boléro noir qui laissait voir ses épaules très blanches. Elle était extrêmement maquillée de blanc, un blanc de craie où ses lèvres, l'arc de ses sourcils dessinaient des lignes figées, mauves et violettes. Un peu de peinture violette lui rehaussait également les pommettes. Pour le reste, elle avait vingt ans, cinquante, nul n'aurait su le dire, tant le corps comprimé dans des étoffes moulantes, le visage couvert d'une couche épaisse de plâtre pouvaient défier toutes les supputations. Je la savais approchant la quarantaine, je crus d'abord que c'était pour cela qu'elle ne me saluait pas. Ses yeux glissèrent sur moi... Dire qu'elle salua le reste de la compagnie serait un euphémisme : elle arrivait du lac de Côme, le chauffeur japonais avait conduit la Bentley à fond de train sur des autoroutes qu'elle abhorrait, qu'elle fût ce soir parmi les invités de Michaela devait être une marque suffisante de son intérêt pour la jeune femme, les organisateurs et les prêteurs de l'exposition qu'elle

avait bien voulu les autoriser à monter. Quand Michaela vint vers elle, la femme de Jerzy lui donna un petit baiser sec sur chaque joue. Elle évita le regard du vieux professeur Fadigati, refusa la place en milieu de table que chacun, invité et maître d'hôtel, s'affairait à lui faire (à peu près en face de moi !) pour s'installer délibérément à l'extrémité de la nappe à carreaux à côté de la belle Mirella qu'elle embrassa, elle, avec effusion. Puis les deux jeunes femmes commencèrent à se parler à voix basse, l'une et l'autre pouffaient, il me sembla qu'elles regardaient dans ma direction : que la nouvelle venue fût l'épouse de mon grand ami Jerzy (c'était du moins ainsi que le prince Jaeger de Jerzy me traitait en public : j'étais son « grand ami »), nul n'aurait pu s'en douter tant, au même titre que le maître d'hôtel et les horribles tableaux (des vues de la ville aux couleurs criardes qui ornaient les murs), je faisais, pour elle, partie du décor.

C'était pourtant par moi, ou presque, que la petite Suzan Harrison avait fait la connaissance de Jerzy. Je n'en étais pas plus fier pour autant. A l'époque, la jeune fille pouvait avoir quatorze ans, quinze... Son père était fabricant d'équipements sanitaires à Oklahoma City, mais comme on peut l'être là-bas, cinq mille ouvriers, plusieurs centaines de millions de dollars de chiffre d'affaires. Beau parti quand il était jeune homme, il avait épousé la fille d'un avoué bostonien, très WASP et très ruiné, qui lui avait donné le goût des choses de l'art. Jerome B. Harrison avait acheté

quelques toiles sans importance, puis d'autres qui en avaient davantage. Le hasard voulut que la mère d'Hélène fût vaguement parente de l'avoué bostonien, un parrain aussi, une marraine peut-être. Nous avions donc fait le voyage d'Oklahoma City pour voir la collection du papa et, tout de suite, Hélène avait été séduite par cette gamine insolente, délurée comme on n'aurait pu l'imaginer là-bas. Vêtue d'un costume de cow-girl avec jupe à franges et chapeau assorti, la petite Suzan qui n'avait pas quinze ans collectionnait les boy-friends et se faisait culbuter chaque week-end dans des granges de cinéma pour en revenir le soir, affirmait-elle, toute rigolarde, à Hélène, avec « autant de sperme que de paille dans la minette ». Alléché, j'y étais allé moi aussi de mon fétu de paille, j'avais pu constater que la jeune personne ne se vantait pas mais qu'elle demeurait singulièrement froide (et cela m'avait été confirmé par la suite) dans ses ébats amoureux.

Souriais-je pourtant à ce souvenir, sans écouter la conversation de Nelly Barbatane qui m'expliquait que sa mère comptait sur elle pour convaincre Suzan Jerzy de... ? Le regard de la femme du peintre s'attarda un instant sur moi, je le sentais plein de mépris, de rancœur, aussi. Michaela elle-même semblait embarrassée. Le dîner traînait en longueur car Suzan, douée d'un solide appétit, avait entrepris de se faire servir tout le menu auquel nous n'avions pu échapper. C'était son père, en tout cas, qui avait eu l'idée de confier la jeune

fille à Hélène, lorsqu'il avait appris que ma femme connaissait Jerzy : malgré ses efforts et les sommes fabuleuses qu'il aurait été prêt à dépenser, il ne parvenait pas à acquérir le Jerzy qui lui manquait pour, entre deux Balthus, parachever sa collection. Le plan du marchand de bidets était clair comme de l'eau de roche : Hélène présenterait au vieux peintre sa fille qui, modèle idéal selon les canons du maître, serait, pour sa part, prête à tout pour satisfaire aux désirs de l'artiste et, par cela même, à ceux de son papa. Très vite, trois tableaux peints à Drago avaient traversé l'océan pour échouer à Oklahoma City ; Suzan, elle, était demeurée sur les bords du lac de Côme. Dix ans plus tard, épousée en bonne et due forme, c'était elle qui choisissait les modèles, évaluait pour les mieux négocier les aptitudes de ces demoiselles et, vingt ans plus tard, elle était toujours là. Elle avait eu soin de se brouiller avec Hélène, car il est des services qu'on ne pardonne pas, et avait probablement réussi, cette fois, à me brouiller moi-même avec son vieux mari. Elle entretenait autour de lui la cour de jeunes personnes dont il avait besoin et lui dégotait même des modèles exotiques, un peu artistes sur les bords, pour achever à sa place (disait-on) les œuvres qu'il n'avait plus la force de terminer et surtout (on venait de me le confirmer) elle rachetait systématiquement tous les Jerzy qu'elle pouvait trouver sur le marché (quitte à les y amener par des moyens peu orthodoxes) pour en faire monter la cote à la mort de l'artiste. Je dirai à sa

décharge que, depuis qu'elle avait mis le pied à Drago, on ne lui avait pas connu d'amant. Tout au plus vérifiait-elle parfois un détail avec les jeunes filles dont le vieux maître, lui, faisait ce qu'il pouvait. Le temps qu'elle ne passait pas au bord de son lac, Suzan Jerzy le partageait entre une île qu'elle possédait en Grèce et Cortina d'Ampezzo, où des amis l'invitaient chaque hiver. Elle avait même réussi à mettre son père sur la paille pour mieux lui racheter ses trois Jerzy qui étaient pourtant les premiers fruits d'une belle histoire d'amour. La première femme du peintre était morte, l'Italienne d'Alexandrie versait à son ex-mari une pension alimentaire, ses trois fils prenaient soin de ne jamais passer par Drago où Suzan vivait en bonne intelligence avec l'espèce de harem dont elle avait eu l'intelligence de se flanquer.

« ... Tu ne perds rien pour attendre », me redisait d'un coup d'œil rapide la fille du fabricant de bidets ruiné d'Oklahoma City tandis que Mirella, la jeune Grecque, partait d'un si beau rire de gorge à une plaisanterie que celle-ci venait sûrement de lui faire. Les lèvres de Mirella étaient pulpeuses, je me souvenais de celles d'Anita. Le fils Hahn lui faisait du gringue, mais elle ne l'écoutait pas. Je crus qu'elle aussi regardait à nouveau vers moi. Elle esquissa même un sourire. Pour mon malheur, j'eus l'idée de lui lancer une phrase, sans importance. Elle ne m'entendit pas, je repoussai ma chaise pour venir jusqu'à elle. Jusqu'à *elles*, devrais-je dire, puisque, me voyant gagner l'extré-

mité de la table où elles se trouvaient, Suzan se rap-
procha encore de la jeune femme, passant sur son
épaule un bras possessif. Qu'ai-je alors murmuré de
particulier, à l'une ou à l'autre ? Toujours est-il que je
me suis attiré cette remarque de la part de Suzan Jerzy :
« Monsieur, si vous avez quelque chose à me dire, vous
voudrez le faire à présent par l'intermédiaire de mon
avocat. J'ai envoyé celui-ci à votre hôtel pour traiter
de l'affaire qui vous concerne, mais vous étiez sorti. »
Chacun s'était tu en voyant la mine sévère de la jeune
femme. Sa phrase, longue, au faux sabir juridique de
cuisine, tomba dans un moment de silence glacial.
Tous les regards étaient tournés vers nous. Seul,
comme penaud, le vieux professeur Fadigati baissait le
nez sur son assiette. Je demeurai un instant debout,
décontenancé, devant ces gamins (puisque, à l'exception du *dottore*, tous étaient plus jeunes que moi) qui
attendaient avec une curiosité visible la suite de l'exécution. Mais Suzan avait ostensiblement repris sa
conversation avec son amie grecque. Peut-être la petite
Valérie me jeta-t-elle, elle aussi, un regard malheureux : avais-je vraiment entendu les propos qu'elle
n'avait peut-être, après tout, pas tenus sur moi, sur
mon fils ? Comme je passais derrière elle pour regagner, lentement, ma place (j'aurais dû les quitter sur-
le-champ, cette table, ces gens, ce restaurant !), la jeune
fille, toute frisottée comme elle l'était dans l'avion, a
effleuré ma main de la sienne. Elle paraissait triste. Je
crus l'entendre murmurer quelque chose comme : « Il

ne faut pas... », le reste se perdit dans le brouhaha des conversations qui avaient repris. Plus personne ne s'occupait de moi. Mes voisins de droite, de gauche, se détournaient. Après une ou deux minutes, je me résolus à interroger Michaela De Chiari qui, après tout, m'avait attiré dans ce guet-apens : même si elle évitait mon regard, elle se trouvait en face de moi. Alors, en quelques phrases hachées et comme on se débarrasse, à la hâte, d'une corvée, elle me confirma les intentions de Suzan : ainsi qu'elle-même me l'avait déjà laissé entendre, la femme du peintre affirmait maintenant officiellement, oui : of-fi-ciel-le-ment, que ma *Mathilde aux bras levés* était un faux vulgaire. Claudius, son précédent propriétaire à qui je l'avais achetée, en avait fait exécuter une copie remarquable qu'il m'avait vendue avant d'expédier l'original au Japon où elle se trouvait à présent. Le couple Yoshima avait servi d'intermédiaire à toute l'opération. Comme je n'acceptais pas la solution à l'amiable qu'on m'avait proposée de vendre moi-même mon tableau (« à un prix, vous l'avouerez, inespéré ! »), Suzan Jerzy avait décidé d'aller devant les juges.

Par quel miracle avais-je été le seul à entendre les explications de la jeune femme ? Il est vrai qu'elle avait parlé très bas et que chacun, autour de la table, était trop absorbé par les conversations qu'on a entre jeunes requins aux dents longues et qu'on se retrouve à huit ou dix pour dépecer un gogo : étais-je celui-là ? Là n'était pas la question. Le vieux Fadigati, comme la

258

petite Valérie tout à l'heure, m'adressa le même sourire triste. Plus personne ne prêtait attention à moi... Avais-je réellement été l'objet de tous les commentaires que j'avais cru entendre au cours du repas ? Ils paraissaient si lisses, si bien élevés, ces bons jeunes gens qui, hors de leur fromage à eux, ne se seraient jamais mêlés des affaires des autres, ce n'est pas convenable. On évoquait une fin de soirée qu'on allait passer ailleurs. On en parla d'abord à voix haute, puis à mi-voix, quand on vit que j'avais pu entendre. On se levait déjà de table, Suzan ayant refusé le plat national en forme de dessert. On traîna ensuite ce qu'il fallait dans l'entrée du restaurant, le temps de me faire comprendre que je n'étais pas de la partie. Je sortis le premier. La porte se referma sur des rires. Ce petit monde que je quittais n'était que la caricature à peine outrée de celui où je m'étais vautré pendant près de soixante ans et le hasard qui m'avait conduit jusqu'à Ferrare pour le découvrir n'était sûrement pas innocent. La nuit ne faisait que commencer.

3

Le brouillard m'a englouti d'un coup. Passé le seuil du restaurant, la masse cotonneuse, épaisse cette fois, qui enveloppait la ville m'a avalé d'une seule aspiration. Je me souviens d'un soir de *fog*, à Londres, l'une des dernières vraies purées de pois londoniennes, alors même qu'une impressionnante batterie de réglementations interdisait déjà tous les feux de cheminée, échappements, je ne sais plus, qui avaient pu faire de la ville cette cité mystérieuse restituée par quelques films, des pas dans le brouillard, une femme qui marche et se retourne sur le tueur invisible, qui la suit. Je sortais d'une maison au bel arrondi de Wilton Crescent quand je m'étais rendu compte que je ne voyais rien. En cinq ou six ans de vie londonienne, c'était la première fois que cela m'arrivait. Pas question de prendre ni même de retrouver ma voiture, j'avais marché ainsi, au jugé. Et c'est comme je traversais, au *feeling*, l'une des rues qui débouchent sur Belgrave Square, que je les avais entendus, les pas derrière moi. Un pas

de femme, léger, les talons qui sonnaient sur le trottoir comme celui de la jeune femme en blouson noir, la veille, près de la statue de Savonarole. Lorsque je m'arrêtais, un pas, un autre encore, puis le pas, derrière moi, s'arrêtait à son tour. Comme suspendu, on aurait dit dans le vide. Je ne voyais rien. Encore une femme ! diront mes amis qui me jugent si bien : encore une histoire de femmes ! Qu'y puis-je pourtant si c'est à ces jeux-là, agrémentés de quelques émotions esthétiques tout aussi vaines (disent-ils encore), que j'ai épuisé ces soixante années où je tentais de vivre ? Encore une femme, oui : un souffle. J'imaginais le souffle de cette femme, car elle devait être très proche, l'inconnue qui calquait sa marche sur la mienne. Je repartais, elle repartait aussi pour s'arrêter à nouveau, le même petit décalage d'un ou deux pas sur le mien. Je savais tous mes sens aux aguets. J'espérais, j'attendais je ne sais quoi. Et plus je m'avançais dans cette masse silencieuse – aucune voiture, aucun passant, Londres avait capoté dans le brouillard... –, plus j'avais la certitude que, sans être née de mon imagination, la femme qui me suivait ainsi, parce qu'elle me suivait, n'est-ce pas ? sortait d'un film ou d'un roman victorien : elle portait une jupe longue, étroite, qui entravait un peu sa marche, un boa autour du cou. Par moments, le souffle que je devinais se précisait, j'aurais juré que la femme respirait plus fort, ou qu'elle pleurait peut-être. Mon cœur battait à présent à tout rompre. Nous avons dû encore traverser de la sorte Sloane

Street et c'est au moment où nous arrivions devant l'une de ces hautes maisons, à l'angle de Cadogan Place, je crois, que le pas, derrière moi, a changé de rythme. J'ai compris qu'il gravissait les degrés d'un perron puis, imperceptiblement, s'effaçait. La maison portait le numéro 75. Je me suis souvenu, c'était le Cadogan Hotel où Constance Wilde rendait visite à son mari jusqu'à ce que la police, mandatée par lord Queensberry, vienne arrêter le pauvre Oscar Wilde, dans une chambre du deuxième étage.

A peine ai-je ainsi parcouru quelques mètres sur la grande rue pavée de galets ronds et noyée dans le même brouillard, mes souvenirs londoniens en tête pour chasser la sale impression que m'avait laissée ce dîner, que j'ai cru, comme jadis le long de Wilton Crescent, entendre un pas derrière moi. Un pas de femme : comme à Londres, mon cœur s'est mis à battre plus fort. Une porte aussi, me semblait-il, avait claqué, quelque part dans ce gaz aqueux en suspens dont j'aspirais de longues goulées, pour me laver des odeurs et des fumées du restaurant. Je me suis arrêté mais le pas a continué pour s'éloigner, j'ai cru, dans une direction opposée. J'étais seul, oui, dans ce profond silence d'une petite ville de la plaine du Pô noyée dans le brouillard. Du coup, une irrésistible envie de pisser m'a saisi et là, sur-le-champ, au milieu de rien et pas même contre un mur, j'ai longuement pissé. Je n'avais pas fini que j'ai sursauté : le pas de femme (car c'était d'une femme qu'il s'agissait, les talons, le rythme...) avait claqué deux

fois, trois fois, avant de s'arrêter : « Pardon, je vous dérange... » La voix qui m'interrogeait : j'ai eu envie de rire. La femme que je devinais à moins d'un mètre de moi, Mirella, la belle Grecque qui riait, si complice, en bout de table, avec Suzan Jerzy, avait-elle deviné ce que je venais de faire ? Elle répétait : « Je vous demande pardon... » Puis, comme si c'était la chose la plus naturelle du monde, ici et à cette heure, elle avait pris mon bras : « Vous permettez ? »

La nuit ne faisait que commencer. Nous avons marché un moment sans échanger un mot, dans une brume qui s'était un peu éclaircie. Très loin, on entendait une musique, les flonflons, semblait-il, d'une fête foraine, mais c'était si improbable. La jeune femme était agrippée à mon bras, trébuchant parfois sur les pavés ronds. Elle ne me disait rien. Je me doutais vaguement que c'était sur un mot, un ordre peut-être de Suzan, qu'elle avait décidé de me suivre. Elle me parlerait de mon tableau, je le devinais. Pour lors, elle respirait plus fort, comme Constance Wilde qui rejoignait de nuit son mari indigne mais tant aimé à l'angle de Sloane et de Cadogan Street. Par endroits, quelques mètres avant qu'on l'atteignît, on distinguait maintenant le halo jaunâtre d'un réverbère. Devant nous, la rue paraissait n'en plus finir. Alors la jeune femme a soupiré : « Ils sont impossibles, n'est-ce pas... » Ils ? C'étaient ces jeunes gens, si sûrs d'eux, si convaincus du poids qu'ils avaient sur un échiquier où je savais ne tenir pour eux qu'une place infime, dérisoire fou

de la reine accroché à quelques pions dont ils faisaient des rois et à sa Mathilde qu'il brandissait trop haut pour qu'elle ne soit pas suspecte. « Ce n'est pas ma faute, vous savez... », a poursuivi la jeune femme qui était bien sortie derrière moi, elle me l'avouait, gênée quand même, pour obéir à son amie. « Je n'y peux rien, je sais que vous le comprenez... » Elle s'agrippa plus fort à mon bras pour me dire que, oui, ils m'auraient à l'usure, ils nous auraient tous, d'ailleurs... « Ils m'ont bien eue, moi, regarde-moi... » Elle me tutoyait à présent, insidieusement complice. « Regarde-moi. Pour eux, je ne vaux pas plus cher que la gamine que tu as rencontrée dans l'avion : rien, rien du tout. On se sert de nous, on nous tripote un peu, on nous caresse dans le sens du poil, quelques sous, une babiole, et c'est nous, ensuite, qui devons dire merci... » La petite jeune femme marocaine de Roissy devenue Anita en fourrure, son manteau de cuir et son col frissonnant, Mirella, la belle Grecque aux ordres de qui ? De la femme de Jerzy ou de n'importe lequel de ces jeunes marchands qui devaient finir la soirée entre eux, quelque part dans le salon d'un notable de la ville à qui ils escroqueraient, par-dessus le marché, un tableau du XVIe, un petit bronze Renaissance qui traînait sur une table mais qu'ils insisteraient pour payer – pas très cher... « Ils sont très forts, tu sais... » Et elle, Mirella, qui faisait partie, comme la petite Valérie de l'avion, comme tant d'autres croisées ailleurs et autrement, de

la triste cohorte des humiliées et des offensées auxquelles je savais ajouter ma part d'offenses et d'humiliation.

La voix de la jeune femme est ensuite devenue rauque pour me dire ce qu'elle avait à me dire, que je devrais le leur vendre, mon tableau, puisqu'ils y tenaient tant. « Rien ne vaut qu'on se batte comme tu le fais, remarqua-t-elle encore : surtout pas un tableau, une œuvre d'art. » Elle eut alors un vilain rire : « On meurt peut-être pour une idée, si on a un peu de courage, mais pour ça ! » On aurait dit que ma Mathilde était là, devant nous : « Pour ça ! » Ce mépris que la jeune femme avait pour mon tableau, pour tout ce à quoi je tenais, pour moi, en somme, qui (elle s'en doutait) ne serais jamais capable de mourir pour une idée : pourquoi parlait-elle de mourir, d'ailleurs ? Et pour quoi, quelle cause ou quel amour, aurais-je eu le courage de mourir ? Les flonflons lointains de la fête allaient et revenaient, au gré du brouillard et du vent. Je ne savais pas pourquoi j'écoutais cette femme, qui continuait, sur le ton familier, maintenant, d'une putain qui racole : « Allons, laisse-la tomber, ta Mathilde : sur son carré de toile peinte, elle est plate comme une limande ! » Ajouta-t-elle cet « ... Alors que moi ! », que j'ai cru entendre dans la foulée ? Son souffle était tout proche de mon oreille, dans mon cou. Ces parfums, aussi, l'odeur de femme qui était celle d'Anita à laquelle je n'avais pourtant que si peu goûté. Je me dégageai brusquement. Elle a dû faire un mauvais pas, elle a trébuché, je l'ai entendue jurer en

italien. Elle s'était cassé un talon et boitillait à présent derrière moi, tandis que j'essayais d'échapper à son discours.

La formidable pétarade d'un escadron de motocyclistes a éclaté à nouveau à l'autre bout du corso pour se rapprocher. Un bruit assourdissant, terrifiant dans ce silence où seules, loin, se balançaient d'invisibles musiques. Et ce brouillard : j'avais beau ne rien voir venir, je savais que c'était un véritable tonnerre qui fonçait vers nous et je savais que c'étaient eux, à nouveau, qui étaient de retour, du plus profond de la nuit et de l'enfer. Le brouillard était redevenu plus épais, on aurait pu croire que la rue entière, les maisons tremblaient, et le brouillard avec. Haletant, je me suis collé contre un mur à l'instant précis où quatre ou cinq phares perçaient enfin la nuit. La seconde d'après, cette espèce de peloton de la mort était passé. Trois secondes encore, dix – et le silence était retombé. J'étais à nouveau seul au milieu de l'admirable corso della Giovecca où des lambeaux de brume, à peine dissipés par endroits, laissaient entrevoir la beauté sage, austère, d'un long palais au balcon de pierre rose soutenu par des atlantes. La jeune femme grecque avait disparu. Jusqu'au bruit sec de ses pas sur le pavé qui s'était éteint.

Ou qui semblait s'être éteint... Car, de plus loin peut-être que les flonflons du bal, m'arrivait le même petit bruit, régulier, oui, et puis soudain interrompu, comme hésitant, pour reprendre ensuite son rythme

de métronome fatigué sur le pavé inégal d'une rue que je reconnaissais. C'était, sur la chaussée pentue de la rue principale de Heimwiller, le bruit de la grosse canne de bois, à la paume sculptée en forme de torse de femme, dont l'oncle Isaac s'était accompagné à la fin de sa vie. D'ailleurs, la brume qui m'entourait était celle de ces longs hivers, sur la petite ville endormie d'Alsace où la famille de Léonard Weill avait, depuis six ou sept générations, établi ses quartiers. Que ce son précis que mon vieil ami décrivait si bien dans son livre de souvenirs me revînt à la mémoire comme s'il faisait partie de mes propres souvenirs ne pouvait plus m'étonner. Mieux : Léonard lui-même me serait-il apparu en cet instant, venant vers moi de ce petit pas de long vieillard fatigué qui était devenu le sien, que je me serais avancé sans surprise à sa rencontre tant, je m'en rendais compte, sa présence à mes côtés, depuis mon arrivée à Ferrare, me semblait presque évidente. Les mots qu'il avait eus l'avant-veille pour répondre à mon discours, ses derniers poèmes, d'autres plus anciens qui me revenaient à la mémoire : la voix de Léonard m'était si proche depuis quarante-huit heures que je ne croyais l'entendre me décrire des moments de sa vie que pour mieux me les offrir, une sorte de cadeau qu'il me faisait, grave et malicieux à la fois : tu es si fier de tes enfances auvergnates, mon lapin ? Eh bien, qu'est-ce que tu dis de mon Alsace ? Et, le cœur en fête, je dévalais avec lui en vélo les routes étroites qui serpentaient parmi le houblon, les

pommiers. Ou là, dans l'ombre d'une haie d'aubépine, je me penchais sur la petite Annie, sa cousine, qui me regardait en clignant des yeux parce que le beau soleil l'éblouissait. Et ma main effleurait l'ourlet de sa jupe blanche, si sage. Elle avait une fine cicatrice à chaque genou, des écorchures récentes tant elle tombait souvent de vélo dans le gravillon des tournants, au-dessus de Heimwiller, dans les courses folles que nous faisions sans fin autour du village. Elle ne s'était pas relevée que j'avais déjà jeté mon vélo à côté du sien, dans l'herbe, et je me penchais sur ses lèvres, que Léonard avait décrites comme des cerises très fraîches où il aurait fait bon mordre. Soudain, pourtant, mon geste se figeait, ma main s'arrêtait au-dessus du genou et le regard de la petite fille s'évanouissait dans l'herbe fraîche de la prairie en fleurs. C'était Léonard, à nouveau, debout devant moi et qui me dévisageait, ironique : alors, lapin ? Elle te plaît, ma petite cousine ? Et je me relevais, penaud, sachant qu'aucune des petites cousines de mes enfances auvergnates n'avait jamais eu des lèvres comme des cerises, auxquelles il aurait fait bon mordre !

Au fond, je crois que, longtemps, j'ai envié Léonard. Lorsque, étudiant à Walden, je le voyais grimper la colline du château d'eau pour se diriger vers sa maison de bois, blanche, au milieu des bouleaux, je savais qu'il allait retrouver Danièle, qui était sa femme et qui était belle, qui écrivait comme lui des poèmes et qui travaillait à la bibliothèque de l'université. Je savais qu'il

s'enfermerait dans le minuscule bureau du rez-de-chaussée, encombré de piles de livres qui constituaient, devant les étagères branlantes, une seconde muraille de bouquins, incertaine, où je m'émerveillais qu'il puisse retrouver sans trop d'hésitation le volume qu'il cherchait et l'en retirer pour le consulter sans que s'écroulât la pile entière. J'enviais à Léonard les longues heures qu'il passait seul, je le savais, dans ce bureau à écouter du Bach, un livre à la main qu'il annotait, le grand cahier de format raisin sur lequel il griffonnait dans tous les sens des mots qui deviendraient poème. Derrière lui, il y avait, je m'en suis toujours souvenu, une petite fille en robe rouge peinte par Jerzy alors que celui-ci habitait encore l'Italie et qu'il donnait des toiles à ses amis pour les remercier de l'accueillir, qui dans sa villa toscane, qui (tel Léonard) dans la maison blanche de Walden où il avait habité l'hiver d'une année sabbatique que Léonard avait vécue, déjà, à Jérusalem. C'était non seulement cette toile, où les cuisses brunes de la très jeune fille, impudiquement écroulée sur un fauteuil, m'avaient pour la première fois fait découvrir les secrets de l'art du peintre, mais encore trois ou quatre dessins de Jerzy qui étaient suspendus, de guingois, dans l'étroite pièce. Si bien suspendus à la va-vite que l'un d'entre eux, dans l'axe de la fenêtre, avait fortement jauni. Le trait de la mine de plomb était devenu gris, très pâle par endroits et, comme il s'agissait de nus enfantins, la tache du sexe y apparaissait un gribouillis impudique. Je savais que

le modèle qui avait servi aux trois dessins était la jeune belle-sœur de Léonard, la sœur de Danièle qui s'était suicidée dans l'étang de Walden, sous les branches rouges des érables en majesté de l'automne suivant. Sur cette mort aussi, Léonard avait écrit des pages très belles, il y décrivait un bonheur auquel il n'avait pu atteindre mais que je lui enviais d'avoir su imaginer, moi pour qui les sages amours avec la petite Isabelle étaient pourtant source de tant d'émerveillements.

Par l'unique fenêtre du bureau où travaillait Léonard, on découvrait un grand morceau de prairie américaine piqué de bouleaux espacés puis, au-delà, l'arrondi de deux collines dont l'une, couronnée du château d'eau, dominait, sur un autre versant, les bâtiments des dortoirs des filles de l'université. Parfois, rentrant tard de chez Léonard avec qui j'étais resté quelques heures à discuter en buvant du bourbon, je devinais à travers les grandes baies éclairées les silhouettes de gamines qui se déshabillaient, indifférentes à Léonard qui seul (hormis ses rares visiteurs) pouvait s'égarer à cette heure du début de la nuit sur le sentier semé de feuilles mortes qui longeait les dortoirs avant d'escalader la colline, et je me voyais dans la peau de mon professeur, un rien voyeur, en train de lorgner au passage toutes les Sarah et si nombreuses Helen du Hermann Shapiro Center aux petits seins désinvoltes dessinés en ombres chinoises sur des rideaux transparents. C'était surtout le paysage inscrit dans la fenêtre du bureau de Léonard devant lequel j'aurais aimé,

chaque soir, travailler. Les rouges sanglants de l'été indien ou les lourdes nuits de neige, ce silence... Je me serais senti si bien dans la peau de Léonard que je m'imaginais souvent à sa place, non pas tant pour ses souvenirs alsaciens remplis de petites cousines, que pour ces soirées où, devant la fenêtre du bureau de la maison blanche, il lisait Baudelaire ou Thomas Mann avant d'écrire sur « La chevelure » ou à propos d'Adrian Leverkuhn, le héros de *Docteur Faustus*, des pages que je savais définitives. Et si je sonnais à la porte, ces soirs-là, simplement parce que je voulais parler avec lui, Léonard se levait lentement. Il disait à Danièle, quelquefois agacée (j'en étais presque certain) de me voir trop souvent débouler de la sorte à l'improviste : « C'est le petit... Il ne faut pas t'énerver pour si peu... Il ne fait que passer... » Je ne faisais que passer, oui. Mais je me sentais si intimement Léonard, dans ces moments-là, que j'éprouvais à mon propre égard une compassion douloureuse et, devenu dès lors Léonard lui-même, je me regardais m'en aller dans la neige, deux heures plus tard, en murmurant à Danièle, que j'enlaçais tendrement : « Le pauvre gosse... Je ne suis pas sûr qu'il s'en sorte jamais vraiment... », puisque, pour Léonard (je le savais), s'en sortir c'était tout bonnement tenter, comme lui, d'être poète, ou seulement savoir lire Baudelaire comme lui, méditer longuement sur des passages de la Bible ou de la Kabbale que, de ma vie, je n'ai jamais ouverts.

M'en sortir ? Dans cette rue de Ferrare où le brouil-

lard se lève doucement, j'ai la certitude, à l'instant où la dernière nappe se dissipe à l'angle d'un palais au fronton marqué d'un aigle de pierre, que la silhouette menue, cassée, du Léonard Weill dont, l'avant-veille, j'ornais le revers d'une rosette rouge, s'efface doucement avec un sourire un peu malheureux, humble, désolé en tout cas d'avoir pu, me ramenant vers ce passé qui nous est si cher à tous deux, faire remonter en moi des regrets (sinon des remords) qu'il m'arrive, Dieu merci, d'oublier parfois.

A quelques mètres du croisement du corso della Giovecca et de la via Bassi s'ouvre un grand parc où, je m'en suis subitement souvenu comme j'approchais de ses grilles, j'étais venu avec Hélène, le dernier jour. Le brouillard achevait à présent de s'enfuir, ou plutôt n'en restait-il qu'une manière de rideau qui enveloppait encore toute chose mais qui permettait d'y voir à peu près clairement à dix ou vingt mètres. Et, de l'autre côté de la grille où je me tenais, je reconnaissais la belle fontaine aux trois tritons où Hélène s'était assise, fatiguée, le visage dans les mains : « Tu me pardonneras quand même un jour, n'est-ce pas ? » Le regard qu'elle me lançait était désespéré. Elle me quittait, oui, mais j'avais fait tout ce qu'il fallait pour cela. Aussi, cette nuit, les deux mains accrochées aux barreaux de la grille fermée, je contemplais le vide devant moi, la fontaine à demi ruinée dont l'eau ne coulait plus

depuis des décennies. Je n'avais aucune envie de regagner mon hôtel aussi, retrouver l'endroit précis où, pour la dernière fois, Hélène avait pleuré devant moi me remplissait d'une émotion qui, subitement, m'amena les larmes aux yeux.

Je scrutais la nuit, les bouquets d'arbres irréguliers qui avaient jadis marqué des allées, un bosquet où je croyais me souvenir de la présence d'une statue, un buste de femme, une nymphe au visage dévoré par les ans mais dont seul le socle m'apparut distinctement parmi les branches d'une charmille qui l'enserrait. Mes yeux s'habituaient d'autant mieux à l'obscurité que le ciel s'était presque dégagé et qu'une lune, pâle, était aux trois quarts pleine au-dessus de la fontaine. Dans le même temps, et comme pour accompagner la nostalgie qui montait en moi, la musique foraine, très loin, du côté du fleuve, avait pris les accents d'une valse, aux notes lentement, distinctement égrenées par-delà cette moitié de la ville qui devait m'en séparer. J'avais toujours les deux mains agrippées, soudées aux barreaux de la grille. Une fois encore, mais c'était désormais monnaie courante, le temps semblait suspendu. Pourtant une cloche sonna, probablement de la belle église de Santa Maria in Vado où j'avais vu une Vierge debout sur un buisson ardent. Je distinguai alors une silhouette qui s'approchait doucement de la vasque. On aurait dit une femme, on aurait dit Hélène, bien sûr, qui, apeurée ou effrayée de quelque chose, aurait regardé en arrière. D'ailleurs, d'autres

frôlements venaient du bosquet, des branches bougeaient. Hélène était maintenant près de la margelle de pierre fendue. Mon cœur aurait dû battre à tout rompre, j'aurais dû chercher une explication à ce que je croyais entrevoir, le retour d'Hélène morte, tant d'années après, mais je demeurais figé, les mains si serrées sur les deux barreaux de fonte que je sentis une espèce d'engourdissement me saisir. Aurais-je voulu m'approcher davantage que la grille épaisse, solide, m'en aurait de toute manière empêché. Le visage de la femme qui devait reprendre son souffle ne m'apparaissait toujours pas, voilé par les cheveux, et celui de la jeune joueuse de tennis d'autrefois traversa mon esprit. Comme Micòl à l'heure où la police italienne venait s'emparer d'elle et de sa famille pour les remettre aux Allemands qui sauraient les engloutir dans une autre nuit, la femme, toujours debout près de la fontaine, paraissait inquiète. Le ciel devenait plus clair et un nuage disparut. Offert de plein fouet à la lune, le visage de l'inconnue n'était autre que celui de Mirella, que j'avais abandonnée à son sort voilà combien de temps ? Et si je ne l'avais pas vue boiter, son talon cassé, c'est qu'elle était pieds nus sur le gravillon envahi d'herbe folle. Mais la situation se précipitait. Spectateur impuissant, je vis quatre silhouettes d'hommes bouger dans la charmille qui entourait le bassin et, l'instant d'après, les quatre voyous que je ne connaissais que trop bien, dont les motos avaient, il y a un moment, troué le silence de la nuit, s'avançaient dou-

cement vers la jeune Grecque. On aurait dit un ballet minutieusement réglé, un film projeté au ralenti. Chacun s'extirpant littéralement d'un taillis parmi les taillis, danseurs sortis d'un film-ballet américain des années de la comédie musicale triomphante, le pouce dans la ceinture des jeans, ils esquissaient autour de la jeune femme les premiers pas, très lents, d'une chorégraphie déjà obscène.

Il me fallut quelques secondes pour comprendre que c'était à un viol que j'assistais, de l'autre côté de la grille. Mais la fille avait beau hurler, on la voyait ouvrir la bouche à se la déchirer, aucun cri, aucun son ne venait de la scène qui se déroulait à moins de vingt mètres de moi. C'est tout juste si la musique de la fête, lointaine, avait adopté un rythme, un tempo (percussions violentes mais toujours aussi étouffées) en accord avec le ballet que j'observais, impuissant, où chacun des danseurs en rut violenta tour à tour la victime qu'ils avaient tirée au milieu de la fontaine vide pour la renverser contre l'un des tritons de pierre qui, la dominant de son buste ébréché, semblait un complice ricanant. Puis, lorsque ce fut fini, chacun jeta à l'infortunée Mirella ce qui devait être un billet de mille lires froissé. Ils repartirent ensuite dans le même silence et il fallut le vrombissement des motos qu'ils avaient laissées dans la rue voisine, le tonnerre qui ébranla alors à nouveau la nuit lorsqu'ils surgirent sur le corso della Giovecca, frôlant les grilles du jardin auxquelles j'étais accroché, pour me sortir de l'espèce

de cauchemar où j'étais égaré. A quelques mètres de moi, la belle Mirella, toutes jupes relevées, pleurait.

Voulais-je vraiment lui porter secours ? A voir ainsi, troussé dans la nuit, le double en larmes de mon Anita perdue, j'éprouvais un curieux malaise, fait de répulsion mais aussi d'une forme honteuse de désir. La jeune femme dut m'apercevoir. Elle s'arrêta de pleurer et son regard se figea sur moi. La lune l'éclairait parfaitement, ses lèvres remuaient, elle m'appelait peut-être. Je demeurai pourtant un moment immobile, puis (elle m'implorait toujours) je me déplaçai lentement le long de la grille à la recherche d'une porte, d'un moyen de pénétrer dans le jardin. Mais le porche monumental encastré dans le grand porche de pierre sur lequel je ne tardai pas à tomber n'avait pas dû être ouvert depuis vingt ans. Je longeai encore la grille sans plus de succès dans l'autre direction puis revins à mon point de départ. Mirella était toujours appuyée à son triton. Elle s'est alors lentement redressée puis, enjambant le bord du bassin, elle a marché vers moi. Elle est ainsi arrivée à la grille dont seuls les barreaux me séparaient à présent d'elle. Ses mains se sont posées sur les miennes. Son visage était près du mien. Je voyais la large estafilade que lui avait faite à travers la joue l'un des voyous, ses lèvres épaisses, tuméfiées. Elle avait pleuré, le maquillage avait coulé. Elle a dit quelque chose comme : « S'il te plaît... » mais elle parlait si bas que j'entendais à peine. Je regardais sa bouche, celle d'Anita que je n'avais jamais fait qu'effleurer,

jadis, à l'hôpital Dominique-Larrey de Versailles où elle me rendait visite. Ses yeux étaient, aussi, immenses, bordés de longs cils noirs, ceux de mon amie grecque de jadis. Elle implorait toujours : « S'il te plaît... » Très lentement encore, un autre film qu'on aurait projeté au ralenti, la jeune femme a desserré ses mains des miennes et s'est laissée glisser le long de la grille, jusqu'à se retrouver à genoux devant moi. Nous étions toujours séparés par les barreaux de fer que, plus que jamais, je tenais à pleines mains. Le visage d'Anita était à la hauteur de ma taille. Ses mains ont défait ma ceinture puis, avec une effrayante douceur, elle a commencé à me caresser. Ses lèvres, alors... J'étais debout, agrippé à cette grille rouillée, mon sexe dressé entre les barreaux et qu'Anita avec la même effrayante douceur...

La musique de la fête, si loin, s'était faite douceâtre, violoneuse, sirupeuse. J'avais fermé les yeux. Appliquée, les paupières baissées, mon amie disparue achevait gravement sa besogne. Elle est ensuite demeurée un moment agenouillée de la sorte, le souffle un peu court, les lèvres entrouvertes, humides. Son regard s'est levé vers moi. J'y lisais le même « S'il te plaît... » Elle voulait dire : « S'il te plaît, ne te fâche pas, ne dis rien, n'aie honte de rien, ce n'est que la vie... » Anita était morte à vingt-cinq ou vingt-six ans. Je ne l'avais pas vue, d'une effroyable maigreur, dans la chambre d'hôtel, à Londres où, à la fin, elle s'était enfermée. Longtemps j'avais regretté, en homme que j'étais si

bêtement, de n'avoir jamais profité des faiblesses que je lui savais pour moi. La jeune femme a secoué la tête : « Il fallait que je le fasse... Au moins une fois. » Je l'ai vue se redresser aussi lentement qu'elle s'était inclinée. Sa bouche était presque à la hauteur de la mienne, j'ai détourné le visage. La musique, distinctement, était devenue une chanson grecque, *Les Enfants du Pirée*, à coup sûr, pour n'éviter aucun cliché. Je me rajustais furtivement ; debout en face de moi, la jeune femme en faisait autant, le désordre de ses vêtements, les voyous de tout à l'heure. Elle a tiré d'un sac que je ne lui avais pas vu jusque-là un tube de rouge à lèvres et, en quelques instants (« Tu permets ? Je me refais une beauté... »), elle s'est barbouillé le visage de couleurs trop vives. Puis elle m'a fait signe de la suivre et, chacun d'un côté, nous avons longé la grille sur une trentaine de mètres. Parvenue à la hauteur d'un pavillon qui n'avait qu'une fenêtre, je l'ai vue disparaître pour me rejoindre, dix secondes plus tard, tournant le coin du pavillon baroque : « Tu vois, c'est aussi facile de sortir de là que d'y entrer ! » Elle s'est accrochée à mon bras. « Il y a sûrement un café d'ouvert piazza Ariostea : avec l'humidité qu'il faisait dans ce foutu parc, j'ai besoin de boire quelque chose de chaud. »

Nous sommes repartis en direction des murailles. La nuit était devenue un théâtre d'ombres où plus rien n'avait de réalité, le cauchemar le disputant seulement à des bribes de souvenirs d'où je ne savais plus

m'extraire. Il faisait peut-être humide mais l'air était d'une curieuse tiédeur, dont le brouillard, qui redevenait plus épais par moments ou, par endroits, accentuait encore l'espèce de touffeur pesante. Mirella ne ressemblait plus le moins du monde à ma pauvre Anita, plus maigre que mon amie disparue, le nez plus aigu qu'il ne m'avait d'abord semblé lorsqu'elle m'était apparue à Roissy. Quant au parfum dont elle avait dû s'asperger en même temps qu'elle s'écrasait du rouge sur les lèvres et sur les pommettes, c'était maintenant un horrible patchouli qui me rappelait d'autres souvenirs encore, toujours aussi misérables, jadis sous les remparts d'Avignon, en un temps où, grâce à celle du moment qui l'entretenait, Jerzy avait loué un mas du XVIIIe siècle entre Aix et Salon. J'allais lui pêcher là-bas des modèles équivoques dont lui, l'artiste si fier de ne pas achever un tableau en moins d'un an ou deux, il tirait en une nuit de rapides ébauches, obscènes, celles-là, jusqu'à l'outrance, que, le plus discrètement du monde, un marchand japonais (très certainement lié à l'ineffable M. Yoshima que j'avais laissé en compagnie de la belle Suzan et de sa fine équipe) écoulait pour des sommes extravagantes sur un marché asiatique qui était en train, à ce prix, d'acquérir ses lettres de noblesse. Jerzy avait trouvé un nom à cette série de toiles brossées à la va-vite, il les appelait ses « Petites Demoiselles d'Avignon » et s'amusa même, à deux ou trois reprises, à affubler l'une ou l'autre d'un masque nègre. Puis, ne gardant ces dames que le temps d'une

esquisse, il me les abandonnait ensuite. Je passais ainsi des fins de nuit brûlantes avec une Séraphine, experte en travaux manuels, et une Amina, venue de la Goutte d'Or et qui m'en laissa un temps quelques souvenirs plus brûlants encore. Mais, étendue à plat sur un sommier bas, face à la fenêtre, nue aux seins minuscules de gamine à peine nubile, cette Amina d'une seule nuit (je ne la revis jamais, ni à Avignon ni ailleurs) valait cent fois les lamentables croûtes qu'elle inspira à Jerzy. J'habitais un pavillon au bout du jardin, les matins y étaient beaux, sur la campagne d'Aix, les vignes, des champs d'oliviers où détalaient des lapins : seule Amina y sentit jamais la citronnelle ou la menthe fraîche. Les autres modèles ramassées sous les remparts d'Avignon avaient, elles, cette odeur de jasmin trop violente mêlée de sueur de femme que je retrouvais ce soir chez la Grecque au nez busqué, toute caparaçonnée de cuir et de fourrure comme à son entrée dans l'avion. J'avais d'ailleurs dû rêver à haute voix car elle se retourna brusquement, avec un mauvais rire : « Mais qu'est-ce que tu crois, même les vieilles putains ont un jour été des petites putes : les gros malins comme toi le savent, qui se démerdent pour les cueillir à temps ! » La citronnelle et la menthe : la petite Amina des remparts d'Avignon sentait aussi l'herbe fraîche, des brassées de fleurs des champs... La Grecque eut à nouveau son vilain rire, mais ne dit plus rien. Elle boitillait toujours, le talon cassé de sa chaussure retrouvée qui pendait, retenu au corps du soulier par

281

un lambeau de cuir. Nous dûmes nous arrêter devant un porche fermé qui aurait pu être celui du jardin où jouaient au tennis les amis de Micòl Finzi-Contini. Mirella jura en arrachant le morceau de cuir : « Des grolles à cinq mille balles, si c'est pas malheureux... » puis, comme confuse de la trivialité qui lui avait échappé, elle haussa les épaules : « C'est pas grave : tu m'en paieras d'autres, pas ? » Je crus que, pour un peu et plus élégamment encore, elle allait me rappeler la « chatterie » (ce fut l'expression qu'elle utilisa plus tard dans la nuit) qu'elle m'avait faite à travers la grille pour me dire que ces choses-là valent bien une paire d'escarpins. Elle se contenta de soupirer : « Vous, les hommes, vous ne vous rendez pas toujours compte... »

Nous arrivions à la piazza Ariostea. Le grand quadrilatère d'herbe rase légèrement en contrebas de la rue était, lui, un lac de brouillard. La statue du poète elle-même avait été engloutie par la nappe épaisse et d'un gris bleuâtre sous une lune qui s'était tout à fait levée et éclairait de sa lumière d'acier les façades des palais alentour, au contraire parfaitement dégagées. Je me souvins des anciens thermes médiévaux de Bagno Vignoni, près de Volterra, où le cinéaste Andreï Tarkovski a tourné l'un de ses plus beaux films : c'était, de la même manière, une espèce de piscine vaporeuse entourée des façades parfaites d'une petite église, au sud, avec son atrium voûté, et de quelques antiques maisons dont les fenêtres, comme ici, donnaient l'impression de plonger sur un bassin de vapeurs en

suspension dans l'air dont la simple traversée aurait pu constituer une manière d'épreuve initiatique. Mais il n'était pas question, ici, et cette nuit-là, de traverser le grand jardin englouti de la piazza Ariostea, ç'aurait été comme se perdre dans les limbes d'un monde d'où je n'étais pas certain, cette nuit-là précisément, de savoir vraiment revenir. Le dire ? Subitement, l'espace ouvert devant nous, entre le corso della Porta Mare et la via Palestro, me semblait habité de silhouettes pourtant parfaitement invisibles, mouvantes, que l'œil n'aurait su discerner mais dont d'infimes frémissements, ici ou là, de la masse cotonneuse qui les enveloppait pouvaient laisser deviner l'existence latente, menaçante peut-être. Les lumières au contraire chaleureuses d'un café que je n'avais jusqu'ici jamais remarqué, un peu en retrait à l'angle de la via Palestro et d'un minuscule vicolo, nous appelaient. « Tu vas voir : y a du beau monde, là-bas ! », me lança Mirella. Lorsque j'en ai poussé la porte, personne n'a levé les yeux vers nous dans la salle pourtant remplie de consommateurs à cette heure tardive de la nuit. Une radio, ou une machine à musique, diffusait en sourdine les mêmes valses que les bruits de la lointaine fête qu'on entendait encore l'instant d'avant, quand nous longions la place.

Une seule table était libre, située à proprement parler au beau milieu de la pièce enfumée que des loupiotes d'un autre temps, disposées sur les murs comme d'anciens manchons de lampes à gaz, n'éclairaient que

chichement. Aussi l'espace central du café était-il plongé dans la pénombre alors que ce peu de lumière permettait de mieux distinguer les tables disposées le long des murs. Ma compagne s'est dirigée droit vers la table vide pour se laisser tomber d'une pièce sur une chaise de bois qui a craqué sous elle. La jeune femme semblait d'ailleurs plus lourde qu'au début de la soirée, lors de son entrée triomphale au restaurant. Ses traits mêmes paraissaient épaissis. Assise de travers, elle avait relevé ses jupes sur des cuisses larges et blanches, à la façon de ces matrones fatiguées qui abandonnent toute pudeur pour sacrifier au confort d'un instant. Fatiguée, la pauvre Mirella l'était bien, en effet. Pâle, elle avait les traits cernés, les joues presque flasques. Elle me regarda : « Tu me trouves moche, n'est-ce pas ? » Je ne pouvais pas lui répondre. Au serveur qui s'approchait elle demanda un verre de rhum, précisant d'une voix grasse que c'était celui du condamné. Le garçon ne comprit pas. Il était jeune, mal rasé, sa chemise couverte de taches sombres. Je commandai moi-même un grog puis me ravisai et demandai du vin chaud qu'on me servit presque immédiatement. Mirella fit cul sec de son premier verre de rhum, on lui en apporta un deuxième, la couleur lui revint aux joues.

Je n'avais aucune envie de parler avec ma compagne. Elle-même, l'air absent, regardait le vide. Je n'avais pas sommeil non plus, ni le moins du monde envie de rentrer à l'hôtel. Tout ce qui m'arrivait depuis la veille,

mes rencontres, jusqu'à mes déconvenues, me donnait l'impression d'une manière de spectacle qui se serait déroulé autour de moi et dont je n'aurais parfois été que par hasard l'un des acteurs. Et quand bien même c'étaient souvent des personnages échappés à mon passé le plus intime qui semblaient de la sorte entrer ou sortir de scène, chacun de ces fantômes aurait aussi bien pu surgir des souvenirs d'un autre que moi, pour peu que ç'ait été cet autre qui se fût trouvé à Ferrare en mes lieu et place. Car c'était Ferrare elle-même, je n'en doutais pas, qui engendrait ce théâtre d'un genre si particulier dont tant de séquences étaient ancrées dans la mémoire de cette ville, son histoire véritable ou celle qu'un romancier né à l'ombre même du palais ducal lui avait inventée, si proche pourtant de la réalité.

Mes yeux, cependant, s'habituaient peu à peu à la semi-obscurité de la salle, comme mes oreilles commençaient à y distinguer, parmi le brouhaha que la mauvaise acoustique rendait plus confus encore, des conversations particulières, ici ou là. C'était même là le plus surprenant de ce que j'éprouvais depuis que j'avais mis les pieds au Caffè Ariostea : la manière dont me parvenaient tour à tour, d'une table ou d'une autre, des morceaux entiers de dialogues dont on aurait dit le découpage en brèves séquences d'un scénario de film où les auteurs auraient joué avec une virtuosité presque trop marquée de tous les artifices d'un montage alterné. De la même manière, c'était comme si les éclairagistes de ce studio au décor réaliste en diable

dirigeaient successivement le feu de leurs projecteurs vers la ou les tables d'où me parvenaient les conversations.

Ainsi ces trois vieux hommes, peu éloignés de moi, qui buvaient une liqueur épaisse et parfumée dans des petits verres courtauds qu'un serveur leur remplissait régulièrement à ras le bord. L'un d'entre eux, très grand, maigre, portait un appareil auditif qui ne devait lui servir à rien, tant il prêtait peu d'attention à ce que disaient ses compagnons. Beaucoup plus petit, le crâne poli comme un billard, le deuxième buvait beaucoup plus. Le troisième, dont je ne voyais pas le visage, paraissait perdu dans un rêve à demi éveillé : « Que voulez-vous, murmurait-il sans cesse après chacune des répliques des deux autres : que voulez-vous, tout a tellement changé ici, que je ne reconnais plus rien. » Il soupirait ensuite pour s'adresser à l'un ou l'autre de ses amis : « Et qui es-tu, toi ? Est-ce que je te connais ? » Mais le grand maigre ignorait ces interruptions. Avait-il visité l'exposition du palais des Diamants ? D'un ton sentencieux, il énonçait à intervalles réguliers des vérités premières sur la peinture et les peintres, le dévoiement de l'art d'aujourd'hui. « ... Et d'abord, s'exclama-t-il soudain d'une voix forte, courroucée : d'ailleurs, ceux qui affirment que l'artiste a une mission, quelle qu'elle soit, sont des crétins qui n'ont jamais su regarder une toile ! » Celui qui buvait le plus semblait lui aussi furibond : « Comment peux-tu lancer des énormités comme cela, surtout ici ! »

finit-il par protester. Ce à quoi le vieux monsieur à l'air absent répondit d'un « Pourquoi surtout ici ? » suivi de son habituel haussement d'épaules, désespéré : « Que voulez-vous ? Moi, je ne reconnais plus rien... » A l'aparté qu'échangèrent les deux autres, je compris que leur ami sortait d'une maison de santé, où cette maladie dont je redoute parfois si terriblement de deviner un jour en moi les premiers symptômes (les noms qui vous échappent, la mémoire ensuite, qui vous trahit un peu, puis un peu plus...) le tenait enfermé. L'homme, cependant, le malade, parut alors saisi d'un accès de lucidité. Il regarda autour de lui, désigna des visages dans la salle : « Mais c'est Lida Mantovani, là-bas ? Et la pauvre Clelia Trotti ? Pourquoi ne me saluent-elles pas ? » Je n'avais fait que lire ces noms dans un recueil de nouvelles de Bassani, ils m'étaient pourtant ce soir étrangement familiers. L'homme paraissait subitement inquiet, nerveux. Les deux femmes qu'il avait désignées l'avaient sûrement entendu, elles le regardaient avec surprise. Non loin d'elles, je reconnus à nouveau le cher Bruno Lattes. Nos regards se croisèrent au-dessus du vieux monsieur. Il me fit un petit signe de connivence qui voulait dire, eh oui, il est bien malade mais on l'aime tant... Le grand vieillard maigre, d'un geste théâtral, a alors débranché son appareil auditif : « Je ne veux plus entendre ces imbécillités ! » Lui aussi avait crié. Le petit chauve de crier plus fort que lui : « Tais-toi, mon pauvre vieux ! C'est toi, l'imbécile qui joue au génie

287

alors que tu n'es qu'un faiseur, pour ne pas dire un faisan ! » Mais le sourd ne pouvait plus l'entendre. Il souriait, il se mit bientôt à rire, comme s'il s'en racontait à lui-même de très drôles. Quant au troisième, le malade qui s'était échappé de l'hôpital où l'on devait le retenir de force, parfois l'entraver tant il se débattait pour revenir et revenir encore à Ferrare où toute sa vie s'était écoulée, il répétait toujours : « Et puis non... Je ne reconnais plus personne... Plus rien ni plus personne... » Chacun, dans la salle, semblait néanmoins le reconnaître. On avait pour lui des regards navrés...

Ainsi cette femme que je reconnus, moi, assise à deux tables de lui et vers laquelle les lumières de ce théâtre d'ombres semblaient s'être déplacées. A n'en pas douter, c'était la veuve du pharmacien déjà croisée la veille au soir, au Caffè della Borsa, face au château, et qui m'avait dévisagé avec une hostilité si évidente. Outrageusement maquillée et couverte de bijoux en toc, dont une rivière de diamants admirablement mal imités qui plongeait jusqu'aux racines d'une poitrine énorme et flasque sous le large décolleté d'une robe vieille de plus d'un demi-siècle, elle avait bien la bouche mauvaise, soulignée de rouge sang, de Madame Irma. Je n'avais vraiment plus aucune raison de retrouver la petite Valérie de l'avion à sa table. Les deux femmes, la jeune et celle parfaitement sans âge qui me faisait face, parlaient pourtant à voix basse. Ou plutôt, penchée vers une interlocutrice à peu près silencieuse, la veuve Barilari, puisque c'était son nom,

chuchotait sans fin au visage de la gamine. Comme elle buvait du vin rouge (le serveur avait laissé la bouteille sur la table) et remplissait elle-même son verre à peine l'avait-elle vidé, j'imaginais l'haleine lourde de la femme, l'odeur de vinasse mêlée aux parfums bon marché qui devaient aller de pair avec les bijoux de pacotille. De même que la lumière de la salle paraissait centrée sur elle, sa voix me parvenait à présent, tout à fait distincte dans son chuchotis. Elle désignait, du menton, le vieil homme malade. « Tu la vois, cette raclure, murmurait-elle à ma petite voisine de l'avion : tu le vois, ce débris ? Est-ce qu'on pourrait se douter, à voir ce qu'il en reste, qu'il a tenu le haut du pavé, dans cette ville ? Et qu'il en a tiré toutes les ficelles ? L'ordure... Il a inventé mille saloperies sur des bons Italiens comme mon mari et moi (parce que nous étions de bons Italiens, nous, des vrais, des chrétiens, pas des métèques venus de Dieu sait où...) quand il a cru qu'il avait gagné la guerre : regarde-le, ce résidu de fausse couche que des infirmiers musclés vont venir chercher, tout à l'heure... » Vaguement gênée, mais pas trop, la petite Française souriait niaisement et ça y était ! L'odeur immonde de la femme m'arrivait à présent, vinasse et patchouli mais aussi la sueur d'aisselles douteuses, le formol aussi, qui lui collait au corps depuis le premier jour qu'elle avait mis les pieds dans la pharmacie de son mari, mort de honte et de remords (disait-elle : et elle vouait à mille morts plus horribles

encore ceux qui l'avaient conduit là, son pauvre cocu de Barilari de mari).

La vieille femme avait dû remarquer le regard que je posais sur elle. Elle s'est interrompue un instant avant de se pencher davantage sur son interlocutrice. C'est de moi qu'elle parlait à présent, aucun doute. D'ailleurs, la gamine me regardait à son tour, plus gênée que jamais. Et la main de Mirella, toujours assise à côté de moi et que j'avais presque oubliée, se crispa sur ma cuisse lorsque la veuve Barilari, regagnant peu à peu tous les traits de Madame Irma, évoqua cette « autre ordure », pas très loin d'elle non plus, qui payait très cher (« disait sa femme » : le nom de la mienne lui était venu naturellement aux lèvres) les plaisirs que « venaient lui donner à domicile, s'il vous plaît ! des putains qui se prétendaient artistes ou modèles ». Le brouhaha avait repris plus fort, dans la salle, la machine à musique qui s'était mise à diffuser à présent un rock'n roll sourd, et la grosse femme peinturlurée mettait les points sur les *i* pour la jeune fille, décrivait de tristes mises en scène devant le tableau de Jerzy, dans l'appartement de la rue de Varenne. « Tous des salopards, ma petite, tous vicelards et compagnie. » La voix s'échappa un moment dans le roulement prolongé d'une batterie dont des haut-parleurs, aux quatre coins de la salle enfumée, amplifiaient subitement la rumeur. Avant que le halo de lumière qui entourait la femme la quittât pour de bon, deux ou trois lambeaux de phrases m'arrivèrent

encore : « ... et tout cela au nom de l'art, n'est-ce pas ?... Une vraie femme et une femme peinte sur une toile, il y a des malades, vois-tu, petite, pour ne pas voir la différence... » La main de Mirella était brûlante sur ma jambe. J'ai levé les yeux vers elle, j'ai vu qu'elle pleurait.

Je devais en être à mon troisième ou quatrième vin chaud et j'avais la certitude que c'était chacun des consommateurs, assis dans la demi-pénombre du Caffè Ariostea, que j'allais entendre tour à tour, les trois vieillards, la grosse femme, puis Bruno Lattes qui, pour la millième fois peut-être, racontait à mi-voix à Gina, que j'avais remarquée en compagnie du lecteur des *Falaises de marbre* le premier soir, ce qui s'était déroulé devant le Caffè della Borsa, une nuit de 1943 : les voyous fascistes, ces *squadristi* menés par un Sciagura, un Bottecchiari ivre comme les autres, venus sur le coup de deux heures du matin, arracher à la prison de Piangipane une poignée de détenus, socialistes ou syndicalistes, pour les fusiller comme ça, devant les douves du château et face à la pharmacie Barilari. Le pharmacien, qui avait tout vu de sa fenêtre, avait donc préféré se taire : éclairé de plein fouet par le projecteur de la mémoire, Bruno Lattes me faisait un signe amical, en levant son verre : nous, au moins, nous n'avions pas oublié ! Ce fut ensuite au tour des quatre jeunes femmes que je connaissais bien, elles, de sortir de l'ombre. Assises près d'une issue de secours, comme s'il leur avait fallu être prêtes à partir sur-le-champ

quand on leur rappellerait que leur place n'était pas
là, tout au plus sur une vieille toile mal vernie au palais
des Diamants, elles étaient les cousines qu'avait peintes
Jerzy, jadis, à Rome, Blanca et Geneviève, la pauvre
Dodie et la dernière, celle dont j'avais oublié le nom.
D'ailleurs, le grand vieillard sourd qui coupait la parole
à ses deux interlocuteurs, affalés maintenant devant
leurs verres de liqueur toujours remplis, leur avait
adressé un petit signe de connivence : il ne pouvait être
que le peintre lui-même, un Jerzy plus vieux encore
que dans mon souvenir, presque méconnaissable mais
venu lui aussi à ce rendez-vous qu'ils m'avaient, en
somme, tous donné, mes amis d'hier, d'avant-hier,
ceux de toujours, les vivants et les morts. Car c'était
Charles, à présent, son éternel mégot au coin des
lèvres, une main posée sur l'avant-bras d'Hélène qui
m'adressait à son tour un petit sourire triste, qui levait
à son tour son verre vers moi, du même geste que
Bruno Lattes. « Il fallait que je vienne, tu le comprends
bien... », murmurèrent un instant les lèvres muettes
d'Hélène, que j'avais tant aimée et tant trahie. Jusqu'à
ce jeune homme indifférent pour lequel elle avait fini
par se décider à me quitter et qui l'avait acculée à ce
suicide atroce, dans une chambre d'hôtel de Glasgow
où elle avait échoué parce qu'elle n'avait plus nulle
part où aller, jusqu'à ce Roger anonyme et vaguement
philosophe qui l'avait trompée avec ses étudiantes et
qui était là, lui aussi. Je ne l'avais jamais vu, j'avais
toujours refusé de le rencontrer mais ce ne pouvait

être que lui, seul à l'écart, qui buvait un liquide jaunâtre, attablé sous l'une des loupiotes du bar. Pour la première fois, j'ai croisé son regard et ni lui ni moi n'avons baissé les yeux.

J'ai revu, naturellement, le groupe des joueurs de tennis, qui étaient également les étudiants du restaurant où j'avais dîné la veille au soir. Bruno Lattes s'était assis parmi eux. Il avait posé son grand chapeau noir devant lui. Alberto, un jeune homme au visage très doux, lui parlait à mi-voix. Je devinais qu'il lui parlait de sa sœur, la joueuse de tennis qui ressemblait à la jeune actrice que j'avais croisée plusieurs fois dans les rues de cette partie de la ville. Bruno Lattes hochait la tête, il aimait la jeune fille, il comprenait la tendresse de ce frère pour sa sœur. Massimo, le garçon qui lisait Jünger, son livre à la main, ressemblait plus que jamais à mon fils, le même sourire ambigu. J'aurais voulu, lui, qu'il levât les yeux vers moi, mais il lisait toujours, indifférent à ce qui se déroulait autour de lui. C'était mon fils, il ne me regardait pas. Seul, peut-être, il ne participait pas à cette mise en scène dont je ne parvenais pas à croire qu'elle fût née de ma seule imagination et qui, dans le grand café sous les arcades de la piazza Ariostea, rassemblait autour de moi ce que j'avais connu de meilleur comme de plus honteux.

Seul mon fils ne voyait pas, non plus, la bande de voyous aux crânes rasés, blousons de cuir flambant neufs et insignes de tous les soldats perdus du monde épinglés sur leurs vêtements : les doublures, sans aucun

doute des tueurs fascistes des années d'horreur. Eux, qui ne buvaient que de la vodka, promenaient un regard goguenard sur le reste de l'assistance. Bientôt, d'ailleurs, des quolibets fusèrent de leur table. Ils s'étaient mis à parler haut, apostrophant les autres clients. Les filles, un groupe de jeunes filles en blanc assises près de l'entrée et que je n'avais pas remarquées, avaient droit à des remarques salaces, de même que les cousines peintes par Jerzy. « Regardez-moi ces vicieuses... » : on aurait dit que les garçons aux crânes rasés avaient su que, trente ans plus tard, ces gamines à l'air trop sage apparaîtraient à demi nues sur les toiles d'un peintre célèbre dans une salle du palais des Diamants. Mais c'était surtout une table occupée par le vieux petit bonhomme qui, la nuit précédente, cherchait si désespérément Leonardo, dans les ruelles les plus sombres de la ville, qui attirait leurs moqueries haineuses. Le petit homme portait une redingote luisante et ses longs cheveux gris aux boucles tire-bouchonnées étaient coiffés d'une kippa brodée d'argent. En face de lui se tenait, timidement, mal à l'aise, la belle jeune fille brune dont j'avais aperçu la silhouette dans la pénombre de la maison par la porte entrouverte de la via della Volte. Elle-même ne buvait que de l'eau et avait remonté son fichu haut sur son cou, pour échapper aux regards des voyous qui se moquaient d'elle, qui acceptait de sortir « avec un vieux aussi dégoûtant que ce vieux juif puant ! » C'était celui avec qui j'avais échangé quelques horions devant l'aéroport

294

qui avait lancé son insulte. Un autre, plus gros, râblé, des anneaux d'acier un peu partout, aux oreilles, à la lèvre, enchaîna aussitôt : « Ce vieux juif puant ? Mais ils le sont tous puants, ces gens-là, tu ne le sais pas ? » Et un troisième de renchérir : « C'est pour ça qu'ils bouffent pas de cochon : de peur de se manger entre eux sans le savoir ! » La nuit de 1943, la grande rafle de septembre, planait à nouveau sur nous.

Un silence très lourd était tombé sur la salle. Les flonflons lointains du bal, jusque-là relayés par les haut-parleurs de la machine à musique, s'étaient éteints. Je me souvenais d'une phrase de Léonard Weill qui racontait le martyre des trois sœurs de son père, arrêtées à Colmar et (par quelle erreur administrative ?) déportées en Allemagne dans un wagon de voyageurs, avec sièges rembourrés et pimpantes photos de la Riviera encadrées dans chaque compartiment : « Quand on me traite de juif, et ça m'arrive encore quelquefois, même à New York qui est comme tout le monde le sait, la plus grande ville juive du monde, je souris sans répondre. Mais il n'y a pas de raison d'en être plus fier que ça ! Parce que, tu le sais, nous avons tous fait trop longtemps la même chose : nous sourions et ne répondons pas souvent. Imagine, pourtant, la formidable clameur rentrée qui est en chacun de nous, depuis que le premier juif s'est fait, pour la première fois, botter le cul : tu imagines le boucan que ça peut faire quand ça sort de partout ! » Et le vieux monsieur en redingote, de sourire, donc, comme Léo-

nard me l'avait dit : je n'ai pas pu voir la jeune fille, en face de lui, mais je suis sûr qu'elle ne souriait pas. Le silence, plus pesant encore qu'avant les ultimes obscénités des voyous, avait figé la salle. Je savais que j'aurais dû intervenir, et je suis convaincu que beaucoup d'autres, autour de moi, auraient voulu le faire aussi, mais j'étais paralysé, les membres noués. J'aurais dû crier, aussi, mais ma gorge, vous vous souvenez, ma gorge ! On a toujours une bonne excuse, en ces moments-là. Une voix, pourtant, s'est levée. Celle du vieil homme attablé avec deux compagnons et dont on a dit qu'il était malade, loin de l'hôpital où nul ne le soignerait plus. Elle s'est levée, claire et distincte, cette fois. Il s'adressait à la tablée des voyous. « Messieurs, a-t-il lancé avec un accent étrange, qui paraissait venir d'une autre Italie que je n'avais jamais connue : messieurs, vous arrivez avec plus d'un demi-siècle de retard. Puisqu'on a bien voulu me permettre de revenir ici une dernière fois afin de vous regarder tous en face, mes amis et les autres, je vous demanderai à vous, messieurs, de disparaître ! » Un rire étouffé lui répondit d'abord, vite réprimé car, à trois ou quatre tables de là, des étudiants, que j'avais déjà remarqués et d'autres, s'étaient levés à leur tour. L'air de s'en excuser, Massimo, presque mon fils, avait sorti de sa poche un coup-de-poing américain. Tous se sont rapprochés de la table des quatre voyous. Là encore, on aurait cru la mise en scène parfaitement réglée d'une scène de ballet, dans un film musical américain des années cin-

quante. L'éclairage était devenu bleu électrique. Les filles avaient l'allure de petites danseuses sur le point d'esquisser un pas de deux avec chacun des étudiants. Les crânes rasés reculaient. Alors le faisceau du dernier projecteur a accompagné jusqu'à la porte le quatuor des trouble-fête et toutes les lumières, d'un coup, se sont éteintes. Le café fermait ses portes. Une ombre s'est seulement glissée à l'intérieur. J'ai reconnu Michaela De Chiari qui s'approchait de l'homme au crâne brillant, demeuré silencieux, comme le peintre célèbre assis à sa table et comme chacun d'entre nous, avant que le plus vieux d'entre ces vieillards osât lever la voix. Michaela a pris le bras du vieil homme chauve. C'était naturellement son père, le grand poète que la guerre avait brisé. D'ailleurs, Suzan Jerzy est arrivée à son tour, entraînant son mari. Quant à l'écrivain malade qui avait tant raconté l'histoire de sa ville, il s'était déjà évanoui dans les brumes dont il n'était sorti que pour nous parler encore une dernière fois. Mirella a posé une main sur la mienne : « Ce n'est pas fini, a-t-elle murmuré : tu vas encore avoir besoin de moi. »

Besoin d'elle ? Elle était toujours pendue à mon bras quand nous nous sommes retrouvés dans la rue. Clopinant sur son talon cassé, elle murmurait des mots que je ne cherchais pas à comprendre. Je n'avais plus qu'un désir, maintenant, celui de regagner au plus vite mon hôtel et de me débarrasser de ma compagne, mais

celle-ci n'avait aucune intention de s'évanouir dans le brouillard. Car le brouillard était revenu, plus dense que lorsque nous avions pénétré dans le Caffè Ariostea mais maintenant comme suspendu à un mètre cinquante, deux mètres du sol. On devinait qu'au-dessus l'air était libre et clair. La place, que nous avions d'abord longée, n'était plus qu'un lac de brume en contrebas, où les réverbères formaient à peine une tache plus claire. Devant nous s'ouvrait la perspective de la via Palestro, dont on devinait le faîte des palais à l'apparence abandonnée. Je savais que l'un d'entre eux portait des aigles et des trophées de grès rose, mais ne pus le reconnaître. J'accélérai le pas, pour décourager la jeune femme. « Si tu ne veux pas m'emmener à ton hôtel, tu peux venir dans le mien », finit-elle par me proposer. Elle ajouta, avec un rire qui sonnait faux : « Tu n'as rien à craindre : il y a deux lits dans ma chambre. » Comme je ne répondais pas, elle enchaîna d'une voix soudain hargneuse, pleine d'une acrimonie qu'elle laissait éclater : « Bien sûr, une fille comme moi, ça ne fait pas très envie, hein ? Je ne ressemble pas, moi, à tes bonnes femmes peintes que tu alignes le long des murs de chez toi... Ah ! elles, les salopes de ta collection, elles ont beau être vieilles de trois ou quatre siècles, quelquefois, ça ne t'empêche pas d'en avoir que pour elles... Et tout y passe, pour elles, ton fric, ton temps, ta vie... Qu'est-ce que tu peux faire, hein, avec elles ? Tout juste te branler devant des moules fermées comme des huîtres et qui peuvent même

pas baver ! » Je sentais ses ongles, qu'elle avait longs et vernis de violet sombre, qui s'enfonçaient dans mon avant-bras et c'était elle, à présent, qui m'entraînait sur les pavés ronds, boitant comme une jument folle, souffle court, haletante, son discours haché de jurons soufflés entre les dents. « Ah ! putain ! comme tu peux être con, mon pauvre vieux, et que tu me fais pitié ! Parce que moi, putain, tu as vu tout à l'heure ce que je savais faire. Et à genoux à travers une grille, encore, puisque je suis une vraie putain ! Mais imagine un peu, la mouflette à l'air et les jambes ouvertes comme une porte cochère, imagine un peu, mon cochon, ce que je pourrais te donner, et par tous les bouts à la fois ! » C'était une bête, arrimée à mon bras, une sang-sue, je la devinais gluante, elle avait dit « baveuse » et j'avais beau secouer mon bras comme on fait pour se débarrasser d'une saleté qui vous colle à la peau, je ne parvenais pas à desserrer son étreinte – peut-être sim-plement parce que je savais qu'elle avait raison. « Ta collection, continuait-elle, tes garces simplement peintes sur toile, pour lesquelles tu vendrais père et mère : ce sont des mortes, mon salaud, des mortes comme tous les morts du café, tout à l'heure ! C'est la mort, tout ça, alors que moi, même si je boite comme une malheureuse et que je me fais quelquefois mes vingt bonshommes dans la journée, je suis vivante, mon vieux, vivante ! » Reprenant son souffle, elle s'était brusquement arrêtée au milieu de la rue puis, d'un coup, elle a saisi ma main et se l'est mise entre

les cuisses. Comme ça, debout sur le pavé : « Regarde, tâte un peu si c'est pas vivant, ça, chaud et tout ! » Elle était trempée. Une espèce de vertige m'a saisi. Jamais les flonflons de la fête n'avaient paru plus proches. Ils étaient assourdissants et cette fille aux grosses lèvres brunes qui se tordait à présent, devant moi, ma main qui la fouaillait : j'étais à mon tour haletant quand il m'a semblé apercevoir la petite silhouette claire de la joueuse de tennis qui, échappée un instant au brouillard, marchait loin devant nous, en direction du corso della Giovecca. Ma main est retombée : c'était aussi la petite Laure qui se laissait caresser doucement les cheveux sur le pas de sa porte, parce qu'elle ne voulait pas dire non et me faire de la peine. Quelques secondes, deux ou trois, pas plus, et la fragile image disparaissait à nouveau dans le brouillard, mais ç'avait été assez. Ma main était retombée. Je savais à présent que, toute ma vie, c'étaient des Laure ou mes joueuses de tennis blondes que j'aurais dû suivre. Le profil très fin, à peine une esquisse légère, de l'actrice qui avait joué le rôle de Micòl dans le film que j'aimais. Je n'ai pas entendu l'apostrophe obscène que m'a lancée Mirella. Son étreinte sur mon bras s'était relâchée, la musique, venue de l'autre extrémité de la ville, se faisait moins violente, j'ai marché dans la direction vers laquelle elle s'était évanouie.

Étais-je encore via Palestro, déjà sur le corso della Giovecca, au-delà de la via Terranuova, je ne savais plus. A quelques pas derrière moi, je n'entendais qu'à

peine le boitillement de la jeune femme qui me suivait toujours. Moi, c'était la trace de Micòl ou de Laure, de leurs doubles à toutes deux, que je suivais. J'ai deviné un moment la silhouette épineuse, subitement presque saugrenue du château si souvent peint par De Chirico, j'ai peut-être senti l'odeur des douves, je ne savais toujours plus. Une large avenue s'étendait, des boutiques aux vitrines éteintes puis l'alternance de palais et de boutiques. Toutes les portes étaient closes. De la joueuse de tennis, plus un signe. Je regardais autour de moi. Cette fois, la ville et la nuit donnaient l'impression d'un vide absolu. C'était dans un décor de théâtre aux savants éclairages que je m'avançais, jusqu'à ces brumes diaphanes telles que des fumigènes en dispensent trop généreusement dans des mises en scène trop grandioses. Très vite, un sentiment d'accablement m'a saisi. J'ai fait quelques pas, titubant presque au milieu de la chaussée. J'étais complètement désorienté, ne sachant plus comment retrouver le chemin de mon hôtel : j'étais bien devenu cet homme vieillissant incapable d'aimer autre chose que quelques toiles mortes, incapable de se lever, incapable de crier devant ce qu'il haïssait pourtant. Vieil égoïste, lâche, trop occupé à veiller sur ses misérables trésors pour entendre les vraies clameurs du monde, je n'aspirais plus qu'à me terrer dans ma chambre, à me boucher les oreilles et à quitter Ferrare par le premier avion. De loin, la voix de Mirella m'est encore parvenue, hurlant quelques jurons obscènes. Je me suis retourné,

c'est à ce moment-là qu'une porte s'est ouverte, celle de la maison en face de moi. La silhouette d'une jeune femme s'est découpée dans la lumière tamisée d'une pièce qu'on devinait éclairée par des chandeliers. « Entrez vite... », m'a soufflé une voix.

Je me suis retrouvé à l'intérieur d'une espèce d'antichambre aux murs nus. La jeune femme qui m'avait entraîné là, je la reconnus aussitôt. Elle m'était déjà apparue par deux fois. D'abord dans cette maison du ghetto où je l'avais aperçue à demi étendue sur un lit lorsque le petit vieux à la kippa brodée d'argent était rentré chez lui ; puis avec le même petit vieux : c'est elle que les voyous avaient insultée au Caffè Ariostea. « Je m'appelle Judith... », murmura-t-elle. Mais les poings de Mirella tambourinaient contre la porte que Judith avait refermée sur elle. La jeune femme haussa les épaules, presque tristement. « Elle n'entrera pas, ne vous inquiétez pas. Elle n'est pas méchante, pourtant... Mais elle aussi a souffert. Il n'y a pas que nous à être humiliés et offensés... » Elle posa alors un doigt sur ses lèvres puis me fit signe de me taire et, presque aussitôt, les coups sur la porte s'arrêtèrent. La jeune femme m'entraîna dans une petite pièce adjacente, meublée comme un salon d'attente de dentiste, trois fauteuils recouverts de skaï, un vague buffet, une table basse et des revues, des magazines. Elle commença par remarquer : « Vous avez l'air épuisé... » puis, avec un bon sourire, elle sortit une bouteille de grappa du buffet et me tendit un verre : « Je crois que vous en

avez besoin… » Elle n'était pas vraiment belle, moins, en tout cas, qu'elle ne me l'était apparue dans l'entre-bâillement d'une porte la veille au soir. Le visage allongé, la peau mate, elle portait une robe noire qui lui collait au corps. « J'étais sûre que vous viendriez... », dit-elle enfin.

Après ce qui s'était déroulé depuis un peu plus de vingt-quatre heures, je ne pouvais plus m'étonner de rien. Qu'une Judith en robe noire m'attendît en pleine nuit dans une petite pièce meublée n'importe comment devait être dans l'ordre des choses ! Et que ce fût Léonard Weill qui l'ait informée de mon arrivée, quoi de plus naturel ! Car elle me l'expliqua : « Nous avons reçu ce matin une lettre de Léonard, partie en express, remarqua-t-elle. Il nous a demandé de vous recevoir si vous arriviez jusqu'à nous : j'espère que vous ne m'en voudrez pas de le faire dans ces conditions... » La jeune femme avait sorti la lettre d'un tiroir du buffet et me la tendait. Après quelques formules destinées à ceux qu'il appelait ses « chers amis », c'était en fait à moi que s'adressait mon vieux professeur. Il me remerciait d'abord des mots que j'avais eus à son égard en lui remettant sa décoration, puis se réjouissait de me savoir à Ferrare où il avait « tant d'amis, des vivants et des morts, des femmes jeunes et belles comme Judith (je vis la jeune femme baisser les yeux) et des ombres, qu'on ne peut pourtant pas ne pas croiser, pour peu qu'on sache vivre dans cette ville ». Nous avions aussi, lui et moi, poursuivait-il, tant de

303

souvenirs encore en commun de Ferrare et de ceux qui avaient vécu là. Et Léonard Weill d'énumérer quelques-uns des hommes et des femmes que j'avais croisés au hasard de mes pérégrinations, Bruno Lattes, bien sûr, ou Lida Mantovani, le pauvre docteur Fadigati, ma joueuse de tennis, et aussi beaucoup d'autres, Massimo, l'étudiant aux lunettes et ses camarades, Malnate, le communiste, Adriana Trentini et Carletto Sani. Il évoquait chacun en quelques mots, l'incontournable *onorevole* Bottecchiari qui, temps de guerre ou temps de paix, buvait son *punt e mès* en toute saison, la formidable et rebelle Clelia Trotti ou, au contraire, l'ignominieuse pharmacienne et son pharmacien de mari, Pino Barilari, mort pourtant depuis si longtemps mais qui, face au courage des autres, symbolisait toute la lâcheté d'un peuple de vaincus.

« D'ailleurs, toi non plus, tu n'as pas oublié... », poursuivait Léonard Weill qui s'adressait directement à moi. Et de me raconter les années de guerre et la ville abrutie par l'ordre qu'y faisaient régner, depuis vingt ans et de leur table du Caffè della Borsa, les Sturla et les Sciagura, l'assassinat du consul Bolognesi et les virées nocturnes de tous ces bons jeunes gens du côté du borgo San Luca, en quête de quelques salauds de communistes à qui briser une canne sur le dos. Puis Léonard en revenait à cette nuit de 1943, la razzia sur la prison de Piangipane, les camions qui fonçaient dans le brouillard et les onze cadavres, enfin, empilés comme des pantins dans la neige, le long du mur du

fossé du château. « ... Tu as compris comme moi, remarquait mon ami (et je devinais son sourire amer en écrivant ces lignes) que tous les Sciagura de la planète, leurs sous-fifres tueurs et les complices de leurs complices savent qu'un bon clin d'œil au bon moment à celui qui hésite à les dénoncer suffit à leur sauver la peau. »

C'était sur le récit de l'arrestation par les *repubblichini*, les fascistes de la république de Salò, de Micòl et de tous les siens que Léonard Weill concluait nos souvenirs, avec le destin des familles juives arrachées à leurs foyers, entassées dans une école puis dirigées en novembre au camp de Fossoli, de Carpi, et envoyées ensuite en Allemagne : le visage de Micòl, le dernier jour, sur l'épaule du père de Bruno Lattes, ses cheveux blond cendré, pas une larme, son regard qui ne cherchait plus rien. « Et le pauvre Geo Josz, le seul à en être revenu, qui n'avait jamais pu réapprendre à vivre dans la ville : voilà ce que ni toi ni moi n'avons oublié... »

La lettre de Léonard était très longue. Comme le roman de Bassani, elle mêlait l'histoire et des noms d'emprunt, le vrai souvenir de ces violences et les images qu'en avait laissées le romancier. Je n'en avais pas encore achevé la lecture. Judith m'a servi un autre verre de grappa. Des rumeurs venaient d'une pièce voisine, on aurait dit une foule qui, peu à peu, s'y rassemblait. « Il ne faut cependant pas oublier le reste, continuait Léonard, mon enfance, la tienne, les

nôtres... » Et c'était vers l'Auvergne de mes quinze ans que revenait mon vieil ami ou à son Alsace à lui qui, au fil de ses mots, notations émues, ébauches de poèmes (« les arbres de la nuit tremblent au premier souffle du premier matin... »), devenait si bien la mienne : les rodomontades de l'oncle Jacob, encore, ou les truites pêchées à la main par ce diable de Fritzie Heiner qui n'en avait qu'une, de main. Ou alors Léonard se souvenait une fois de plus de nos promenades à bicyclette sur les petites routes qui montaient si vite et redescendaient plus vite encore, parmi les vergers et les champs de houblon. Il disait l'odeur amère des brasseries, à l'entrée de chaque village, les filles qui pédalaient avec nous et qui riaient si fort et de si bon cœur, les maillots roses et les épaules nues. Je devinais que sa voix s'attendrissait davantage pour parler d'Annie Meyer, la petite cousine par la main gauche qui souriait si joliment, son drôle de sourire dans les tas de foin. « La grange, tu te souviens, où elle n'a pas dit non... » et juste à la sortie de Heimwiller, sur la route de Colmar. Avant d'entrer, Annie avait dit : « Tu crois que je peux te faire confiance ? » mais elle savait, une fois entrée, que c'était autant à elle qu'à moi qu'elle ne devait plus faire confiance. Elle n'avait dit ni oui ni non, et j'étais plus ému qu'elle en découvrant l'éclat blanc de ses cuisses, dans la pénombre de la grange dont nous avions refermé la lourde porte de bois. Et puis cette odeur de sueur de petite fille, mêlée d'eau de Cologne comme si, la coquine, elle avait

deviné qu'il fallait qu'elle sentît bon, ce soir-là. J'avais d'abord déboutonné deux boutons de la chemise d'homme qu'elle portait et, quand ses seins m'étaient apparus, ç'avait été un éblouissement, blancs et blonds, menus aux pointes d'or. Elle ressemblait tant à Laure petite fille que mes mains tremblaient quand j'ai osé aller plus loin.

« Tu vois, petit, c'est de tout ça que sont faites nos vies, concluait un Léonard dont je devinais le sourire attendri qui avait flotté sur ses lèvres tandis qu'il faisait remonter à la surface de nos mémoires les yeux bleus d'une petite cousine et le fouillis de ses jupons : nous avons chacun les passions que nous méritons et les tiennes valent bien les miennes, l'important est seulement, le moment venu, de savoir rire d'elles – et de soi, par la même occasion... » Puis, en quelques mots, Léonard me disait qu'il essaierait de faire un saut à Ferrare, curieux qu'il était de voir la rétrospective de ce Jerzy que j'admirais tant et qu'il avait lui-même perdu de vue depuis si longtemps.

J'ai voulu rendre la lettre à la jeune femme mais elle a secoué la tête : n'avais-je pas compris que c'était à moi que s'adressait notre ami ? Si je l'avais compris ! Comme j'avais compris que le passé de Léonard était si bien devenu le mien que, d'une certaine manière, j'étais à présent devenu Léonard Weill. Petit chrétien sans grande foi, trop bien élevé entre Paris et mon Auvergne natale, c'étaient les enfances alsaciennes de Léonard que j'avais maintenant vécues, comme sa foi

307

à lui, sa lecture attentive du Livre des Livres, que je lui avais déjà enviées quand j'avais vingt ans. Étudiant de Léonard, voilà si longtemps, ces deux jours à Ferrare m'avaient peu à peu enrichi de tout ce qui faisait la richesse de Léonard Weill : en somme, j'avais enfin su écouter les vraies leçons de mon maître. La jeune fille m'avait servi encore un autre verre de grappa. Elle avait un bon sourire, sensuel aussi, ses dents blanches et ses lèvres charnues : je me souvenais de la gamine vautrée sur un lit qui m'avait dévisagé si intensément avant que son grand-père à la kippa ne referme la porte sur elle. Elle eut un petit haussement des épaules : « Il ne faut jamais juger trop vite... Notre ami Léonard l'a dit : à chacun sa passion... » Avait-elle lu dans ma pensée ? La rumeur dans la pièce voisine s'était tue. Épais, les murs ne laissaient non plus rien filtrer du ramdam de la fête qui m'avait poursuivi toute la soirée. Alors, solennelle, grandiose, très grave, une voix d'homme s'est élevée de l'intérieur même de la maison. J'ai croisé le regard de Judith qui m'a encouragé : « Vous pouvez y aller, si vous voulez... » L'instant d'après, j'étais à l'intérieur de la grande salle de la synagogue de la via Mazzini dont le grand-père de Bruno Lattes avait lui-même payé les frais de réouverture, un peu avant la Première Guerre mondiale.

Car c'était dans l'antichambre du temple que Judith m'avait reçu et, tout de suite, l'atmosphère des lieux m'a paru si familière que j'aurais dû m'en étonner, moi qui n'avais franchi que par hasard le seuil d'une

synagogue à Carpentras ou à Cavaillon, touriste, sinon curieux. Ou, si j'avais assisté à la première communion de Daniel, mon plus ancien ami, c'était voilà plus de cinquante ans et je n'avais gardé d'autre souvenir de la cérémonie que l'admirable chevelure blond platiné d'une des tantes de mon camarade. Mais c'était moins la grande salle aux chandeliers et aux lustres de cuivre que j'avais presque le sentiment de retrouver, que la foule des fidèles, assise, tassée, sur des bancs de bois qui, chacun, appartenait à une famille. J'aurais cru que la règle était que les hommes et les femmes fussent séparés, mais ce n'était pas le cas. Ici, père et mère, grands-parents, oncles et neveux, petits garçons et peti-tes filles étaient mêlés dans un beau désordre calme. Et tous écoutaient une voix de basse qui continuait à psalmodier un chant rituel, me souffla la jeune femme qui m'avait accueilli, le chant peut-être dont Léonard, je m'en souvins, m'avait dit que les larmes lui mon-taient aux yeux chaque fois que, l'écoutant, il se sou-venait de son enfance. Pourtant, je ne reconnus d'abord personne dans cette foule fervente : c'était elle, et seulement elle, la foule en prière, qui me paraissait si familière. Peut-être était-ce simplement l'impression que j'avais de revoir rassemblée ici toute la ville, ou du moins ceux de ses habitants dont mon chemin avait croisé le leur avec le plus d'insistance. Mieux : au rythme sourd des mots scandés par le chantre, je sentais se développer dans l'assistance, pourtant pieu-sement attentive, des liens d'amitié ou de tendresse

que seul un observateur extérieur doué du pouvoir de lire au-delà des regards (ce dont j'étais si peu capable !) aurait été en mesure de déchiffrer mais qui m'apparaissaient peu à peu avec une vérité aveuglante. D'ailleurs, de cette communauté dont, placé comme je l'étais sur la gauche de la salle, au sommet des trois marches qui descendaient jusqu'à son plancher légèrement en contrebas, je n'apercevais que le profil gauche de chacun des fidèles, des visages commençaient peu à peu à se distinguer. Bruno Lattes, naturellement, mais aussi son père, sa mère, Lida Mantovani, un enfant à ses côtés, le professeur Ermanno et Adriana Trentini, Carletto Sani : tous ceux dont Léonard, l'instant d'avant, évoquait le souvenir dans sa lettre. Et tous, les yeux fixes, retenant toujours leur souffle, communiaient dans la même émotion que continuait à soulever la voix du chanteur. A mon tour, cette émotion me gagna, et, comme Léonard Weill qui se souvenait de l'Alsace de son enfance, je devinai que je pleurais. C'est à ce moment que le visage de la joueuse de tennis m'est apparu, derrière la carrure formidable d'un père aux cheveux ramenés en arrière, gominés sous la kippa, qui me la dissimulait jusque-là. Elle seule détourna les yeux du chantre, regarda franchement vers moi et esquissa un sourire, très bref.

A la fin de l'office, tous les fidèles se sont dispersés très vite, dans la nuit aux nuées à peine encore en suspens de cette partie de la ville, aux rideaux de fer des magasins baissés, aux portes des palais, leurs fenêtres

parfaitement closes. Et je me suis à nouveau retrouvé seul. Mais, cette fois, un sentiment d'exaltation m'habitait. J'avais la certitude que l'émotion que m'avait apportée, et continuait de me donner, mon séjour à Ferrare était sans égale, ne ressemblait à rien de ce que j'avais connu jusque-là. Bien qu'à l'écart tout à l'heure sur mes marches de bois au-dessus des bancs serrés du temple, j'avais pourtant bel et bien eu l'impression de participer à une vie à laquelle, sûrement, sans jamais m'en douter, j'avais aspiré de toute éternité, loin des mesquineries des Madame Irma et autres Suzan Jerzy comme de tous les Baudin père et fils, les Duval et les Nelly Barbatane – pour ne pas parler d'Olivia, ma propre épouse – parmi lesquels je m'étais si tristement, et pendant tant d'années, englué. Je me souvenais aussi de mes aspirations de jeunesse, des envies que j'avais eues d'écrire, du seul livre de poésie que j'avais osé publier et, dans la nuit douce, plus douce encore, de Ferrare, de grandes bouffées d'une nostalgie heureuse m'enivraient. Que je croisasse dès lors ceux et celles qui appartenaient à ce passé englouti était dans l'ordre des choses, quand bien même je m'avançais toujours au cœur d'une ville que je connaissais en somme si peu mais dont le nom précis de chaque rue m'était devenu si étrangement familier. Ainsi mes pas me portaient-ils, sans que je m'en rende compte, vers le palais des Diamants, par la via Montebello et la via Mentano, la via Palestro, et ce fut à nouveau Charles qui m'apparut, le premier. Il marchait lentement vers moi, sa chemise

blanche à col ouvert et son mégot au coin des lèvres, le même sourire à demi ironique que je lui avais toujours connu : « Salut, camarade ! » Il avait levé le poing – c'était un geste fraternel –, il étouffait ce rire toujours un peu moqueur qui m'avait longtemps désarçonné. « Salut, camarade ! » Nous n'avons fait que nous croiser, mais il se retournait, avec un bon sourire. Puis c'est Pierre que j'ai aperçu, qui s'était suicidé parce que la seule femme qu'il ait jamais pu aimer avait résolu de le quitter. Pierre était chef d'orchestre, il dirigeait Berg et Webern, aimait les jeunes garçons, une année nous étions allés ensemble à Bayreuth et puis il avait rencontré cette Polonaise placide, sa vie avait basculé. Un soir, Anna lui avait dit qu'elle ne pouvait plus vivre de la sorte, ils avaient pourtant une petite fille, qui s'appelait Anna aussi. Pierre était un musicien éclectique, je l'avais aussi entendu diriger *Lohengrin* en Allemagne, à Heilbronn, je crois (« la *Marche nuptiale* : tu te souviens... ») : qu'Anna le quittât n'était pas supportable. Il n'avait rien laissé et c'était lui ce soir qui traversait, l'air heureux pourtant, la petite via Frescobaldi ; il m'a fait un signe de complicité, désolé, oui, désolé de ne pouvoir s'arrêter. D'ailleurs, Eugène le suivait déjà de près et qu'il m'apparût à son tour n'avait plus rien pour m'étonner. Jacques Eugène s'était suicidé, lui aussi. Il était cinéaste lui aussi, avait obtenu un grand succès et ç'avait été tout : il ne s'en était jamais relevé. Le film qui l'avait fait connaître était le long récit, en noir et blanc, des

amours d'un homme jeune et de deux femmes. C'était du faux réalisme, tout empreint de clins d'œil et de sarcasmes. J'avais aimé le film, beaucoup même, et Eugène, bien plus jeune, s'était moqué de moi : « Au fond, m'avait-il lancé un soir, peut-être que ça fait jeune, pour un type comme toi, d'aimer de tels films ! » Nous étions à la Closerie des Lilas, il en était à son sixième, septième Jack Daniel. Après les deux bides monumentaux qu'il avait essuyés ensuite, plus personne ne lui faisait confiance, il ricanait : « Au fond, *Les Gamines* (c'était le titre du film, présenté à Cannes et qui avait si bien marché) auraient dû être un bide encore plus grand : c'est ça qu'on ne me pardonne pas. Le reste, les films que personne ne voit, c'est de la roupie de sansonnet ! » Il s'était tiré une balle dans la tête dans une grange, en plein hiver, dans le Limousin. On avait retrouvé son corps au milieu de l'été. Ses amis le croyaient en voyage. L'époque était aux extases au Népal ; pourtant, Jacques Eugène ne croyait pas à ces opiums-là. Il venait à présent vers moi, balançant des hanches, l'air voyou. « Tu sais ce que j'ai fini par comprendre ? Que mes deux derniers films étaient meilleurs que *Les Gamines* et je t'assure que ça vous réconforte de découvrir ces choses-là ! » Je lui avais donné un coup de main pour l'écriture de son dernier scénario, l'histoire d'un collectionneur amoureux d'un tableau : Jacques Eugène ne pouvait pas ne pas être au rendez-vous qu'ils s'étaient tous donné, dans les rues de Ferrare, cette nuit-là. Avec

Karl Leskau, qui avait écrit un beau livre où il racontait sa mort, le sida et l'écriture ; ou Bernard Chaput, qui avait joué toute sa vie avec deux couleurs, le bleu et le blanc, sur de gigantesques toiles dont il n'était jamais satisfait mais que je trouvais si belles qu'un jour il m'avait interpellé : « On peut savoir pourquoi tu collectionnes des dames mortes à l'huile, alors que, même si tu ne veux pas te l'avouer, ce sont mes grandes traînées à l'acrylique qui te font bander ? » Chaque fois, je les reconnaissais de loin qui s'avançaient vers moi, avec sur le visage le sourire que je leur avais toujours connu. Mort parmi ces morts, je croisai même un long jeune homme grave, le crâne déjà à demi dégarni, vêtu avec affectation d'une veste de velours et qui maniait une canne. Sa fine moustache, le monocle vissé dans l'œil gauche, je le reconnus pourtant : c'était Jerzy lui-même, avant que son goût des grandeurs le fasse prince et Jaeger de Jerzy. C'était le temps de la mouise et d'avant sa première femme, quand il portait beau avec rage et avait le talent que l'on sait, avant Mathilde aussi, oui, et avant ces autres gamines qu'il offrait ensuite au plus offrant, avec un sens rare de l'économie de marché. Il balançait sa canne à pommeau d'argent qu'il avait payée quelques marks dans l'Allemagne d'après-guerre à un maquereau qui s'en servait pour faire régner l'ordre parmi ses filles. « Et quand je pense que tu es venu jusqu'ici pour ce vieillard qui me ressemble ! », se contenta-t-il de me lancer au visage, l'air désolé, en me croisant. Je

me retournai, il avait déjà disparu, pas loin en somme
du palais des Diamants où Michaela De Chiari avait
élevé pour lui un catafalque : le voir ainsi apparaître
puis s'évanouir dans le brouillard, à nouveau retombé,
me paraissait aussi dans l'ordre des choses, à cette
heure de la nuit. D'ailleurs, à part lui, chacun de ceux
que j'avais rencontrés depuis que j'avais quitté la synagogue évoquait des moments de ma vie où, l'eussé-je
deviné, j'aurais pu être heureux. Hélène ne pouvait
donc qu'arriver à son tour et ce fut elle, en effet, qui
m'apparut soudain debout, immobile au milieu des
pavés ronds du corso Ercole Ier. Les autres venaient
vers moi, Hélène ne bougeait pas. C'est moi qui
m'avançai sur la chaussée en sa direction. Lorsque je
suis arrivé à sa hauteur, elle a tendu les mains vers
moi. Mes lèvres ont effleuré les siennes. Alors, penchée
sur mon épaule, elle m'a murmuré, à l'oreille, tout ce
que, les années que nous avions passées ensemble,
j'aurais voulu lui entendre dire. Combien de temps
m'a-t-elle parlé ainsi ? Deux minutes, dix, davantage ?
Je sentais mon cœur battre plus fort, les mains
d'Hélène sur moi étaient légères, légères... J'avais posé
mes deux mains sur ses hanches, pour la tenir, enfin.
Elle a parlé, oui. Puis nous nous sommes regardés un
instant et j'ai senti qu'il n'y avait plus rien entre mes
mains. Hélène avait rejoint Charles, Eugène, Pierre, le
jeune Jerzy lui-même, qui jouait au gandin mais qui
était l'un des plus grands artistes de son temps et qui
était mort comme eux. Devant moi, entre les nobles

315

façades des palais du Seicento, s'étendait la perspective admirable du corso.

C'est alors que Mirella est revenue se jeter entre mes jambes, comme une chienne affolée.

« Pourquoi m'as-tu laissée à la porte de leur église ? Tu avais honte de moi ? » Son manteau de cuir en lambeaux, sa fourrure dépenaillée, la jeune femme avait, cette fois, l'allure classique de la fille des rues, style mélo en noir et blanc d'avant-guerre. Il n'avait pas plu mais elle était trempée, la chevelure ruisselante, la lèvre plus épaisse qu'auparavant, tuméfiée, elle avait reçu des coups, peut-être. Elle s'accrocha à nouveau à mon bras : « Tu as beau dire ou croire, tu n'as jamais voulu de moi... », lâcha-t-elle encore et, cette fois, c'était bien Anita qui s'adressait à moi, Anita qui m'avait aimé, je l'avais su après coup, Anita venue me rendre visite à l'hôpital militaire de Versailles et qui avait seulement déposé (tant de parfums...) ce même manteau de fourrure sur mon lit. « Si tu veux tirer un coup, moi je fais le guet devant les chiottes », m'avait pourtant proposé ce camarade de chambrée. Elle me regardait subitement avec une immense tendresse. « Tu sais, pourtant, que j'ai toujours été bonne fille... » Mille odeurs qui avaient été les siennes, oui, ces parfums très chers dont elle s'aspergeait, mais aussi les copeaux de santal qui brûlaient dans sa chambre, les savons de la salle de bains rue Michel-Ange où je n'avais jamais fait que me laver les mains : avec l'odeur qui flottait dans les autobus quand je rentrais la nuit

ou celle du dernier métro, les rues mouillées à une heure du matin, c'étaient autant de souvenirs qui revenaient de mes années d'étudiant tandis que les lèvres carmin foncé d'Anita, un soupçon de duvet sombre sur la lèvre supérieure, s'approchaient de moi. Alors, très doucement, elle a répété : « Je suis bonne fille, alors je vais te le dire : Suzan Jerzy est furieuse contre toi et, comme tu n'as pas voulu lui céder, tu sais ce qu'elle a fait ? Elle a fait décrocher ton tableau, au milieu de la nuit. »

Ferrare, ses hommes et ses femmes, son passé où je m'étais si voluptueusement laissé entraîner : en un instant, j'ai tout oublié et l'image de Mathilde, seule, s'est imposée à moi. Mathilde que j'avais tant négligée depuis le début de la nuit (pour ne pas dire depuis mon arrivée dans cette ville) alors que j'étais précisément venu jusqu'ici pour veiller sur elle : plus rien d'autre n'a compté d'un coup que la silhouette bien-aimée autour de laquelle, rue de Varenne, j'avais organisé ma vie. Nous étions à deux cents, trois cents mètres peut-être, de l'exposition, je me suis rué vers le palais des Diamants.

Ce que j'ai trouvé là-bas dépassait l'entendement. Toutes les portes du palais et de la rétrospective si minutieusement organisée par Michaela De Chiari étaient grandes ouvertes. Un vent froid s'était levé, qui balayait à travers le hall d'entrée et les premières salles

des brassées de feuilles mortes venues du jardin d'en face tandis que, imperturbables, deux gardiens jouaient au tarot dans un local technique attenant au vestibule où l'on apercevait une table de bois, des verres, des bouteilles vides et des canettes de bière posées à côté du gros revolver de l'un des vigiles. Je ne vis que la nuque rasée de celui qui me tournait le dos. Je crus reconnaître l'un des agresseurs de Valérie, celui qui s'était ensuite transformé en gardien ou en déménageur. Je me dirigeais déjà vers la petite pièce enfumée quand Anita me fit signe de me taire (j'étais sur le point de pousser une gueulante) et de la suivre à travers l'exposition. Nous fûmes vite dans la salle aux deux *Mathilde aux bras levés* : la jeune femme ne s'était pas trompée, il n'en restait qu'une. L'espace vide du mur, à sa gauche, était d'une nudité obscène. Quelques feuilles mortes, des papiers gras poussés par le courant d'air arrivaient encore jusque-là. Nous avons commencé à courir à travers les salles. Jeune fille nue après jeune femme très déshabillée, cousines, amies, tendrons à peine pubères aux poses si convenues : les toiles de Jerzy se ressemblaient soudain toutes, dans la demi-obscurité qui régnait là, à la seule lueur de quelques lampes qui tenaient lieu d'éclairage de secours. Les petits feux rouges du dispositif d'alarme, qui n'était pas branché, clignotaient désespérément. Mais de ma Mathilde à moi, aucune trace. Parmi les petits visages tendus, âpres, de ces gamines peintes sur près de cinquante ans par l'artiste que j'avais tant admiré

318

et qui ne reflétaient subitement que le vide, une obsession malsaine de vieillard impuissant, je savais que celui de Mathilde, seul, telle que je l'avais aimée toutes ces années, pouvait m'apporter autre chose que ce désir inavouable. Mais nous avions déjà fait le tour de l'exposition pour revenir à notre point de départ, la porte à droite sous la voûte, face à la belle cour pavée de grandes dalles de marbre, un jardin au-delà des colonnes d'un portique surgi du brouillard, et je n'avais trouvé aucune trace de mon tableau. Nous étions dans le vestibule. Poussés par le vent, des bourrasques violentes, irrégulières, les tourniquets de cartes postales en vente à la librairie tournaient en grinçant, éparpillant des poignées de fausses *Mathilde* ou de vraies *Cousine* parmi les feuilles mortes. J'étais décidé, cette fois, à interroger les vigiles dont j'entendais les éclats de voix avinée quand, une fois encore, Anita m'a fait signe : *Mathilde* était là. Simplement posée à terre, derrière un comptoir de livres, cette toile retournée, de guingois, contre un coin de table qui pouvait à tout moment la déchirer. C'était bien mon tableau, qu'on avait abandonné là, n'importe comment. Que Suzan Jerzy ou Michaela elle-même l'ait décroché importait peu. *Mathilde* était en danger, exposée à tous les risques de vol, d'accident. Je savais ce qu'il me restait à faire.

Anita est venue me rejoindre derrière le comptoir et, à nous deux, nous avons dégagé la toile que deux tringles en équilibre sur les rayonnages d'une biblio-

thèque menaçaient dangereusement. Des caisses de carton la coinçaient encore. Nous devions faire vite, sans attirer l'attention des gardiens. Le bruit de chaises bousculées dans le local technique nous a figés sur place. Une bourrasque, plus violente, faillit nous arracher la toile, alors que nous la soulevions par-dessus le comptoir. Nous parvînmes enfin à la dégager complètement. Il fallait maintenant la transporter hors du palais, avec le vent qui continuait à la secouer entre nos mains. C'est qu'elle me paraissait plus grande que jamais, la belle figure de Mathilde qui levait si bien les bras sur son châssis d'un mètre cinquante par un mètre quatre-vingts : sans Anita, j'aurais été incapable de la déplacer. Le courant d'air se fit plus puissant encore au moment où nous passions la porte, puis l'escalier qui descendait vers le porche d'entrée, mais à peine fûmes-nous arrivés dans la rue que le vent se calma. Tenant la toile comme nous le pouvions, maladroitement de part et d'autre du châssis, nous nous mîmes alors à marcher rapidement en direction du centre de la ville. Je n'avais aucune idée de ce que j'allais en faire, sinon que je voulais, avec elle, regagner mon hôtel. Nous avions déjà parcouru une cinquantaine de mètres sur les pavés glissants quand la sirène de l'alarme s'est déclenchée. Dans le même temps, tous les bruits de la fête que j'avais cessé d'entendre sont revenus trouer le silence de cette nuit où, figures malhabiles et titubantes, Mathilde, Anita et moi, nous avions plongé. C'est un formidable vacarme qui a

éclaté d'un coup tandis que des bruits de pas rapides, un homme, deux hommes qui couraient, ont retenti derrière nous. Une porte était ouverte, par quel miracle ? dans l'un des palais du corso. Ce n'était d'ailleurs pas une porte, mais une grille fermant un espace étroit, une espèce de ruelle entre deux corps de bâtiment, qui n'était que poussière. Anita m'a fait signe et nous nous y sommes engouffrés, tirant la grille sur nous. Immédiatement après, deux vigiles armés, un troisième qui soufflait dans un sifflet de sergent de ville, sont passés devant nous en courant. Puis, c'est une voiture de police, tous phares et gyrophares allumés, qui les a suivis, la sirène au maximum de sa puissance. En un instant, la rue entière était en état d'alerte, des habitants endormis sortis en pyjama sur le seuil de leur porte et des agents, des policiers, des vigiles en chemise noire qui couraient dans tous les sens. Cependant que, tonitruante, la musique de la fête battait un record de décibels, comme si des haut-parleurs la relayaient maintenant à chaque carrefour. Et comme il fallait bien que ce soit par eux que s'achève cette dérive, les assassins d'hier en chemises noires, les tueurs de 1943 devant les douves du château, les voyous en somme qui avaient dix fois croisé mon chemin sont revenus dévaler le corso dans la pétarade assourdissante de leurs motos. Tapis derrière la grille qui s'était refermée de telle manière qu'on ne pouvait l'ouvrir que de l'intérieur, nous les avons vus – et entendus – passer et repasser plusieurs fois devant

l'étroit boyau où nous avions trouvé refuge. Davantage que les vigiles et la police qui déchaînaient leurs klaxons et leurs sirènes d'alarme, c'était naturellement les motards qui étaient les plus acharnés à nous retrouver : ils venaient de tellement plus loin...

Nous sommes restés là un long moment. Le visage d'Anita était grave. Au désordre de ses cheveux, de ses vêtements, on devinait qu'elle aussi avait été longtemps traquée, humiliée. Je savais qu'elle était mon amie. *Mathilde*, debout entre nous, nous séparait. Depuis vingt ans, je savais que je n'aimais qu'elle. Nous avons attendu que le vacarme qui avait envahi cette partie de la ville se soit calmé. Peu à peu, le silence est retombé sur le corso. Je suis sorti le premier de la ruelle. L'avenue était à nouveau déserte, mais on voyait encore des lumières et des gyrophares du côté du château. La place de la République était bloquée, l'accès le plus direct à mon hôtel nous était interdit. Je suis revenu vers *Mathilde* et, à deux, nous l'avons sortie de notre abri. Il fallait faire demi-tour. Quelques secondes après, et nous titubions à nouveau, toujours aussi maladroits, la toile tenue au-dessus de nos têtes, en direction de la muraille. C'était ma compagne qui me l'avait suggéré : nous allions contourner le centre de la ville par les rues extérieures qui longeaient les remparts, plus loin le canal, et le fleuve. La route serait longue mais, curieusement, la présence d'Anita me rassurait. Dans une rue parallèle au corso, la via Leopardi probablement, nous avons entendu le tonnerre

des motocyclistes aux crânes rasés. Traversant l'étroite via Santa Maria degli Angeli, avant la porta degli Angeli, nous avons même aperçu les engins qui fonçaient dans la nuit, tous phares allumés. Cent mètres plus loin, nous avons atteint la muraille et c'est Anita qui, encore une fois, a eu l'idée d'emprunter sur les murs le chemin tracé à leur sommet, surplombant des jardins et des cours.

La nuit était presque sereine. Des flonflons de la fête qui durait toujours, il ne nous parvenait que des échos assourdis. Et nous, marchant maintenant d'un pas presque régulier sur l'admirable chemin de ronde qui ceinture la ville, nous pouvions en déchiffrer, d'en haut, le dessin des rues et des palais. Au milieu de ce quadrilatère vaguement déséquilibré, la silhouette du château, violemment éclairée par des projecteurs, était d'un rouge vif, parfaitement artificiel. Et pourtant, c'était bien le rouge brique, dans la nuit d'un bleu électrique, des cent tableaux qu'un De Chirico en avait laissé. Toujours au-dessus de nos têtes, *Mathilde* ne pesait plus rien. On sentait déjà, plus proche, l'odeur du fleuve qui s'étendait mollement au-delà de la muraille ouest. Derrière, nous avions laissé la pénombre magique du grand cimetière juif où Bruno Lattes m'était apparu pour la première fois. De même, je devinais à ma gauche le corso della Giovecca et la grande porte du jardin où ma joueuse de tennis avait disparu, au fil des années et des allées que le temps avait oublié d'entretenir. Anita avançait devant moi.

Les bras levés pour m'aider à tenir au-dessus de nos têtes *Mathilde*, dans le même geste, en somme, que la jeune fille peinte par Jerzy. Elle avait retrouvé l'élégance que je lui avais connue, du temps de la Sorbonne et de cette licence de sociologie que nous avions passée côte à côte, dans des amphithéâtres disparus, si bellement vétustes. On aurait dit qu'elle n'était sortie de la nuit que pour être, une fois encore, l'amie fidèle qu'elle avait si bien été auprès de moi. Et même si, de loin, nous pouvions toujours apercevoir les phares des motocyclettes qui trouaient la nuit, via Arianuova ou via Guarini, la menace que portaient avec eux les voyous aux crânes rasés paraissait effacée. Une pensée traversa mon esprit : Mathilde, Anita et moi ne faisions rien d'autre, en somme, que rentrer à la maison... Demain, Dieu sait comment et *Mathilde* dans sa caisse, Anita quelque part dans ma mémoire, je reprendrais l'avion de Bologne pour Paris et, quelques heures plus tard, *Mathilde* me regarderait à nouveau d'un peu haut, rue de Varenne, puisque c'était cela ma vie. Ferrare et ses habitants, Léonard Weill lui-même (probablement reparti à Jérusalem, où il vivait) ne s'effaceraient pas à proprement parler de ma mémoire, mais glisseraient parmi la cohorte des souvenirs qui font qu'une vie a été belle, ou pas.

Nous allions contourner le Torrione del Barco qui se dresse à l'angle nord-ouest de la ville, entre le viale Orlando Furioso et, plus prosaïquement, le vélodrome de la porta Caetana, quand la rumeur que j'avais cru

disparue est brusquement revenue, plus forte à mesure que nous faisions le tour du lourd bastion circulaire. Parvenus sur l'autre côté du rempart, elle nous a alors frappés de plein fouet. C'était bien une fête foraine installée sur l'étroit glacis qui sépare la muraille du fleuve. A deux cents mètres de nous, je voyais tourner des manèges et un gigantesque grand-huit se dresser, nu, girandoles de lumières sur le ciel étoilé. Car le brouillard s'était entièrement dissipé et la nuit, la lune et les étoiles étaient étrangement lumineuses. Anita et moi nous sommes arrêtés un moment, le tableau posé sur le sol à côté de nous. « Mais il n'y a personne... », a soufflé la jeune femme. Les manèges tournaient, la fête semblait battre son plein, certes, mais tout cela fonctionnait dans le vide, sans un cavalier sur les chevaux de bois ni un passager sur le chariot du grand-huit qui fonçait pourtant sur ses rails dans un tonnerre assourdissant. Mieux : on tirait un feu d'artifice, quelque part derrière un chapiteau dressé, rouge, décoré de myriades d'ampoules électriques. Mais, hormis la musique maintenant déchaînée, tout cela se déroulait dans un vide absolu, qui rendait la scène à laquelle nous assistions plus improbable encore, à cette heure avancée de la nuit. Seules silhouettes à se dessiner quelques secondes entre les manèges, celles des motocyclistes qui fonçaient vers nulle part, silhouettes étonnamment précises et vêtues de noir dont on devinait les casques et les blousons de cuir. Mais ils étaient loin. « Il faut y aller... », murmura Anita pour m'arracher

au spectacle qui me fascinait. Et nous reprîmes notre marche sur le chemin de ronde au sommet de la muraille, figures sûrement aussi absurdes, tous deux et notre carré de toile qui nous découpions sur le ciel au-dessus du rempart, que celles de ces manèges entraînés dans leur ronde inutile au son d'une musique des années cinquante, qui déferlait vers nous en un flot de bastringue tandis que chandelles rouges et bleues et étoiles pyrotechniques continuaient, à intervalles irréguliers, à colorer l'arrière-plan de la fête.

Un obstacle inattendu s'est présenté à nous. Le chemin de ronde nous apparut subitement borné devant nous, défoncé, en travaux sur plusieurs dizaines de mètres. Inaccessible, en tout cas. La seule voie ouverte était un raidillon qui descendait du gros talus où nous nous trouvions jusqu'aux anciens fossés comblés. Encore ceux-ci et la bande de terrain qui les longeait étaient-ils eux-mêmes impraticables et nous fallut-il avancer de plusieurs mètres à l'intérieur du glacis, du côté de la fête. Descendre le sentier pentu sans risquer d'endommager le tableau n'avait pas été aisé. Mais le sol était ensuite tout à fait inégal et Anita buta à deux reprises, sans lâcher la toile. Nous avions quand même repris notre marche, parallèle à la muraille, quand les derniers crépitements du feu d'artifice se sont achevés. La musique, elle aussi, est retombée d'un coup. Et toutes les lumières de la fête se sont éteintes l'espace de quelques secondes, comme, dans une mise en scène minutieusement agencée, pour

donner le temps aux acteurs d'envahir en silence le plateau. Anita et moi avions à nouveau posé le tableau à terre, nous allions le reprendre quand, lumière, sono, tout s'est remis en marche avec une incroyable violence, le décor cette fois peuplé de plusieurs centaines de figurants qui allaient et venaient, agités, dans tous les sens, hurlant sur le grand-huit ou cravachant frénétiquement leurs canassons de bois peint. Il y avait aussi les tirs à la carabine et, comme dans toutes les fêtes italiennes, les pétards que les gamins jetaient dans les pattes de n'importe qui. Tous ces gens revenaient-ils du feu d'artifice, quelque part derrière le chapiteau ? Depuis mon arrivée à Ferrare, l'heure n'était plus aux explications logiques. Tenant le tableau comme nous le pouvions, trébuchant sur le terrain inégal, nous avons pressé le pas. C'est alors que le premier badaud, un peu à l'écart de la foule, nous a aperçus. Il a couru vers nous puis a crié quelque chose, d'autres lui ont emboîté le pas. En un instant, une vingtaine de jeunes gens, des moins jeunes aussi, nous entouraient. Ils avaient bu, riaient, lançaient des quolibets. C'était *Mathilde* nue, bien sûr, qui déchaînait leurs lazzis. Et les obscénités de fuser : « Tu as vu la poule ?... Et ses nibards !... Moi, je me la ferais bien..., etc. » Anita tentait d'affecter l'indifférence et nous continuâmes un moment à avancer parmi les fêtards éméchés que d'autres, venus des stands et manèges, avaient rejoints. Bientôt nous nous trouvâmes si bien encerclés par cette horde de bouffons ivres qu'il fallut s'arrêter. C'est

moi, alors, qu'on apostropha : « Eh ! l'Américain ! T'es impuissant, ou quoi ? Tu peux même pas te la faire, la poupée ! » Anita répliqua alors en un italien guttural dont je ne lui soupçonnais pas l'usage. Obscénité pour obscénité, les mots *stronzi* ou *coglioni* fusèrent. Un grand garçon maigre, le crâne coiffé d'une huppe jaune, l'attrapa par le bras : « *Puttana*, tu veux en tâter, de mes couilles, pour voir ! » On s'esclaffa autour de nous. Puis une première motte de terre atteignit le tableau : c'était à *Mathilde* qu'on en avait à présent. Je tentai de former un rempart de mon corps, ma compagne soutenait toujours la toile en équilibre entre nous deux. Un gamin haut comme trois pommes s'était accroupi devant *Mathilde* : « Non, mais vous avez vu ? On lui voit la moule ! » Il avait une petite voix enfantine, suraiguë, et la vague de rires s'amplifia. « Peut-être qu'elle a chaud, la donzelle : on va la rafraî-chir ! » et un gros homme en débardeur crasseux d'arroser *Mathilde* du fond de sa canette de bière. Plus personne n'entendait les jurons d'Anita.

Je traversais un mauvais rêve. Qu'on imagine la scène : d'un côté la fête qui tourne en arrière-plan, les manèges, les rires des filles troussées sur le grand-huit et les musiques qui ne ressemblent plus à rien sur un ciel piqué de trop d'étoiles ; de l'autre côté, la muraille en travaux, le dédale des barrières et des échafaudages ; enfin, au loin, le fleuve, dont on devine la présence entre les digues qui le canalisent le long de cette bande de terre à peu près nue. Quant au groupe de nos

assaillants, rigolards, avinés, leurs visages pressés autour de nous vous ont des allures de masques d'une kermesse flamande selon Bosch ou Ensor. Au milieu de tout cela, Anita qui se défend comme une diablesse, lance des coups de pied autour d'elle tandis que des gamins, plus audacieux, tirent ici sa jupe, là son corsage qui se défait. Moi, je sais que je suis terrifié, incapable de répondre aux horions et aux railleries qui pleuvent dur : seule *Mathilde aux bras levés* garde, jusque sous l'insulte et les jets de bière, une dignité hautaine. Aurais-je eu le temps d'y penser que je me serais peut-être dit, à ce moment, que, décidément, Jerzy était bien un peintre qui ne ressemblait à personne, un maître du Quatrocento égaré dans notre siècle. Le regard de *Mathilde* sur cette foule braillarde, c'est celui, hautain, que nous lance la plus belle des servantes de la reine de Saba aux fresques de San Francesco d'Arezzo : un mépris souverain.

Pourtant, je l'ai senti, les fêtards du samedi soir commençaient à se lasser de leur jeu. D'ailleurs, des rires gras arrivaient d'une baraque foraine proche dont les rideaux, jusque-là baissés, venaient de se lever. Un cri fusa : « Venez, les gars, celles-là, au moins, elles ont du poil entre les cuisses ! » Sur des tréteaux de bois, deux filles nues s'exhibaient là-bas, sous les applaudissements de jeunes voyeurs. Bientôt, tous ceux qui s'attaquaient à Mathilde avaient disparu comme une volée de moineaux, mais des moineaux lourds d'avoir bâfré et bu toute une nuit. Une sale odeur de vinasse

et d'urine flottait dans le glacis. Anita rajustait comme elle le pouvait sa jupe et son corsage. Un bas, tortillé, lamentable, avait glissé jusqu'à son mollet. Sur la scène de la baraque foraine, les deux filles avaient été rejointes, autour d'un canapé Napoléon III, par une troisième, une quatrième, et reconstituaient, avec un réalisme troublant, les *Cousines* de Jerzy sur l'une des plus fameuses toiles du vieux maître. Je distinguais parfaitement les chairs un peu grasses de Blanca, les seins lourds et sombres de la pauvre Geneviève. C'était la toison luxuriante de Dodie qui avait attiré les premiers chalands. J'étais moi-même fasciné, à mon tour, par la scène que jouaient à présent ces quatre femmes que j'avais si bien connues. En dépit de la distance, certaine au début, qui nous séparait de leur théâtre de foire, aucun de leurs gestes, de plus en plus précis et réalistes, ne m'échappait, comme si un effet de zoom m'avait rapproché des filles qui singeaient à présent, avec une crudité violente, les élans d'une tendresse incestueuse et obscène. Je me souvenais avoir pu désirer Geneviève, un peu avant sa mort à Buenos Aires, simplement par ce fragment de la toile de notre ami où ses cuisses s'allongeaient de part et d'autre d'un pied de la table somptueusement Henri II que l'organisation du spectacle qui se déroulait entre les murailles et le fleuve avait tirée devant le canapé où les jeunes filles se caressaient lentement sous les hourras du public qui applaudissait, en connaisseur, chacune de leurs prestations. Il n'était jusqu'au rideau de fond de scène qui n'ait

lui aussi les couleurs inimitables de ces murs « à la Jerzy » qui délimitent l'arrière-plan de tous ses tableaux, hautes murailles aux teintes estompées, peintes à l'éponge d'un roux un peu brique ou d'un vert pâle et lumineux.

« Il ne faut pas rester là... » : la voix d'Anita me fit tressaillir. On aurait d'ailleurs dit qu'entre la fête foraine et nous l'espace du glacis s'éloignait soudain, comme si le zoom qui m'en avait rapproché nous en éloignait à présent. Déjà, les *Cousines* de Jerzy n'étaient plus que des silhouettes anonymes et bientôt la baraque où elles s'exhibaient était devenue une simple tache de lumière parmi toutes celles qui scintillaient à présent, loin, bien loin, comme si le fleuve avait été englouti par la nuit. La musique s'éteignait peu à peu et une chape de silence s'abattait rapidement sur nous. Nous nous préparions à nous remettre en marche, Anita vaillante, moi-même plus incertain. J'en avais perdu le sens de l'orientation et presque oublié vers quoi nous pouvions nous diriger, *Mathilde*, ma compagne et moi. C'est alors que, de très loin, le vrombissement des motocyclettes est revenu vers nous. Anita, qui avait soulevé le tableau, l'a laissé retomber. « Les voilà... » Sa voix était étranglée. J'ai regardé *Mathilde* pour la dernière fois.

Les voyous au crâne rasé ont commencé par tourner autour de nous, faisant pétarader très fort leurs

moteurs. Celui que j'avais blessé, sans le vouloir vraiment, avait maintenant une longue estafilade sur la joue droite. Un autre était torse nu, le dos tatoué d'un gigantesque sexe masculin en érection. Ils tournaient lentement, donnant de brusques coups d'accélérateur à vide, pour faire davantage de bruit. J'avais peur, bien sûr, sachant que tout pouvait arriver, mais c'était à *Mathilde* que je pensais, plus qu'à moi-même ou à la pauvre Anita. Du reste, celle-ci avait lâché le bord du tableau auquel elle était agrippée et que j'étais désormais le seul à maintenir plus ou moins debout devant moi : c'était au tour de ma compagne de paraître fascinée. Je me souvenais des voyous autour d'elle, de l'autre côté de la grille sur le corso Ercole Ier... Elle avait le regard fixe, les lèvres entrouvertes. Je retrouvais le parfum, la respiration courte de mon amie grecque, sa poitrine que j'avais à peine effleurée lorsque j'avais vingt ans. L'un des motards lança un cri bref et la jeune femme se tourna vers moi. Ses yeux me suppliaient et j'ai compris son regard. D'un mouvement de la tête, j'ai acquiescé. J'ai encore compris ce qu'elle ne me disait pas, toutes ces années perdues, nos jeunesses, nos retrouvailles : il ne fallait pas que je lui en veuille, n'est-ce pas ? J'ai à nouveau secoué la tête, non, je ne lui en voulais pas. Alors l'un des motards s'est approché d'elle et elle a sauté en croupe derrière lui. Des deux bras, elle a entouré les reins de l'homme au torse nu, cramponnée, arrimée, soudée à lui. Elle ne s'est pas retournée. J'ai vu le couple et sa monture

disparaître en direction du fleuve, une poignée d'arbres rabougris, des odeurs de vase et d'ordures brûlées, une décharge dont le vent rabattait déjà la fumée. Les autres motards ont ralenti leur course puis leur ronde s'est peu à peu arrêtée. Ils ont mis pied à terre, formant un cercle autour de *Mathilde* et de moi. Je voyais la buée de leur haleine se mêler au brouillard qui refluait vers nous. Ai-je réellement fait le geste de soulever le tableau pour tenter de sortir de leur cercle ? Le plus corpulent, barbe rousse mal taillée et de fines lunettes noires, a crispé son poing sur une chaîne qui pendait à sa selle. Cette scène-là, je l'avais vue dans un vieux film en noir et blanc. Je crois que j'étais précisément avec Anita et que c'était au Champollion. Parlant des motards qui fonçaient sur la population d'une malheureuse petite ville du Middle West, Anita m'avait dit que, tout hérissés de cuir et de clous — on devinait les relents d'huile et de transpiration... —, ces jeunes hommes-là étaient beaux. Je ne lui connaissais pas ces inclinations et le lui avais fait remarquer. Elle avait ri : « Tu crois toujours tant en savoir... » Mais les voyous sortis de la nuit de Ferrare étaient d'une autre race et autrement plus dangereux. Un moment après, celui qui était parti avec Anita est d'ailleurs revenu. Il avait noué autour de son cou le foulard de soie noire à pois blancs de mon amie. Très lentement, les voyous sont alors remontés en selle et ont repris leur ronde. Leur cercle se refermait peu à peu sur moi.

Et puis il y a eu un cri. « Regardez par là : ça sera

peut-être plus drôle ! » L'un d'entre eux avait aperçu un homme qui donnait l'impression de clopiner le long des échafaudages, au pied de la muraille. Les garçons au crâne rasé se sont tournés dans sa direction. Soudain, je n'existais plus pour eux : ils avaient trouvé une autre proie. Les tueurs se sont remis en selle et ont poussé leurs engins dans la terre pourrie du glacis avant de démarrer en direction du petit vieux à la kippa brodée d'argent qui ne les avait pas encore vus. Car c'était lui, le petit homme aperçu pour la première fois dans la via delle Volte et appelant en vain Leonardo, celui qui avait entrouvert la porte de la chambre où sommeillait Judith et qui, seul, serrant contre sa poitrine un paquet qui ressemblait à un gros livre, trottinait maintenant dans la nuit. C'était d'ailleurs bien de la nuit qu'il venait lui aussi, du plus profond de la nuit de Ferrare et de son histoire et je devinais sans peine que le livre auquel il se cramponnait en était la chronique, ces récits que Bassani, dont l'ombre échappée d'un hôpital m'était apparue au Caffè Ariostea en compagnie de Jerzy et de De Chiari, avait brossés sur les années les plus noires de la guerre et du fascisme. A moins que ce ne fût plus simplement le Livre, la Bible dont il transportait avec lui un volume que son père et le père de son père avant lui avaient, à travers le temps, conservé comme un trésor qui appartenait, lui aussi, à la ville tout entière.

Le petit vieux continuait de marcher, traînant la jambe, ce que je n'avais d'abord pas remarqué. Il allait

tout de traviole mais droit devant lui, sans un regard de côté, vers ces voyous qui s'approchaient de lui. Je savais ce qui l'attendait. Le crâne rasé, leur chaîne d'acier à la main, ces hommes étaient les fils ou les petits-fils des Sciagura et des Bellistracci, du jeune Sturla qui, armé de son coup-de-poing américain, faisait régner la terreur du côté de la porta Reno quand ils ne souillaient pas de marques infamantes les portes des parents de Bruno Lattes ou de Micòl, pour ne pas parler de la synagogue du corso della Giovecca ou de la via Manzoni dont ils avaient badigeonné les murs d'inscriptions obscènes. Je me souvenais de tout. Des malheureux ramassés dans la nuit et parqués dans une école. Des coups de matraque des nervis sur les épaules des vieillards, des jurons immondes adressés aux jeunes filles qui fréquentaient l'école de la rue Farinelli et qui, longtemps, ne comprirent rien à ces saletés que des garçons débraillés leur débitaient avec des clins d'œil appuyés et des gestes de la main. Du regard enfin de Micòl, le dernier matin : tout cela était aussi bien inscrit dans ma mémoire que les balades en vélo sous les pommiers de la route de Colmar et les histoires salées de l'oncle Jacob qui nous faisaient toujours rire. Lorsque le premier des voyous a lancé la première pierre au petit vieux, j'ai compris que c'était moi qui allais la recevoir en même temps que lui et que mon ami Léonard et j'ai commencé à courir dans sa direction, abandonnant mon tableau derrière moi : je savais qui il était et qui étaient ses assaillants. Je suis arrivé

à la hauteur des brutes comme le gros roux à la barbe hirsute balançait en l'air sa chaîne de moto et, stupidement, je me suis jeté sur lui, accroché à ses épaules et à son bras qui tournoyait au-dessus de moi. Je n'ai pas tenu longtemps. Je savais que j'étais ridicule et qu'ils étaient inutiles, les coups de pied que je lui donnais, ma main agrippée à son col de chemise, mes cris. Le géant a poussé un grand éclat de rire : « Regardez-moi cette vermine ! », en me jetant à terre. Alors, coups de pied dans les côtes et dans la figure, coups de chaîne sur la tête, le colosse roux, le voyou au torse nu et tatoué, tous se sont retournés vers moi. J'ai vu le regard épouvanté du petit vieux dont les traits étaient bien ceux, si doux, si pâles, de mon ami Léonard. D'ailleurs, il criait mon nom, Léonard, je le devinais, je le savais, mais je n'entendais plus rien, les autres frappaient, et frappaient encore. J'ai deviné que le petit bonhomme à la kippa était là, à attendre. Attendre son tour ? Je lui ai fait signe : mais qu'il foute le camp, bon Dieu ! qu'il ne reste pas là jusqu'à ce qu'ils en aient fini avec moi pour s'en prendre à lui ! C'était au tour du garçon à la cicatrice sur la joue droite de s'occuper de moi. J'ai crié, en italien et le plus fort possible, l'un des jurons qu'avait lancés la pauvre Anita. Le type a juré à son tour et le bout de sa botte ferrée m'a atteint en plein front, je n'ai plus rien senti, ni les coups qui continuaient ni le jet d'urine que l'un d'eux me pissait dessus.

La douleur m'éclatait partout dans la tête, dans le ventre, dans le dos. En face de moi, des ombres s'agitaient. J'ai mis un moment à me rendre compte que les crânes rasés s'acharnaient maintenant sur *Mathilde*. Quelle importance ? Celui à la cicatrice avait sorti un couteau et fendu le ventre de ma bien-aimée. Alors, à tour de rôle, ils ont violé *Mathilde*, leur sexe à travers la toile. Le regard de la jeune femme était vague. Je me souvenais de notre dernière rencontre dans une chambre d'hôtel à la gare du Nord. Son faux lord et vrai truand de mari la faisait suivre par un détective privé écossais qu'elle payait une seconde fois pour qu'il lui trousse des rapports à sa manière. Dans le lit de fer face à la fenêtre qui donnait sur une cour malodorante, elle gisait après l'amour, haletante, écartelée. Elle avait deviné le coup d'œil que je lui avais lancé : « Je suis devenue moche, non... ? » J'avais secoué la tête pour la rassurer. Elle avait ri : « Et encore, je ne lève pas les bras, comme sur le tableau. Sinon, je ne te dis pas... » Ses chairs étaient pâles, fatiguées, presque grises. Elle savait que chaque soir, ou presque, je passais ces longs moments devant le portrait que Jerzy avait peint d'elle, combien d'années auparavant ? J'avais haussé les épaules, mais je ne pouvais pas lui répondre. Elle avait soupiré : « Mon mari a voulu, lui aussi, avoir une *Mathilde aux bras levés* : je te parie tout ce que tu veux que c'est lui qui me vendra le premier. » Elle ne

s'était pas trompée. Elle avait encore ajouté : « Remarque, il ne faut pas accorder trop de valeur à ces choses... » Et ma *Mathilde* à moi gisait maintenant à terre, maculée de sperme et de glaviots, souillée, déchirée. Mais le petit vieux à la kippa luisante avait pu regagner sa maison, avec la Judith de la synagogue, Maria-Elena qui m'y avait conduit et tous les autres, Bruno Lattes lui-même, réchappé de tous les massacres et à qui j'avais tant voulu ressembler. *Mathilde* avait vécu. Le dernier des crânes rasés remontait la fermeture de sa braguette avec un éclat de rire presque enfantin, il a vu que je le regardais et il est revenu vers moi, une pierre à la main, Léonard était sauvé, le tueur m'a laissé tomber la pierre sur la tête.

Mathilde aux bras levés dérive à présent sur le fleuve qui est très calme, très large, à cet endroit de la plaine, au-delà des murailles de Ferrare. Je ne sais pas très bien où je suis mais je vois le tableau qui flotte, posé à l'endroit, sur l'eau. Il va si doucement qu'on le croirait immobile. Sur la rive, un seul arbre aux branches nues. Léonard Weill est assis sur l'une d'elles, il sourit doucement. Je reconnais ce sourire. C'est celui qu'il avait, à Walden, pour me raconter ses équipées nocturnes dans les dortoirs des filles. Ou, plus loin encore dans ma mémoire, le sourire de l'oncle Jacob qui nous disait comment il avait mis en cloque une mercière de la rue Saint-Nicolas, à Colmar, catholique

jusqu'avant et après le péché, qui s'était mise à genoux après : pendant, elle s'était signée en donnant à l'oncle Jacob des noms d'oiseaux. Aux Arcs, en Auvergne, le curé me demandait en confession si j'avais péché contre la chair et j'avais tellement honte de son ton rassuré quand je lui avouais que je l'avais fait, oui, mais seul. Assis sur sa branche d'arbre, Léonard Weill me rappelle un vieux monsieur qui va mourir dans un film d'autrefois. Il est assis sur une balançoire et la neige, je crois, tombe doucement sur lui. Mais en dépit de sa mine de chien, les joues caves, les yeux cernés et ses lèvres minces (qui sourient ! qu'on ne l'oublie pas : il sourit !), Léonard Weill n'a aucune intention de mourir. Et si quelqu'un doit mourir dans ce petit matin gris, frisquet, ce n'est sûrement pas lui puisque *Mathilde* dérive sur le fleuve et que je vomis un peu de sang.

Je suis étendu, ou adossé à un mur nu, à l'enduit sale. De la plus haute fenêtre de ce hangar, ou de cette grange, un homme s'est écrasé aux pieds d'une femme qui l'aimait, en poussant un cri humain, trop humain. C'était encore un autre film, tourné lui aussi dans la ville et en noir et blanc par un cinéaste célèbre qui est malade à présent, comme est malade Giorgio Bassani lui-même qui a raconté cette histoire où je suis venu, à mon tour, me perdre, mais, plus sûrement, me sauver. Alors, une dernière fois, tous les personnages des livres de Bassani sortent de l'ombre, Bruno Lattes, mon frère, Alberto qui est mort le premier, Malnate,

le communiste, et les Sassi, les Collevatti, le professeur Ermano, la signora Olga. Micòl s'avance enfin vers moi, vêtue de sa jupe de tennis, le bandeau blanc qui retient sur le front ses cheveux blonds. Elle est un éclair de lumière. Je reconnais l'actrice qui a joué son rôle. Puis je reconnais Laure, ma petite voisine, plus irréelle encore, plus lointaine et si proche à présent. Elle est là, au sommet de la muraille, du côté de la porta degli Angeli. Elle est venue du jardin, du tennis, du cimetière juif, je ne sais pas. Ou simplement de Paris, après tout elle a habité sur le même palier que moi, rue de Varenne. Elle a fait ce chemin pour venir me retrouver, en cachette peut-être, sûrement, de son mari. Le soleil, qui se lève à cet instant précis derrière elle, illumine ses cheveux, c'est une pluie d'or qui coule à travers les ormes du sommet des remparts. Léonard s'est laissé glisser de sa branche. Lui aussi vient vers moi. Il a l'air vaguement confus « de tout ce que j'ai fait pour lui », dit-il, mais je vois qu'il est surtout étonné. Au fond, il n'aurait pas cru ça de moi : pour un peu, je m'en rengorgerais ! Le tableau de Jerzy s'est pris dans une racine d'arbre pourri, il se déchire lentement. Je devine la main de Laure sur mon front. Je lui avais dit un jour, en riant, que si quelqu'un pouvait me sauver, ce serait elle. J'avais seulement ri pour ne pas l'effrayer, ne pas lui sembler trop sérieux. Ne pas l'effrayer. Elle avait un peu peur de moi, de mes emballements, disait-elle. Mais, cette fois, ce sont ses lèvres qui se penchent vers les miennes. Déchirée par le

milieu, son cadre désarticulé, *Mathilde aux bras levés* flotte encore mais se dirige droit vers ce point précis du fleuve où les égouts de Ferrare se déversent dans l'eau pourrie.

L'an prochain, un nouveau maire installera de nouvelles canalisations pour mettre un terme à cette puanteur, héritée de la guerre. Je sais enfin pourquoi je suis venu à Ferrare.

*La composition de cet ouvrage
a été réalisée par I.G.S. Charente Photogravure,
à l'Isle-d'Espagnac,
l'impression et le brochage ont été effectués
sur presse Cameron dans les ateliers
de Bussière Camedan Imprimeries
à Saint-Amand-Montrond (Cher),
pour le compte des Éditions Albin Michel.*

Achevé d'imprimer en avril 1999.
N° d'édition : 18180. N° d'impression : 991777/4.
Dépôt légal : mai 1999.